TAKUNEN collection

湯澤毅然コレクション

アンチテーゼ

▼心の底に澱むもの
▼正義の代償

第1巻

西田書店

湯澤毅然コレクション【第1巻】アンチテーゼ＊目次

心の底に澱むもの　彼岸の頃

心の底に澱むもの　此岸の頃

＊

正義の代償

心の底に澱むもの

彼岸の頃

はじめに

本作品は、あくまで著者の夢想上のフィクションであります。

実際に戦争を体験為された方々に置かれましては、事実との相違、解釈の相違等で、ご不信感を覚え、ご迷惑に感じられた方もいらっしゃると存じます。

その点を踏まえまして、深くお詫びを申し上げますとともに、著者の戯言、夢見事と、ご理解いただき、暖かい目でお受入れいただきたく、お願い申し上げます。


（２０２２年春　著者）

＊

■本書は全篇２０２２年３月から２０２３年４月までに書き下ろされた。

許嫁

ある日、突然、そのオンナは現れた。

*

私の実家は長野県の県北に位置していた。冬には2メートル以上の積雪があり、毎日、屋根に積もった雪降ろしから一日が始まるようなところだ。

若者や男手の少なくなった村は互助会を組んで互いを助け合う。ただでさえ高齢化の進む村では、村人どうしの助け合いなくしては生きていけない。高齢者や女性だけしかいない民家の雪降ろしは、自然と誰かが手伝う。

どんなに気に入らない、意固地で頑固な爺、婆の家であっても、手伝える者は黙って雪降ろしをする。婆が無言で汁粉を差し出す。それを黙ってすすり、黙って雪降ろしをし、黙って帰って行く。この無言のやり取りが、心の通い合いであり、村人の思いやりでもあった。

日頃の鬱憤も諍いも、生きていくためには「それはそれ、これはこれ。」と割り切らないとやってはいけない。少なくとも、当時の私たちには、そのくらいの心の余裕はあった。

当時は第2次世界大戦が国家の関心事の中心となっていたが、戦局は至難を極めていた。軍部は少しでも多くの補充員を求めていた。村の若い男たちのもとには次々と役所の兵事係吏員が訪れ、彼らは赤紙を受け取り戦地に駆り出される。幸か不幸か、もともと身体の弱かった私は、徴兵検査のときに結核を患っており、除隊扱いとして帰郷を命ぜられた。

しかし、その2年後、兄の運命の行方と引き換えに、弟に赤紙が届き、弟は徴兵検査において甲種で合格。志願兵として入営を果たした。当時、齢17歳になったばかりだった。

弟の入営が決まったと知ったとき、私の感情は入り乱れていた。私が除隊となり弟が戦地に向かう。私の命と弟の命の位置関係が分からず、近親者で開かれた弟の出征祝賀会において、思わず私は酩酊していた。

「お国のために・・・生きて帰ってこい。」

私は他人に聞こえないように、何度も何度も、その言葉を繰り返していた。

そんな、兄の思いを、すべて知っているかのように弟が微笑んでいる。その笑顔が、更に私の心を醜くする。

「ナニ、笑ってんだっ、兄を追い抜いて、そんなに嬉しいのかっ!」

自分でも何を云っているのか分からない。周りの知人が私の肩を抑える。弟が泣きそうな目で笑っていた。

その傍らに、あのオンナがいた。

私も、一度、そのオンナに会ったことがある。いきなり弟が連れてきて、紹介されたのだ。

清楚で控えめで、優しい目をしたオンナだった。

「戦争に駆り出される前ぇに、この娘と一緒になりたいんじゃ。」

弟に赤紙が届いたのは、それから1週間ほどのちのことだった。

＊

戦争が終わっても弟は帰ってこなかった。

遺骨も遺品も返ってこない。唯一、届いたものは『戦死公報』だけ。悲しみは、さほど深く感じなかった。２００万人を超える戦死者がいる以上、その中のひとりに弟がいても不思議ではない。

ただ、自分ではなく弟が逝ってしまったと云うことが、私の思考を流離わせていた。

そんなある日、弟の許嫁だったオンナが若いオトコと一緒に訪れてきた。

オンナはいまどきのパーマネントをあて、白いガラ入りのワンピーズに赤いヒールをはいていたが、清楚で控えめな印象は変わっていなかった。

一方、オトコの方は、20前後の若者で、オールバックに開襟シャツとスラックスという姿が妙に似合わず、どう見ても、そのオンナのヒモのような頼りなさが見て取れた。

　私はオンナの顔を見て意地悪な気持ちになった。2人を家に上げることもなく、三和土の上から見下ろすようにして話しかけていた。

「誰かと思ったら、キミだったたんだねぇ。」

「ご無沙汰しております。」

　遠慮がちにオンナが答える。

「で、こちらは?」

「・・・ワタシのお付き合いしている男性です。」

「君、稼ぎはあるのかね?」

　私はオトコに聞いた。

「いいえ、このご時世、どこも雇ってもらえません。」

　今度は私はオンナに云った。

「オンナは金のあるヤツと一緒にならなきゃ不幸になるよ。」

　そのオンナは、左斜め下に目を逸らしていて、こちらを見ようともしない。まるで、心の中の恥ずかしい部分を見透かされた少女のようだった。

　しかし、目を逸らしていたのは僅か数秒だった。気を取り直したのか、心の整理がついたのか、それとも開き直ったのか、話題を変える意図を含んだように、こちらを見てニコッと微笑んだ。

私は、幼さの残るオンナのつくり笑顔の中に、オンナの強さを見たような気がした。

「ワタシ、このヒトと結婚するんです。今日は、そのご挨拶に伺いました。」

オンナの単刀直入なモノ云いに、私は多少たじろいだが、それは予想していた通りの言葉でもあった。薄々感じてはいたその言葉を聞いたとたん、私は更にそのオンナに意地悪をしたくなった。

「こんな職のない若造とどうやって暮らしていくんだい？」

「何とかします。」

「何とかって？」

答えに困ったオンナは意を決して云った。

「ワタシには父の残した財産があります。それでこのヒトと幸せになります。」

その返答が、私の気持ちに油を注いだ。

「あははは、何とかするって云ったって、結局、親の脛をかじるだけじゃないか。」

そこまで云って、私は何だか侘しくなった。もし、オンナの云う通り父親が財産を残しているのなら、彼女の云う通り、２人は、今後、何とか出来るだろう。そうなれば、いままでの会話は私の性格が歪んでいただけのこととしか残されないだろう。

それよりも何よりも、今日、そのオンナが喧嘩をしに来た訳でもないし、嫌味を云いに来た訳でもない。純粋な気持ちで弟に詫びを入れに来たのだということを私は知っていた。

それでも、私は、あえて、弟のことを口にしなかった。私は許せなかった。このオンナが、弟にひとこと詫びを入れただけで、これから将来に向けての一歩を踏み出すことを。

それを知りながら私はオンナを卑しめる言葉を次々と浴びせ続けている。

「戦争が終わって良かったね。これから女は自由の身だ。キミもパーマネントや新しい洋服が似合っているよ。」

「・・・」

「お兄さんも、カッコいいねぇ。それが最近の流行りなのかい？　いい、ご身分だ。」

「・・・」

一向に私から弟の話が出てこないことに、そのオンナはイライラしているようだ。かと云って、自分から云いだすのも気が引けている。

結局、そのオンナは、弟の話を一切せず、失望して帰って行った。私は、オンナが弟との関係をリセットして新しい人生を歩みだそうとする第一歩目に失敗し、悔し涙を浮かべながら帰っていく後姿を見送っていた。

オンナが帰ったあと、玄関の引き戸を後ろ手に閉めたまま、戦後の荒れ果てた風景と、すさんだ心を持った人々が行きかう時代に、明るい未来を目指して歩み出そうとしているオンナを私は暗い気持ちにさせてしまったと思った。

私はつくづく自分が嫌になった。

＊

今日も雪が降り続けている。明日の朝には玄関まで埋もれ、屋根の雪降ろしをしないと家が押しつぶされてしまうだろう。

私は、今日のオンナとのやり取りを思い返しながら、自分の心の小ささを後悔しつつ、残り少ない人生と照らし合わせて「もう、どうでも良いことだ。」と無理やり、つなぎ合わせて自分に云い聞かせ、仏壇を見つめていた。


翌朝、雪はおさまったようだ。外からは男衆の声が聞こえてくる。村の互助会による雪降ろしをしているのだろう。

いきなり、部屋の中に外光が射し込んできた。村の衆が埋もれていた窓ガラスのところの雪を除雪してくれたようだ。雪をかいてくれた若い男が窓からのぞき込んでニッと笑った。

私は、彼を見て、一瞬、目を疑った。

その青年は、軍帽、軍衣、軍袴、巻脚絆、軍靴を身にまとっていた。入営したとき、弟は17歳になったばかりだった。その弟が、出征祝賀会のときの姿のままで雪をかいている。

私は言葉が出なかった。そして、弟は、こちらを振り向いてもくれず、せっせと雪を掘っている。

まるで、私が、オンナとの会話の中で、意図的に弟の話を持ち出さなかったときのように、私との意思の疎通を拒んでいる。

私はあきらめて、雪を降ろす弟の姿を見続けた。おそらく、私と弟の間で意思の疎通をするのは不可能だろう。でもいい。こうやって、弟の姿を、もう一度見られただけで十分だ。

さっきまで、この先の人生を考えて「もう、どうでも良いことだ。」と思っていた私だが、弟の姿を見ているうちに「どうでも良いことなんて、ひとつもない。」と思うようになっていた。


雪かきが終わったのか、玄関の外で撤収の動きが見え始めた。私は急いで保温器に入れてあった缶コーヒーを幾つか取り出して玄関に向かった。玄関の引き戸を開けると、村の若い衆が、まだ数人いた。

「ほれっ。けぇ。」

私は、缶コーヒーを彼らに投げて渡した。彼らが、ポカンとして私を見ている。

「なんじゃ。そんなに、このクソ爺から、モノもらうんが珍しいんか?」

戦後、数年が経った。そろそろ、ヒトとの無言のやり取りで、心の通い合いを取り戻す時期なのかもしれないと私は思った。

特高

戦時中、祖父は特高に所属していた。

特別高等警察、略して特高。無政府主義者、共産主義者、社会主義者、そして、国家存続を否認する者や過激な国家主義者、新宗教団体等を査察・内偵し、取り締まる秘密警察だ。

特高の取り締まりは非常に厳しく「銭湯での冗談も筒抜けになる」と恐れられていた。

終戦とともにＧＨＱ（連合国軍最高司令官総司令部）により事実上解体したと云われているが、真実のほどは分からない。

＊

戦後20年が過ぎ、泰平の日本に生まれた私は、運命の糸に引き戻されたかのように警察に拝命した。そして、皮肉なことに、現在、公安部に着任し、極端な極左活動や極右活動、労働争議が勃発した際の取り締まりを行う任務を担当している。

「自己紹介をお願いします。」

「はい。佐伯寅蔵、37歳であります。」

「おいくつのときに、特別高等警察に加わったのですか？」

「はい。自分が27歳のときであります。」

「どのような活動を？」

「はい、主に、反政府主義者の査察取り締まり、および、暴動が起きた際の鎮圧要員であります。」

「暴動現場にはたびたび赴いたのでしょうか？」

「いえ、自分が暴動の鎮圧要員として現地に向かったのは数回程度であります。」

「そのときは、どのような対応を？」

「はい。自分が現地に赴いたときには、すでに暴動の参加者数は数えきれないほどでありました。あれほどの人数が一気に気勢を上げて向かってくる場面に出くわしたのは初めてでありました。」

「怖かったでしょう？」

「はい。正直申しますと、怖かったです。目を吊り上げて押し寄せてくる群衆に、自分は大声で押し返しながら、どうしてよいかと、まごついておりました。」

「それで？」

「はい。上士官も同僚も押し返すことだけで精一杯で指示を仰ぐことも出来ません。」

「それで？」

「はい。自分は、何が何だか分からなくなって、向かってくる若者を片っ端から警棒で殴りつけていきました。」

「どのくらい強く？」

「はい。あのままでは自分が殺されるという思いから、かなり強く殴ったと思います。」

「あの暴動で、参加者の90人が亡くなりました。理由はともあれ、そのことについて、いま、アナタはどう思いますか？」

「はい。自分は自分の使命を完遂しただけであります。確かに亡くなった方々が不幸だったとは思いますが、国家の主義に背き暴動をおこす者には鉄槌をくらわすべし、と教わっております。」

「分かりました。ご苦労様でした。」


「自己紹介をお願いします。」

「はい。佐伯寅蔵、39歳であります。」

「アナタは以前にも調書を受けていますね。今回は、どのような経緯でこのようなことに？」

「はい。今回、自分が検挙したのは、共産主義や社会主義の意味もよく知らず、隠れるように反旗を振りかざしていた若者であります。」

「ガサ入れは、アナタが以前住んでいた近所でしたよね。」

「はい。自分が幼少の頃に住んでいた場所であります。」

「お知り合いは、まだいるのですか？」

「・・・はい。今回、自分が幼い頃に世話になった友人の兄がおりました。」

「その方は検挙の対象ではなかったのですか？」

「・・・はい・・・対象でありました。」

「で、どうしたのですか？」

「・・・はい・・・相手が・・・歯向かって来たので・・・」

「来たので？」

「・・・はい。自分は自身を守るために・・・警棒で・・・頭を殴りました。」

「何回？」

「・・・4～5回だったと思います。」

「そのとき相手は？」

「・・・殴られるままでありました。」

「で？」

「相手は・・・動かなくなりました。」

「もう一度聞きます。アナタは自分の身を守るために相手を殴ったと云いましたが、それは本当ですか？」

「・・・は、い。」

「使命を完遂する為にではなく、ご自身の身を守る為に、ですか？」

「・・・わ、分かりません。」

＊

「自己紹介をお願いします。」

「はい。佐伯竜一、32歳です。」

「おいくつのときに、警察庁公安部に所属したのですか？」

「はい。自分が27歳のときであります。」

「どのような活動を？」

「はい、主に、極左活動や極右活動や労働争議の査察がメインです。暴動や争議が勃発した際には取り締まりも行います。」

「今回の騒動について、どう思いますか？」

「はい。中途半端な知識をひけらかす若造どもが、無責任に扇動者となって起こした暴動だと私は思っています。」

「対象者は、どういう立場の若者だと思いますか？」

「はい。最近、『傘がない』（＊）などと云う流行歌が流行っておりますが、普段は政治や社会の動向に見向きも寄せず、恋愛などを最優先しているような若者が、何かのきっかけで、手のひらを返したように狂喜乱舞して暴動を煽っていたと思っています。」

「何かのきっかけ、とは？」

「生きる意味や目的を見出せない若者のジレンマではないでしょうか。」

「そして、アナタは、その若者に警棒をあげて鎮圧を図ったと。」

「はい。数名の若者を警棒で威嚇しながら殴ったのは事実です。」

「それに対して、いま、どう思っていますか？」

「はい。自分は自分の使命を完遂しただけです。間違ったことをしたとは思っていません。」

「その考えは、誰かに教わったのですか？」

「いえ、私自身の信念です。」

「分かりました。ご苦労様でした。」


「自己紹介をお願いします。」

「はい。佐伯竜一、34歳です。」

「アナタは以前にも調書を受けていますね。今回の経緯を聞かせてください。」

「はい。今回、私は、某大学のキャンパス内で、バリケードをはって立て籠る学生闘争の鎮圧の為に動員されました。」

「そこで、アナタは数人の学生に警棒で鉄槌をくらわせた。」

「はい。しかし、そのときは、学生陣営の意気が高まっているのを感じ、何とかせねばと云う思いでした。」

「で、警棒を振り上げた。結果的に、数人の学生たちは打撲程度で済みましたが、それについては？」

「はい。正直、無我夢中でした。心のどこかに恐怖心もあったと思います。」

「問題は、そのあとです。アナタに殴打された学生のひとりが、自宅倉庫の片隅で首を吊って自殺しているのが発見されました。それについては？」

「それについては・・・お気の毒としか・・・」

「聞くところによると、アナタに殴打された右足は複雑骨折しており、将来的に回復することはないと云うのが医師の判断でしたが。」

「・・・」

「アナタを責めている訳ではありません。アナタは職務を遂行したに過ぎません。ここで聞きたいのは、いま、アナタがどう思っているかです。」

「・・・わ、分かりません。」

*

「あれは、ワシが40歳のときの夏じゃった。

　ワシは、ある情報筋からの密告電話で、東京の下町にある貧乏長屋に『アカ』を摘発にいったんじゃ。

　そこで、出くわしたのは、盗んだヤミ米を生のまま貪るように口に放り込む少女じゃった。

　少女はワシの訪問の意図を知ってか知らずか、怯えると同時に敵に挑みかかるような目をして睨んできた。ヤミ米を罰するガサ入れだと思ったのか、親兄弟に黙ってヤミ米を食べたことがバレルことへの恐れだったのか、もしくは、この見も知らぬオトコが、家の『誰か』を捕まえに来たことに対する敵意だったのか分からん。ただ、僅か5〜6歳の少女の異様な目がワシを不安にさせた。

　少女との数分の睨み合いが続いた。最初に目を逸らしたのは、ワシじゃった。少女の怯えと挑みかかるような力を帯びた瞳は純粋に透き通って見えた。その純粋さに、ワシの荒んだ心は負けたんじゃと思う。ワシは、何も云わず、その場を去った。」


《裏切り者の検挙がワシの仕事じゃ。それが出来なければ去るしかない。

しかし、裏切り者はいったい誰だ？　奴か？　ワシか？

もし、裏切り者がワシだとするのなら、ワシは何を裏切ったと云うのだ？

ワシはお国を裏切ったのか？　ワシは国民を裏切ったのか？　それとも、ワシは友人の兄を裏切ったのだろうか？
・・・いや、ワシが裏切っていたのは、ワシ自身じゃと思う。》

*

「あれは、ボクが34歳のときの冬でした。

ボクは、上司の指示で、某大学のキャンパス内で、バリケードをはって立て籠る学生闘争の鎮圧に向かいました。

向かう途中、ボクは子供をあやすくらいの感覚で気軽に装甲車に乗っていたことを覚えています。着いたとたん、バリケードをはられたキャンパス内は群衆がひしめき合い、ヘルメットをかぶり、タオルでマスクをした学生たちが反旗のプラカードを掲げ、大声で怒鳴っていました。そこに漂う熱気は想定外であり、ボクを圧倒し、ボクの判断能力を歪ませました。

学生群と我々公安部および機動隊の睨み合いが続き、こちら側の誰かが盾を押し込み学生の前列数名が倒れ込むのと同時に、両群ともに入り乱れました。そこで、出くわしたのがアノ若者です。

アノ若者は群に揉みくしゃにされながら、ボクの前に流れてきました。ここに来るまでに、こん棒で叩かれ続けた若者は恐怖と怯えに震える目をし、明らかに助けを求めていました。

しかし、この群衆の中、ボク自身も興奮と狂気と恐れで常軌を逸していたと思います。目の前にいた学生は、皆、敵としか映りませんでした。無意識のうちに、ボクは手あたり次第、学生を警棒で打ち付けました。あのときは、そうするしかなかったんです。」

それから数日後、ボクは、当局に呼ばれて事情聴取を受けているときに、ぼんやりする頭で、あることを考えていました。

《ボクは何の為に警察に入り、何の為に働いているのだろうか？
国の為か？　国民の為か？　ボクの為か？
もし、それがボク自身の為だとするのなら、いまの自分は何を求めているのだろう？
正しいことって、いったい何なのだろう？
ボクは間違っていたのだろうか？
ボクは間違っているのだろうか？》

＊『傘がない』歌謡曲（井上陽水　１９７２年）

戦友

私が子供の頃、祖父は呆けていました。言葉も少なく、話しかけても反応はなく、仏壇にお線香をあげて、出された食事を摂り、縁側で爪を切ることだけの毎日だったと思います。

一度、小学校の集会で、戦争のときの話を学ぶことになり、祖父に語りべの依頼が来ましたが、学校の先生の話を聞いた祖父は、数分間黙ったあと、ため息をついて「スミマセン。」と頭を下げました。

その姿から、子供心に祖父がずっと戦争体験に苛まれていると知った私は、それ以降、戦争のときの話を聞かせてくれとは云えませんでした。

しかし、いま、祖父の限られた時間を思うと、過去の語りたくもない話をせがんで、祖父を苦しませてでも聞かなければならない、聞いてあげなければならないと思ったんです。

子供が小さかった頃、ワシは、戦争の体験話をすべきかどうか迷っておりました。

正直、あの頃の、むごたらしい記憶を呼び戻したくはなかったですし、子供に聞かせる話ではないと思っとりました。いや、口にすることで、それまで、夢の中の話だったと思い込もうとしていたものが、現実となってしまうことが怖かったのかもしれません。

しかし、あるとき、孫が真顔で戦争のときの話を聞かせてくれと云ってきました。以前にも、教育の場でそのような話を聞かせて欲しいというお話を学校からいただきましたが、そのときは、踏ん切りがつかずに断りました。

ワシは孫に聞きました。「なんで、いまさら、そんなことを?」と。すると孫は「特別に意味はないけれど、聞いておかなければいけないと思った。」と云いました。

何の理由も営利目的もない孫の言葉に、ワシは思ったのです。自分の余生の期限が見えてきたいま、苦しくとも伝えておかなければいけないのではないかと。

*

いまでも夢を見ます。

そこには、戦いで傷ついた死傷者の呻き声が響き、その中で怯えているワシがいる。そこには、早く皆を助け出そうと藻掻いているワシがいる。そこには、苦しんでいる死傷者ひとりひとりを鼓舞しているワシがいる。ときには、怯えているモンを罵倒しているワシがいる。

いったい、どれが本当のワシなんじゃろうか?

１９４３年頃、アリューシャン列島のアッツ島がアメリカ軍により奪還されました。日本軍守備隊は全滅。大本営より初の「玉砕」発表があったのを覚えています。

続いて、イギリス、中華民国、アメリカ、オーストラリア、ニュージーランドの連合軍対日本という数量的に大差のついた戦いが日本軍の後退を余儀なくされていると聞きました。

翌１９４４年頃には､ビルマ戦で3万人の日本兵が命を失いました。大半が餓死だったそうです。日本軍の理に副わぬ精神論だけの偏った戦術が彼らを死に追いやったのです。

いっとき、ワシもそこにおりました。食料の尽きた兵士たちは、虫や幼虫はもちろん、名前も知らないような草木まで食べました。ときには、現地住民宅に襲いこみ・・・。

これは日本陸軍の歴史的敗北です。日本軍はここから勝機を逸した戦いに雪崩れ落ちました。

サイパン島が陥落。３万の日本軍が玉砕しました。この頃ですか、レイテ沖海戦にて初の神風特別攻撃隊が出陣したのは。可哀そうに。

１９４５年には、硫黄島が陥落し、我々は何を信じていいのか分からなくなりました。

１９４５年3月のアメリカ空軍による東京大空襲時には、ワシは本土に戻っておりました。一夜にして10万人の市民の命が奪われ、１００万人が家を失ったと云います。

夜空から爆弾の雨が落ちてくる。そのとき、ワシは大きな気持ちでした。「さあ来いっ、やってくれ！」と夜空に叫んでいました。不思議なもんです。ジャングルで見えない敵兵と対峙している沈黙の瞬間、ワシは小さな気持ちでした。「神様、どうか、助けてください！」って具合に。

そのまま、アメリカ空軍は不公平感ないかのごとく、5月以降に全国60以上の地方都市も空襲や機銃掃射で襲ってきました。

*

それは、有無を云わせない徴兵でした。

赤紙が届くと、憲兵から逃れられず追い詰められます。そして、周囲からの出兵を祝う空気と、身内に非国民家族と云うレッテルを貼られまいと云う気持ちに追い詰められます。

これらの重圧が赤紙とともに青年たちに背負わされ、彼らは逃げることを許されず、行きつく先は、『焼け糞』な思いだけです。

諦めでもありません。愛国心でもありません。そこにあるのは『焼け糞』だけです。

「お国に命を捧ぐ」なんて言葉は、嘘っぱちです！

日に日に、追い詰められた『焼け糞』魂の若者たちが戦地に赴き、散り逝くのを見続けるのは辛いことです。その頃には、無駄死にするのが分かっていましたから。

しかし、そんなことは口が裂けても云えない時代でした。

「ふざけるなっ！　死んで花実が咲くものかっ！」

これが、我々の建前です。

＊

戦後、何年経った頃でしょうか、戦争で死に損ねたロートルたちに、同窓会の案内状が届きました。以降、毎年、その会は催され、断る理由のないワシは、毎回、顔だけは出しております。

いつものことですが、それぞれが当時を思い出し、共通の話題になると豪快な笑い声が各テーブルから起こります。しかし、それが落ち着くと同時に静寂が訪れます。豪快な笑いと鎮魂の静寂はセットなのです。

同窓会とは云いますが、当時、無理やり赤紙1枚で、同じ窓の下に集められただけのことです。強いて云うならば、同期会と云った方が適当かもしれません。

最近になって、ようやく思うようになったのですが、年を取るのは悪いことばかりじゃありません。ワシは、東京大空襲の際、受けた爆弾の破片が頭ん中に残ってまして、その後遺症か、ところどころ当時の記憶がないんです。じゃが、これが、いい云い訳にもなるんですよ。同窓会で会った、知っているはずの顔と名前が思い出せない。これはボケか？　爆弾の後遺症か？　ってな具合です。

もしかしたら、その原因は、心の中で思い出したくない気持ちが、当時の記憶を抹消したがっているからなんでしょうかねぇ？

こんな気持ちの方々が集まって、これで同窓会と云えるんでしょうかねぇ？

戦友と云う名のもと、毎年、皆さん集まってきますが、戦場での僅かなすれ違いの日々で、本当に心の通じ合った友達になれたのでしょうかねぇ？

私には、戦場と云う極限の地で自分で勝手に戦友と決めつけた、その場限りの友情もどきだっただけのような気がしているんですよ。戦友と云う言葉は後付けで、国に信じ込まされた言葉なのではないでしょうか。

しかし・・・そうですねぇ、思い返してみますと、迫りくる戦場の生と死の狭間の世界で、戦友という言葉にしがみつくしかなかったのかもしれませんねぇ。それは、上等兵や後輩兵も、皆、同じことだったと思います。

さっきも云いましたけど、後遺症で色んなことが思い出せないんです。

戦場で一緒だったモンの名前も思い出せません。彼は死んだんでしょうか？　それとも、一緒に帰還できたんでしょうか？　ここに居るワシは、いま、本当に生きてるんでしょうか？

*

これで、ワシの話は終わりです。

話してみて気付きましたけど、やはり、子供に話す内容ではないですね。

でも、孫には感謝しています。いままで云えなかったこと、心の中で封じ込めていたことが整理出来ました。

年を取るのは悪いことばかりじゃありませんねぇ。

振り返ると、時代に対する恐怖も、恨み辛みも、ジレンマも、憤りもありましたが、みんな忘れました。

これが平和ってものなんですかねぇ。

これを求めて我々は闘っていたと、思いたいですねぇ。

＊

1か月後、祖父は帰らぬ人となった。

私が無理やり、お願いした戦争の思い出話が心労となって、死期を早めてしまったのかもしれないと思っている。

しかし、私は後悔してはいない。

祖父が戦後、ずっと心にしまい込んでいた戦場での苦い体験を、口に出して話してくれたおかげで、祖父は、心の奥底に沈むドロッとした澱（おり）を吐き出せたような顔をして横たわっていたから。

そして思う。私の心の中にも祖父との間柄で生じた澱があって、祖父のお陰で、その澱も消えてなくなったような気がする。

笑声

ある日、私は北陸地方の山里にいた。

よく、気儘な生活だと云われるが、数年前から私は肺をやられ、療養生活を続けてきた。

いままで、自分が病弱になるとは、これっぽっちも思っていなかった私だが、いざ、そうなってみると健康というものが、どんなに素晴らしいものだったかを思い知らされた。

もちろん病弱な身体では、いままでのような仕事は続けられず、1年前に退職をした。

それ以降、床に臥す時間が増えたが、半分寝たまま、部屋の天井を見続ける時間と、私の生命体の残り時間とを比べるとジッとしていられなくなり、万年床を半分に丸め、開けた一畳ほどのスペースで荷物をまとめて、この地に辿り着いたのが一昨日。

事情はともかく、よく考えれば、気儘な生活であることに間違いはなさそうだ。

＊

寒い山風が吹き下ろす田舎道を歩いていたとき、それまで、田んぼの草むしりをしていた老婆が、曲がった腰を伸ばしながら私に話しかけてきた。

「どっから来たん？」

「埼玉からです。」

「何しなさるん？」

私は、老婆が私の職業を聞いているのか、ここに何しに来たのか聞いているのかを判別できなかったが、曖昧に答えた。

「特に何も。」

すると、老婆は少し考えたように私を見ながら、

「何もすることないなら、茶でも飲んでき。」

私は、いきなりの、その誘いに驚いたが、同時に初めての地での新たな出会いに、喜びを感じて笑顔で応えた。


通されたところは、田んぼの脇にある納屋のような、集会所のような場所だった。すでに、2～3人の頬っ被りをした老婆たちがストーブにあたっている。

部屋に入って、私がチョコンとお辞儀をすると、老婆たちは、まるで旧友か孫を迎え入れるかようにストーブ近くの暖かな場所の椅子をあけ「コッチコッチ」と手招きをしてくれる。

私が遠慮しながら、その椅子に座ると、おヨネ婆さんが唐突に口を開いた。

「ワシャ、小学校しか行っとらんけん、難かしゅう文字は読めんが、平仮名は書けるでぇ。ホラ、見てみぃ、わっはっはー。」

曲がった腰、アカギレと皺でテカテカに垢光りしている指先。澄んだ顔でニコニコと愛想よく微笑む老婆。そのクルッとした少女のような瞳と、彼女の話す内容とのギャップが、この人の人生の深さを感じさせる。

おヨネ婆さんと同世代の老婆たちはニコニコしながら頷きうなずき話を聞いている。その表情の裏に「そんじょそこらのことで、泣いてたまるかっ!」と云う、幼い頃に埋め込まれた、強い気性が垣間見れるような気がした。

すると、自然の流れのように、おヨネ婆さんが話を続ける。

「運命とも思いましたしぃ、成り行きともぉ、疑似恋愛だともぉ、思っとります。」

最初、私は何のことを云っているのか分からず、ポカンとしていた。

「出兵後も、夫のことを思い出すことは、あまりありませんでしたなぁ。それよりも「いま」を生きることだけで精一杯でしたぁ。

こんな戦争、長くは続かなかろうと思う反面、もし、永遠に続ぃたらぁ、子供たちも取り上げられてぇ、またぁ、同じ思いをするんかっちゅう不安を打ち消しながらぁ、ときの過ぎるのを待つだけの毎日でしたなぁ。

男衆は気儘ですけぇ、

〽勝って～　来るぞと勇ましく～

〽同期のサクラ～

っちゅうて、歌っとる男衆は一瞬で消える不安とぉ戦ってたんでしょうけんど、女衆の、戦争がいつ終わるか分かんねーっちゅう不安を持ちながら、延々と続く時間をやり過ごす気持ちと、どっちが重荷なんでしょうかねぇ？　ワシらは、そげん気持ちで、時間を待つしかなかったです。そんで、よーやく、戦争が終わってぇ、年取ってぇ、こーして、大声で笑える時代になったぁです。じゃけんど、本音ぇ云うとぉ、笑うしかないけんねぇ。笑っておらんと、不安で、悲しゅうて、悔しゅうて、不憫で、しょうがないんですわ。なー、ウメさん、うわっはっはっは。」


ヨネ婆さんの乾いた笑い声が心に響いた。比較的若い女性もいたが、その人は涙を浮かべながらヨネ婆さんの話を聞いている。

しかし、過酷な時代を生き延びてきた、この世代の人たちは涙を流さない。いつも笑って、笑って、笑って、ときが過ぎるのを待ち続けた。

最後にヨネ婆さはこう云った。

「泣いても変わらん。怒っても変わらん。最後に残るんは、笑うことだけじゃ。いくら笑っても、金はとられんしぃ、殺されもせんわ。うわっはっはっは。」

＊

ウメ婆さんが、引き継いで話し出す。

「夜中に警報が鳴るじゃろ？　そしたら、真っ暗な中ぁ、防空頭巾かぶって、防空壕に駆け込むだよ。鳴り続ける警報と、爆撃機が空を飛ぶ音と、爆弾が落ちてくる音と、爆弾が当たった音が織り交ざって何が何だか分からんようになる。頼りのおっ父はいない。怯える子供たちは、ワシが守らななならん。」

婆さんたちは、皆、半分笑顔でウンウン頷いている。

「防空壕ったって、気休め程度のつくりじゃ。庭に穴掘ってぇ、掘っ立て小屋作ったみたいなもんじゃ。爆弾が落ちてきたら一発じゃがな。最初の頃は『お願いじゃけん、落ちてくれるな』って祈っとったが、人間、面白いもんじゃ。最後の頃は『出来るもんなら、当ててみぃ』ちゅう、やけっぱちな気ぃになったら、なーんも怖ぅなくなっちまったけ。」

それを聞いて、婆さんたちがケラケラ笑う。

「最後の頃ぉ、避難した防空壕の中で、アンタぁ、ワシらがどんな会話してたぁ思うんよ？　ビクビクしながら警報が止むの待っとったと思うけ？

とーんでもなか。空ぁから、地ぃから爆音が聞こえるなか、一番下の子ぉが、キャッキャッ嬉しそうにはしゃぎだすんよ。最初、ワシャ、とうとう気ぃ狂ったっちゅう思ぉたわ。そしたら、一番上の子が爆撃の音聞きながら『あっ、花火があがった！』っちゅうんよ。ワシャ、思ったよ。子供の想像力はすんげなってのー。

下の子が云うにゃ、ウウウーッ、ウウウーッ、って警報が鳴るじゃろ？　こりゃ、村中に祭りの始まりを知らせる音じゃと。そしたら、爆撃機がボー、ボーって空を飛ぶ。それは祭りに来た村人の嬉しそうな声に聞こえるんよ。爆弾がヒュルルルルーって落ちてくる音は花火があがるときの音でぇ、爆発するドッカーンちゅう音が花火が開いた音だっちゅうねん。」

婆さんたちが目をつむったまま、ウンウン頷いている。

「生きるか死ぬか、爆弾が当たるか当たらんか、そんななか、ワシらは少しも怖ぅなかったな。家族みんな、じぇーんじぇん、違ごぅこと考えちょった。下のオナゴぉは、近所のハルちゃんとお手玉やオハジキや縄跳びで遊んだことばっか話しよる。上のオナゴぉは、学校の話しちょったわ。尋常小学校の最上級生じゃったけー、おヨネ婆さんと違ごぉて、難しい字ぃも読めるんよ。うわっはっは。」

この人たちは、辛い話も悲しい話も怖かった話も、みんな、笑ってやり過ごしてしまう。これが、残されし者が知らずに身に着けた防御服なのかもしれない。現代人の悲喜交々なぞ、彼女たちの目にしてみれば「だから、なんなんじゃい」という風にしか映らないのかもしれない。

＊

リツ婆さんが、少し真顔になって云いだした。

「ワシャ、夫と息子を戦争で亡くしましたぁ。帰ぇって来るとは思っとりませんでしたぁ。そりゃ、2人が出兵したときは泣きましたな。じゃて、夫と息子を死にに出したんですけぇ。当時の世のお母さん方は、皆、そうだったと思いますがね。村の衆の手前、笑顔で夫や息子を送り出すんじゃが、その目は夫や息子の一挙手一投足を何ひとつ見逃さないように見つめてな。そいでもって、見送りが終わって家に帰ったときに、その姿を思い出して泣くんですがな。」

婆さんたちが、ここでは笑いを浮かべず、黙って頷いている。

「じゃが、2人の戦死を聞かされたとき、不思議と涙は出ませんでしたわぁ。もう、死んだものと思っとったんじゃろなぁ、心のどっかで。もう、心んなかでは、既に2人の葬儀を出していたんだと思いますぅ。じゃから、親戚集めて坊さん呼んで葬儀をしたときは、2度目の葬儀だったんだなぁ。はっはっは。」

ここでようやく、婆さんたちが胸元で手を合わせて一礼してから微笑んだ。

「リツさん、アンタぁ、自分の葬儀を2回も出されたら、どーすんねん?」

「ホントだぁ。じゃけんど、線香で燻られ過ぎて、たまらず蘇ったりしてな、あっはっはっは。」

「なーに云ってんだぁ、先にお呼びがかかるんは、長老のヨネさんじゃがな。」

「その点、ウメさんは、長生きするよな。」

「なんでぇ～な?」

「じゃって、爆弾に向かって『出来るもんなら、当ててみぃ』ちゅうたんじゃろ？　そんなんに死に損なったじゃないけ。あっはっはっは。」

＊

私は腕時計を見た。もうすでに1時間もお邪魔している。

「すみません、長居してしまって。お茶、ご馳走さまです。温まりました。」

「なにぃ、兄さん、もう行くのけぇ？」

「はい、貴重なお話ありがとうございました。」

「なぁに、貴重なことなんぞあるめぇ。」

「いえいえ、とっても面白かったです。もっともっと長生きしてくださいね。」

「もぉ～沢山だぁ。充分、生かされたがな。あとはお迎え待つばかりじゃ。あっはっはっは。男衆は人さまに迎えに来られてあの世行きぃ。女衆は神さまに迎えられてあの世行きぃじゃ。人間、最後は誰かが迎えてくれるべさ。あっはっはっは。」

私の命が、あとどれくらいなのかは分からない。しかし、私の人生は、この老婆たちの人生よりも遥かに薄い。自分の人生ではあるが、このままで死んでは老婆たちに申し訳ないように思えた。

救命

戦時中、私は戦地に出る前に救急救命の講習を受けました。当時は救急救命のことを心臓マッサージと云っていました。

「自分の身体を負傷者の身体に垂直に立て、両掌を重ね合わせて心臓のある場所に置く、肘を曲げず、垂直姿勢のまま、負傷者の心臓に全体重を乗せて押し降ろせっ！」

〈イチ、ニッ、サン、シー・・・〉

受講している隊員が声を合わせて『サンジュウ』まで心臓マッサージを続けます。

「よしっ、負傷者の口元に耳を寄せ、呼吸があるかないかを確認！」

隊員は、皆、同じ姿勢で負傷者の口元に耳を寄せます。

「隊長っ、呼吸がありません！」

「よし、次は人工呼吸だっ。各自、負傷者の気道を確保し、口をつけて大きく吹き込め！」

隊員が一斉に人工呼吸を始めます。

「オッ、オウェッツ。」

隊員のひとりが、胃腸の調子のよくない負傷者役の口から溢れる口臭に頭を逸らし、えづきました。

「バカモンッ！　戦地の一刻を争う、そんなときに、えづいていてどうするっ。キサマ、緊張感が足りんっ。全体責任だっ、全員、腕立て伏せ50回！」

〈イチ、ニッ、サン、シー・・・〉

今度は、腕立て伏せの数が数え上げられることに。

＊

実際に救急救命をしたことは、過去に3回ほどあります。戦時中、戦後と。戦時中はもちろん戦場です。

戦後は、復員して、日本全体が戦後の苦境を乗り越え、ようやく、平和な時代になった頃でした。しかし、平和な時代になったと云っても、心に闇を抱え続けている人も多かったです。皆、疾患を抱えた、私と同じくらいのご高齢な男性ばかりでした。

救急救命は、胸の中央部辺りを真上から垂直に肘を曲げずに両手で30回押し込みます。そして反応がないようだったら、また、30回の運動を繰り返します。戦後の救命講習では、人工呼吸という項目は消え去っていました。

私は、回数を数えながら心臓マッサージをしているとき、両目を閉じます。そんなとき、救助中の老人の心の声が聞こえてくるときがあるんです。それは、あまり聞きたくないような言葉ばかりでした。

私は先ほど、戦時中、救命活動をしたと云いましたが、実際、戦時中、救急救命をすることはありません。爆撃を受けたものは、すでに手の施しようがありません。そして、戦場で救急救命をすると云うことは、自分の身も危険にさらすと云うことなのです。戦場には病院も隔離施設もありません。

あのときも、爆撃機の飛び交う音と爆撃と火花が周囲を取り巻いていました。

*

ある日のことです。

我々分隊は東南アジアのある島に上陸していました。ジャングルの中で、いつ、敵の民間兵、すなわちゲリラ部隊が襲ってくるか分からない状況です。上空には敵の爆撃機が大きな音を立てて飛び交っています。

分隊長は、戦況有利と、本土のプロパガンダを鵜呑みにして、歩兵隊に檄を飛ばしますが、経験上、我々の戦況不利は、誰が見ても分かったはずです。

そんなとき、突然、壕に伏して敵兵の動きを監視していた、我々分隊の上に爆撃弾が落とされたのです。

《ドゥッガァァァーン！》

爆撃弾の轟音に反比例するように、一瞬、戦場は静寂に包まれました。

しばらくすると、誰彼となく「大丈夫か？」と叫び声が聞こえ始めます。そして、間の抜けたタイミングで分隊長の命令が下るんです。

「各自、状況を報告せよっ！」

私は、半分土に埋まった下半身を抜き出し、自分の身体が五体満足であることを確認しました。

しかし、私の隣には、先ほどまで、家族のことを世間話にしていた仲間が目を見開いて横たわっています。軍服の腹の辺りがどす黒い色に染まっています。土と泥にまみれた軍服では、それが汗なのか血なのか判別は出来ませんでしたが、仲間が負傷していることは間違いありません。呼びかけても意識はありませんでした。

私は、急いで、内地で習った心もとない心臓マッサージを始めました。

〈イチ、ニッ、サン、シー・・・〉

そのときです。

「キサマっ、何やっとるっ！」

分隊長の罵声が飛んできました。

「はっ、先ほどの爆撃で負傷者が出ましたので救命活動をおこなっており・・・」

「バカモンっ！　そんな者は打っちゃっておけっ！　どうせ、助かりはせんっ。」

「しかし、分隊長どの・・・」

そのまま、分隊長は去って行きます。

代わりに、言葉を失くした私に同僚が近づいてきました。

「よせ。分隊長の云う通り助からん。助かったとしても、この地で生き続けることは無理だ。まずは、自分自身の身を守ることだけを考えろ。」

同僚としては、分隊長に怒鳴られた私を慰めてくれたのでしょう。しかし、私の気持ちは怒りから憤りに変わっていました。

〈何のための救命講習だったんだっ。こんなことなら、やる必要なんて、どこにもなかったじゃないかっ。だいたい、内地での講習なんて、現場と全く違うじゃないかっ。結局、オレは、ヒトひとり助けられないのかっ。助ける機会も貰えないのかっ。〉

＊

戦後、日本に帰って来てから、救急救命士の講習を受け、正式に資格も取りました。

でも、私の救命で蘇生した人はいません。なぜなら3回とも途中で心臓マッサージを止めたからです。

私は、街中で、知覧で、病院で、それぞれ、救急救命を行いました。特攻機に乗った同輩への思いのある老人。戦場で無防備な現地人を殺めた老人。アカに洗脳され首をくくった近隣の青年。私が初めて心臓マッサージをしたのは、私にまだ、赤紙が届いていない頃のことでした。

当時は、戦場では兵士が疲労困憊し、内地では特高が目を光らせ、長屋の住民がお互いに疑心暗鬼に陥っている状態でした。嘘か誠か密通がはびこり、「銭湯の冗談も筒抜け」とまで云われ、家族親戚まで疑いの目を向け合っていた時代です。

少年だった私には、幼馴染みの友達がいました。まだ、戦争の本当の意味を知らず、世間の噂を鵜呑みにし、日本軍常勝という夢物語を信じてゼロ戦に憧れていた頃です。

その友達と特に仲良くしていた理由は、その友達のお兄さんでした。バンカラな学生服に学帽、そしてマントをひらめかして下駄をカラコロ鳴らす姿は、ゼロ戦に負けず劣らず、私の憧れでした。長屋の一室で語る、友達の兄の言葉は、意味は分からずとも、意志の強さを感じていました。そして、部屋にあった蓄音機から流れる洋風な音楽は私の心を、さらに友達の兄に引き寄せました。私にとって、素晴らしき良き時間でした。あのときまでは。

ある晩、と云っても明け方に近かったのかもしれません。いきなり隣家に罵声と怒声が響き渡りました。寝ぼけ眼だった私にも、しっかり記憶に残っております。

「キサマがアカの手先だってことは分かってるんだぞっ！」

「このご時世に、西洋の音楽を堂々と流して、それで、若いモンをたぶらかすつもりかっ！」

「それで、命を張って戦っている衛兵たちに顔向けできるのかっ！」

茶碗が割れ、一斗缶が蹴飛ばされ、卓袱台がひっくり返され、取っ組み合いが続いています。罵声と騒音が明け方の長屋に鳴り響いていました。

そして、そのまま、友達の兄は特高に連行されて行きました。

友達の兄が帰ってきたのは、翌々日の夕刻でした。学生服は裂け、髪は乱れ、目の周りや口元には蒼痣が出来ていました。でも、そんな、友達の兄は笑っていました。呆けたように。

それからは、幼馴染みの友達とも疎遠になりました。父や母から「あの子と遊ぶのはおよし」とキック云われたんです。私は両親の云い付けを守りました。しかし、いま思うと、何故、両親の云い付け通りにしたのか。何故、友達や友達の兄に会いに行かなかったのか、と云う思いが強くなっています。

数日後、幼馴染みの友達が駆け込んできました。

「来いっ！　すぐ、来いっ！」

友達は怒っていました。私を殴りつけるような勢いでした。そして、私の両親を睨むと、私の腕を引っ張ってカレの家に連れて行きました。

そこで見たモノは、あの憧れだったカレの兄が、部屋の梁に首を吊ってぶら下がっている姿でした。

友達の両親は不在でした。私とカレは脚立を引き寄せ、何とかカレの兄をおろします。そして、私は、見よう見まねで心臓マッサージを始めました。おそらく、心の中で幼馴染みの友達に詫びる気持ちが、自然とそうさせたのかもしれません。

〈イチ、ニッ、サン、シー・・・〉

あってるのか間違っているのか分かりませんでしたが、一心不乱に友達の兄の胸を押し続けました。

私は、回数を数えながら両目を閉じました。もしかしたら泣いていたのかもしれません。すると、どこからか声が聞こえてきたんです。

「オレたちゃ、間違っちゃいない。正しいことをしようとしているだけなのに、何故、皆、分かってくれないんだ？　オレたちは、日本を良くしようと思ってるだけなのに、何故、放っておいてくれないんだよっ！」

私は、その意味はよく分からないながら、友達の兄の志の強さは感じていた。

「戦争だからヒトを殺してもいいのかい？　戦争だから侵略しても許されるのかい？　じゃあ、アンタらは一生、正義という名のもとに、人殺しを続けるのかい？　オレたちのやっていることは、命を張って戦っている衛兵たちに顔向けできないことなのかい？

キミ、心臓マッサージ、上手いもんだね。でも、もういいよ、疲れた。オレらのやろうとしてることが無意味どころか邪魔なら、生きてる意味もないからね。ありがとう。」

私は、最期の声を聞いて両目を開けました。心の中で、私は友達の兄に云いました。

〈お兄ちゃん、お兄ちゃんも戦場の衛兵たちと一緒に闘っていたと思うよ。〉

そして、私は心臓マッサージをやめたんです。

横を見ると、幼馴染みの友達の目には、昔のように親しみがこもっていたように思います。

*

鹿児島にある知覧特攻平和会館には、私を含め、戦地に出て生き残った老兵たちの、ほとんどが訪れたことがあるのではないでしょうか。もしくは、一度は行かなければならないと思っているはずです。
私も暮らしが落ち着いてから何十年か経った頃に行きました。そのときのことです。
私は、展示されている、まだ死ななくても良かった年頃の若者が、母親に残した手紙や、出兵前の同期に記した寄せ書きや、見送る家族親戚による千人針などを見ていました。
《母上殿、我の死を泣かずに、誇りに思ってください。》
《日本国の為に、わが身を尽くします。》
《お互い、再会しよう、来世にて。》
私は、それらの文字を何度も読み返しながら涙が浮かんできます。
「このバカモンがっ。浮世の楽しみも知らないくせに。本当に、愛すべき我が子だったんだなぁ。

ごめんよ、ありがとう。」

そのとき、数メートル離れた場所で閲覧していた老人が、うずくまってしまった。

最初、私は、その老人が、私と同じように若者たちの手記を見て泣き崩れたのかと思ったんです。しかし、近くにいたヒトが「誰かぁ、誰かぁっ」って叫び出したので、只事じゃあないと思って駆け寄りました。すでに、老人はロビーの床に仰向けになっており、口から泡がこぼれています。私は、老人の口に耳を寄せ、呼吸がないことを確認しました。胸に耳を当てると心音が聞こえません。もちろん話しかけても反応はなし。すかざず、私は老人に心臓マッサージを続けました。

〈イチ、ニッ、サン、シー・・・〉

最初の1クール30回が終わりました。老人に変化はありません。私は、再び、心臓マッサージを始めました。

私は、回数を数えながら両目を閉じました。すると、どこからか声が聞こえてきます。

「おい、若造、オマエ、オレより先に特攻機に乗るつもりか？　なんで、そんなに先を急ぐんじゃい。昨日、家族の夢を見たっち云うとったろ。父ちゃんも母ちゃんも妹も元気そうに笑っとったって。んで、オマエ、オレの前で、生きて帰るって云うとったがな。」

私にも、その場景が浮かんできました。そして、私も、その若造に云ってやりました。

「なあ、そうだぞ、若造、死に急ぐな。生き急ぐなよ。」

そしたら、今度は老人が私に向かって云ったんです。

「見知らぬ戦友の方、ありがとな。アンタの心臓マッサージ上手かったよ。でも、もういいよ。若造たちのお陰で生き延びた人生だったが、もう潮時だ。あの世で若造たちと酒でも交わして、ヤツらを褒めてやらなくちゃな。」

私は、その声を聞いて両目を開けました。まだ、救急車は来ていませんでした。そして、私は心臓マッサージをやめたんです。

*

それは、私が通院している病院でのことでした。

その日は特に混んでいて、採血をしたあと、私は待合室で2時間ほど呼ばれるのを待っていました。

そのときです、隣に座っていた老人が崩れ落ちるようにベンチから床に倒れ込みました。病院内は適度な冷房がなされていますが、ここ数日の外気温の上昇で、エアコンの効いた室内にいても熱中症になる高齢者が増えていると云います。もしくは持病が悪化したのかもしれません。

私は、すかさず、呼吸と心拍を確認して心臓マッサージをを始めました。ここは病院です。すぐにでも医師が駆けつけてくれるでしょう。

〈イチ、ニッ、サン、シー・・・〉

私は、回数を数えながら両目を閉じました。すると、どこからか声が聞こえてきます。

「スマン、スマン、悪かった。じゃが、あのときの興奮した狂気のなかで正気を保つには、あーするより仕方なかったんじゃ。」

横たわる老人の閉じた目に涙が浮かんでいました。

「あの、数時間前、ジャングルの中でゲリラ部隊と撃ち合いになったんじゃ。銃声が鳴るとジャングルは興奮状態となる。じゃが、銃声が止んだ静寂の時間が地獄じゃった。いつ、どこから敵が襲ってくるか？ 銃か？ ナイフか？ 前か？ 後ろか？ 右か？ 左か？ その恐怖の中でワシは狂っちまったんだ。」

「キャーッ、ギャーッ、助けて、ヘルプっ！」

私の記憶の中に場景が浮かんできます。そこは、森の中の村。オンナ、子供が逃げまどっています。衣服は裂け、泣き叫ぶ顔。その後ろから軍服を着た歩兵が追いかけて来ました。そして、逃げ延びてくる女性の後方で銃撃が鳴り響いたんです。

《ズドゥドゥドゥドゥドゥ》

そして、女性は前かがみに崩れ落ちました。その女性の後ろに見えた歩兵の顔は・・・どことなく、病院の廊下で倒れている老人と重なるように思えました。そして、どこからか、年老いた声が聞こえてきたんです。

「やめてくれ。もういい、やめてくれ。もう、充分生きた。生きちゃいけない人生を生きながらえてしまった。オレみたいなニンゲンは生きてちゃいけないんだよ。あのとき、少女を撃ち殺したとき、オレは地獄に行くべきだったんだ。自分の後始末も出来ないヤツが、無防備なヒトを殺めたんだ。オレはあのとき死ぬべきだったんだ。だから、もう、やめてくれ。」

私は、その声を聞いて両目を開けました。まだ、医師たちは来ていませんでした。そして、私は心臓マッサージをやめたんです。

＊

いまでも、ときどき、救命を止めた私に現実世界の声が「ナゼやめた?」と云ってきます。そんなとき、私はこう云うようにしています。

「ナゼって?　だって、このヒトがやめてくれっていったからだよ。何でキミは、その声を聞こうとしないんだい?」

空腹

戦後50年以上たった、ある夜中のことです。私は自分の寝言で目を覚ましました。

「腹が減った！」

夜中に腹が減って目を覚ますなんて、成長期の子供のような感覚を味わったのは初めてのことでした。

いざ、起きてみると、別段、お腹が減っていると云う感覚ではありません。一瞬、かつての、毎日が空腹だった時代のことが脳裏に浮かびます。そう云えば、夢の中で昔の友達や、すでに他界している両親と会話をしていたような気がします。

そのまま、水を1杯飲んで、私は再び布団にもぐりこみました。

目をつむると、釣り堀の浮きが上下するように視界が上下に動いています。外の月明りで、かすかに見える電灯の傘が、鞠のように大きくなったり小さくなったりし、最後は昔の、吊るしただけの裸電球になりました。

それを感じたとき、私は不安よりも、かつて過ごした日々を思い出して、安心した気持ちで眠りに落ちて行ったのです。

＊

気が付くと、私は、川の堤に佇んでいました。周囲は、どことなく懐かしい雰囲気の風景に包まれていました。

堤の上から見下ろすと、右側は復興した町並みがならび、左側の川に挟まれた野っ原にはバラック小屋が、ところ狭しと連なっています。いまの人たちが見たら、ゴミ屋敷の街並みに思うかもしれませんが、終戦後は、どこもかしこも、こんな感じでした。

左手のバラック小屋の合間には、ところどころ土が見え、貧相な家庭菜園が日立ちます。これも、昔と変わりません。戦後、少し経ってからでしょうか、少しでも多くの食料を調達しようと、家庭菜園が流行った時代でした。

当時は、戦争が終わり、大きな声では云えませんが、生き残った全国民が死なずに済んだという安堵感が流れていました。しかし、それでも、生きるために食べ物を確保し、食いつなぐことが最優先された時代でもあります。子供から大人まで、闇市の食材や、瓦礫に腰を下ろしてお握りを頬張る人を横目に、毎日、腹を空かしたまま町中を彷徨っていたものです。

堤の右手の復興した町並みからは、焼きサンマ、スキヤキ、ケチャップを使った炒め物の香りが漂ってきます。

左手のバラック小屋からは、蒸しイモや雑穀米の焼きおにぎりのにおい、スイトンやごった煮など、得体の知れない匂いが流れてきます。

戦後、数十年が過ぎ、お陰様で経済的にも困らない生活を送れるようになりましたが、私は、栄養豊富な堤右手の食べ物の香りよりも、堤左手のバラック小屋から漂ってくる、ごった返した匂いの方に郷愁と空腹を感じました。

そして、再び思いました。

「腹が減った！」

＊

あれは、終戦後、数年経った7月頃でしたか。ようやく蝉が鳴きだしたことを覚えています。

両親は畑に出ており、私は、ひとりで留守番をしていました。

昼過ぎ、私が、作り置きのスイトンを食べ終え、食器を洗い終わったとき、帰還兵らしき軍服を着たオトコがヨレヨレの態で土間に入って来て、入り口で何かモゴモゴ云うと、いきなり倒れ込んでしまったのです。家には私しかいません。私は、まだ、7～8歳だったでしょうか。どうしていいか分かりません。

その帰還兵の手足は枝のように細く、途中で売っ払ったのでしょうか、軍足は履いておらず、草履をはいていました。

「み、水をくれ。」

敵兵を探すかのように帰還兵が睨むような目で云いました。私は水を汲みに行くどころか、恐怖で動けませんでした。

私が、どうしていいかオロオロしていると、帰還兵の口元がワナワナ震えだし、見開かれた両目から涙がこぼれ落ち、鼻水が流れ落ちました。

「ウッ、ウッ、ウォォォァァーッ！」

私は、大の大人が大声を出して泣き叫ぶ姿を始めて見ました。そして、それを恐ろしく思いながら呆然と見続けていました。


ようやく両親が帰って来て、状況を把握したように帰還兵を抱き起します。帰還兵の泣き叫ぶ顔を起こす母の目から涙が落ちていました。

多少、帰還兵が落ち着きを取り戻すと、両親が遠慮気味にいろいろと聞きます。しかし、その帰還兵は、呆けたように、

「腹が減った。」

としか返事をしません。

母が、残りのスイトンを煮込んで消化しやすいように柔らかくして、フーフー冷ましながら、自

分の子供のように抱きかかえた帰還兵の口に注ぎ込みます。しかし、帰還兵は、それすら飲み込むことが出来ず、流し込んだスイトンがそのまま口元から流れ落ちていきます。それでも、母は何度も柔らかくなったスイトンを冷ましながら、帰還兵の口に少しずつ流していきます。母の膝枕の上で、帰還兵の目が、赤ん坊のように一点をずっと見続けています。

私は、何故か、これが、帰還兵の最期の食事になると思いました。

その帰還兵が、私の家の知り合いだったのか、それとも、たまたま、辿り着いたのが私の家だったのかは分かりませんが、その帰還兵は、最期に母親に赤ん坊のように抱かれて、安心して目を閉じました。おそらく、空腹だった帰還兵は、胸いっぱいの何かを吸い込んで満足できたのでしょう。

その場景を見て、私は初めて、人間の迎えざるを得ない死というものを感じたのです。

◇

私は、いま、幸運にも3世代一緒に暮らしています。私の妻と、40代半ばの息子夫婦と、9歳と13歳になる孫たちに囲まれ、有意義なリタイア生活です。

しかし、一見、和ましい家庭であっても、お互い、心の底には日常生活の不平不満はつきものです。私の場合、リタイア組と自負しておりますので、息子夫婦、特に息子に不平不満を云うことは、ほとんどありません。しかし、孫に対しては・・・。

基本、私も妻も子育ての経験がありますから、息子夫婦の孫に対する教育および指導に関して思うところもあります。しかし、私はサラリーマン時代の部下育成経験もありますから、息子夫婦の孫に対する教育にいちいち口出しはしないようにしています。後進に全権を委ねて経験させて育てるのが部下教育の神髄です。もちろん、自分がやった方が、手っ取り早く上手く進められると云う自負はいまでもありますが、そこは我慢です。

しかし、孫に対しては・・・。

確かに孫は可愛いです。もしかしたら、自分の息子より可愛いかもしれません。ただ、孫たちの食生活に関しては云いたいことが多々あります。

まず、好き嫌いが多い。そして、間食をしてしまって食事を食べきらない。友達との外食が増え、自宅で食事をせず、用意した食事が捨てられてしまう。中でも一番気に障ることは、それらに対して息子夫婦が何も云わないことです。

その点、私の妻は、私と同じ世代ですが、きちんと孫たちに注意する姿をよく見ます。

「あまり、出しゃばるな。」

と、妻に云い聞かせてはいますが、女は強しです。何度云っても、自分の信念を孫たちに教え込もうとしています。褒められることではないですが、大したものです。

確かに、いまは飽食の時代と云われています。食べようと思えば、いつでも食べられます。空腹を感じることもないのかもしれません。孫たちが「腹が減った。」と云うのを聞いたことがありません。しかし、それでも、かつて私たちが味わった経験を知って欲しいのです。

腹を空かせて、屈辱感を味わいながら、戦後のバラック街や闇市をさまよっていたことを。一杯のごった煮を家族みんなで分け合って食べた、あの幸せな日々を。そして、トロトロに煮込んだスイトンでさえ、飲み込めずに腹を空かせたまま死んでいった帰還兵のことを。

あんなことも、こんなことも云ってあげたい。さまざまな思いが交差します。しかし、私の世代は、もう、息子に引き継いでいます。もう少ししたら、孫の世代へと引き継がれていくことでしょう。そんな私が、ああだ、こうだ云うべきなのでしょうか。


よく考えれば、全て私が悪いのです。私が現役の頃に、息子夫婦に食の大切さを教えなかったことが悪いのです。戦時中、誰もが思った食の尊さのこと。兵士も応援する本土の女、子供たちも、食うや食わずの暮らしを当たり前と思っていたこと。食べるモノがなくて死んでいた多くのヒトたちのこと。

いまさら、こんなことを云っても始まりませんね。これが時代というものなんでしょうかねぇ？

動物園

その少年たちは、1年くらい前から動物園に来るようになったと思います。

3人の兄弟のようで、お兄さんは12～13歳くらい。ランニングシャツに短パンに学帽姿で、いつも1歳くらいの弟をオンブしていました。その横に白いシャツに赤いスカートをはいた、おかっぱ頭の妹さんがオッカナビックリついてきます。7～8歳くらいでしょうか。

1歳になると分かるのでしょうか、おぶわれた弟さんは、数少ない動物を見るたびにキャッキャ、キャッキャと喜声を上げています。それを見ている兄妹の笑顔に、何度、元気付けられたことか。

*

入場口には、いつも決まった小父さんが座っていた。

弟をあやしに出かけた僕らは、行くところがなくなると、決まって市民動物園に行っていた。何回、同じゾウやライオンやサルやカバを見ても、弟が「キャッキャ」と声を上げる。ボクと妹は、それを見て、普段の光のささない日常の鬱憤を晴らしていた。妹が7歳、ボクが13歳の頃のことだ。

一度、昼休みに、小父さんが休憩所に向かうのを見たことがある。その小父さんは、右足を引きずりながら、ゆっくりゆっくり歩いていた。

「あの小父さん、なんで兵隊に行かんのぉ？　お父ちゃんと同じくらいやん。」

私たちの父親は、3年前、南方に出兵し、現地で亡くなった。

「あの、おっちゃん、ビッコ引いてんねん。多分、戦場で負傷したんじゃろ。だから、もう、戦場に行かなくてもええねん。」

「お父ちゃんも、ケガすりゃ良かったんねん。そうすりゃ、生きて帰って来れたねん。」

いまの時代、他人に聞かれたら、一発でしょっ引かれるようなことを妹が云う。私は「メッ！」という意味を込めて妹を睨んだ。妹が目を伏せる。

思えば、これが妹の本音なのだろう。一家団欒を奪った戦争。父親の命を奪った戦争。この、まだ小さな妹の身体の中にも、どこかで戦争への憤りを抱いていたのかもしれない。

＊

徐々に戦争の火種は大きくなり、最近、本土にも爆撃が落とされるようになりました。

それに伴って、かつての上野動物園でのクロヒョウ脱走事件を例に、敵機空襲に備えた猛獣脱走対策が地方地方で練られ、『動物園非常処置要綱』がつくられたのです。

「空襲により、動物の保管管理が不可能と考えられる場合、危険度の高い動物から殺処分とする。

対象は、ゾウ、ライオン、ヒョウ、トラ、クマ、毒ヘビほか。処分方法は薬殺を主とするが、急を要する事態時には絞殺・銃殺もありうる。」

しかし、それ以前に、人間同様、飼料不足によって餓死する動物も多かったです。

〈脱走したり、ヒトを襲うほど、もう、動物にも体力ないのに、どーして殺すんや?〉

ある日、小父さんのいる動物園にも、お偉いさんから手紙が届いたんじゃ。その頃には、ワシら、小父さんと仲ようなっとって、小父さんが、悲しそうに手紙の内容を教えてくれはった。

「あんなぁ、ボウズたち、よー聞きやぁ。この動物園、閉鎖やて。」

「ヘイサってどういう意味ねん?」

「もう、無くなるちゅうことねん。」

「そりゃ、嫌やぁ。ウチら困るわぁ。」

「困るっちゅうてもなぁ。」

「ウチら、赤ん坊がおるねん。こん赤ん坊が、動物園、来んの楽しみにしとんねん。」

最近、妹が自分の云いたいことを云うようになった。まるでオカンそっくりや。

「そりゃ、知っとる。いっつも、喜んで動物と楽しんでんの見てたわ。」

「そんじゃあ、なんとかしてーや、オッちゃん！」

「ネーちゃん、家でうまいモン食ぅてっか？」

「ぜんぜんや。今日も、朝ぁ、お芋さん食ぅただけじゃ。」

「じゃろ？　ここにおる動物たちも、この時代、食うもんがないんや。じゃから、ここ閉めてぇ、少しでも食えるトコロに行かせてやろ思てな。」

「それ、どこや？」

「いや・・・それは云えん。」

「なぁ〜、オッちゃん〜、ウチのお芋さん分けるから、何とかしてやぁ〜。」

「そー云われてもなぁ〜。」

「オッちゃん、頼む。この通りや。」

妹が、どこで覚えたのか、拝み倒している。

オッちゃんの目が、妹からボク、そして背中の弟へと移る。

「せやなぁ〜・・・」

「分かったっ！　いつも､見に来てくれるボウズたちの為じゃ。オッちゃんが何とかしちゃるけん、心配すんなっ！」

入場口にあった「閉館」て文字を「休館」に書き換えたボードが取り外されたんは3週間後じゃっ

た。

「兄ちゃん、兄ちゃん、動物園が始まったでぇ！」

妹は嬉しそうに外から駆け込んできて、いきなり、弟のお出かけの用意を始めよる。

「よしっ、行くかっ。」

正直、ワシも嬉しかったぁ。動物園が再開したことはもちろんじゃが、オッちゃんが約束を守ってくれたことが嬉しかったなぁ。そんで、ワシの背におる弟がはしゃぐ姿を見るのも楽しみじゃった。


入場口にぃ、３週間前と同じように、オッちゃんが座っとった。

「よっ、ボウズたち、久しぶりだなぁ、元気にしとったか？　おや、ニーちゃん、いつの間にかヒゲ生やしたんかぃ？」

「アホ云えっ、まだ、子供じゃっ、ヒゲなんぞ生えんわ。」

「おっ、ネーちゃん、身長30センチくらい伸びたかぁ？」

「３週間で30センチも伸びへんわ！　あっはっはっは。」

「んじゃ、ボクちゃんも、ゆっくり見てってぇーや。」

「オッちゃん、ありがとな。動物はんも喜んどるわぁ。」

そんとき、オッちゃんと目が合ったんじゃ。オッちゃんは、すまなそうに頭を下げとった。

そんあと、３人で、通い慣れた園内を周っとったんじゃが・・・。

「あれっ？　ゾウさんが１匹いない。」

「暑っついから、檻の中で休んどんのやろ。」

「ライオンさんがおらへん。」

「ちょうど昼どきや、メシでも食うとんやないか？」

だんだんと、さっきオッちゃんが頭を下げた理由が分かってきよった。何とか閉園を避けられはしたもんの、動物たちの食糧難は続いてて、最小限の動物だけを残して再園しとんじゃろう。

「サイさんも元気ないなぁ。」

「・・・」

「・・・こんなん、動物園じゃないぃ。」

「まあ、そう云いなぁ。オッちゃんが苦労して再園してくれたんじゃろ。戦争が終われば、また、動物たちも戻って来るけん。」

「兄ちゃん、戦争は、いつ終わるん？　いつ、動物たちが戻って来るん？」

「そりゃ、分からん。」

「これじゃ、こん子も喜ばんわ。」

いつも、動物園に入った途端にはしゃぎだす背中の弟が、今日は静かにキョトンとしとる。

そんでワシは思い出した。もともと妹は、動物があまり好きじゃなかった。臭いもダメじゃったし、少しアレルギーを持っていたのかもしれん。そん妹が、動物園に行きたがるようになったんは、弟が生まれてからじゃった。動物に触れるたびにキャッキャと喜ぶ弟を見てからじゃ。

父親が戦争で死に、母親は空襲警報のなかぁ、食料を得るために自分の着物を買ってくれる、成金オバハンのもとを毎日のように訪れとった。家の中には兄弟しかおらん。朝から晩まで暗い日々が続いとった。それを救ったのが、弟の笑顔じゃった。ワシも救われたが、妹が一番救われたんじゃなかろうか。

それを思うと、妹の言葉は、弟の思いを代弁しちょるかのようじゃった。妹の「兄ちゃん、戦争は、いつ終わるん？　いつ、動物たちが戻って来るん？」っちゅう質問には答えられへんかったが、戦争が終わるまでは、ワシが頑張らないかんっち思うたんじゃ。

戦況は苦しいみたいじゃった。ニュースじゃ、大日本帝国の躍進が謳われとったが、日本国民は誰しも疑心暗鬼じゃった。

そんななかじゃった、再び、動物園が閉鎖されるっちゅう噂が広まったんは。じゃけんども、そんときゃ、妹は、前のように文句も云わんと黙っちょった。

そんで兄弟3人で閉園した動物園を見に行ってみたんじゃ。そんときゃ、弟も歩けるようになってて、ワシと妹が両側から手を引いて歩いとったわ。

もう、入場口にオッちゃんはおらん。それが、当然であり、不思議にも思えたわ。

3人で歩いてく。園内に動物はおらん。獣の匂いだけ。静かじゃったぁ。

そんときぃ、妹が泣き出したんじゃ。最初はシクシクしていたけんど、ワシャ気付かない振りをした。じゃが、だんだん、妹の声が大きくなってきて、仕舞にゃ、ワンワン泣き出したんじゃ。弟が意味も分からずキョトンと妹を見上げとる。ワシャ、この場面を一生忘れん。ずっと覚えとかなアカンと思たんよ。

◇

そのヒトは涙を浮かべながら話し出した。

「私は、子供たちに約束したんです。2度と、動物たちを苦しめないと。戦争が終わるまで動物たちを守ることが出来れば何とかなる。そう思って、自分を、そして動物たちを励ましてきたつもりです。でも、私は、子供たちとの約束を裏切ってしまった。動物を救えなかったことは、子供たちを救えなかったことと同じです。

特に、あの兄妹には申し訳ないことをしたと、いまでも思っています。動物たちの命が消え、弟さんの笑顔が消え、妹さん、お兄さんの希望が消えてしまいました。ロウソクの炎が順々に消えていくように。

私は、戦友も救えなかった。動物も救えなかった。子供たちも救えなかった。誰も救えないし、子供たちとの約束も守れない。
いったい、私は何の為に、生き残ったのでしょうか？
私に出来ることは何なのでしょうか？
何の為の戦争なんでしょうか？
幸せって何なのでしょうか？
誰か、教えてくれませんか。」

優等生

「全員、尋常小学校の校庭に集合すること！」

村の部落ごとの代表が、一軒一軒、大声で伝言して回ってきます。

「なんじゃ、朝っぱらからぁ。何事かぁ？」

大人も子供も、何事があったのかと、不信顔で慌てて顔を洗い、尋常小学校へ急いで向かっていきます。

朝の8時過ぎ、村民全員が村立〇〇尋常小学校の校庭に集められました。突然の招集にもかかわらず、いままで軍の統制下で厳しく指導されてきた老若男女が、縦横に規則正しく列をなして、この地区の管轄を指揮する憲兵隊長の登壇を待っています。しばらくすると、憲兵隊長の登壇のラッパの合図が響き渡り、背筋を伸ばした憲兵隊長が靴音高らかに一歩一歩、壇上に上がります。

「これから教育勅語の御名の元、わが村における今後の行動指針を発表する。以降、全員すみやかに従うように。」

「こん村の行動指針じゃと？　何ごとじゃ？」

校庭に立ち並ぶ大人たちに不安な声が響き渡ります。まだ眠たげな子供たちは、意味も分からずコックリコックリ揺らめきながら、ようようの態で立ち続けます。

「戦地では、いま現在も我が軍兵たちが、お国の為に生死をかけた戦いに臨んでおる。その軍兵たちの誠意に報いるためにも、我々も一致団結をして、この難局を乗り越えねばならぬ。常日頃、鬼畜米兵を唱え、贅沢は敵という信念のもと、全国民一丸となって取り組んでおるが、それでもまだ足りぬ。ついては、この村独自の行動指針をより徹底するための政策を実施することに決まった。」

「この村独自の行動指針とは何ぞや？」

「物資はもちろん、お国に奉じる精神においても、無駄を一切合切、いままで以上に省くことを徹底する。」

「いま以上にとな？　なんじゃ、そりゃ？」

「ひとーつ！　食事は朝夕の2食とし、コメや雑穀は、極力、出征兵の為の蓄えに回し、一般市民は、イモ、豆、野菜を中心としたもので倹約することとっ。」

「それじゃあ、力が出ねえでないか。ただでさえひもじい思いをしてるっちゅうに。」

「ふたーつ！　早寝早起きを慣例とし、夜間の無駄な油は使わず、ラジオ等の使用も控えて電気を節約することとっ。」

「ラジオもダメかい。」

「みーっつ！　娯楽は禁止とする。村営の映画放映は中止。村の社交場および娯楽施設は閉鎖。子供らは学校が終わったら寄り道せず、すぐに家に帰り家業もしくはお国のための仕事に従事すること。」

「そりゃ、あんまりじゃ。わしら、どこでガス抜きすりゃよかんべな。」

「よーっつ！　飲酒、喫煙も控えることとっ。」

「そりゃ、きっついわね。」

「いつーっつ！　全村民が軍兵たちとの痛みを分かちあうため、子供らの持つ人形、及び、ぬいぐるみ等を神社仏閣に供え、願掛け供養することとっ。よって、本日より、人形、及び、ぬいぐるみを没収し、子供らは、戦地で戦う軍兵たちの思いを我慢という形で同じように体感し、我が国の勝利の為にも、常に願掛けをし続けることとっ。」

「それは、ひどい。それじゃ、あんまりにも子供たちが可哀そうじゃ。」

　子供たちは、憲兵隊長から何が云い渡されたのかを、まだ、分かっていません。尋常小学校の校庭には、徐々に大人たちの不平不満の声が上がってきました。その大人たちの声に、ようやく、自分たちの置かれた状況が芳しくない方向に進みつつあるのでは、と子供たちの不安顔が伝染していきます。

　しかし、多くの村民が不平不満を抱くにせよ、地区の憲兵隊長の云い付けに反旗を振りかざせるモノなど、どこにもいないのが現状です。

その日の午後から、魔女狩りならぬヌイグルミ狩りが始まりました。

「お願ぁい、ワタシのウサギさん、持ってかんといてぇ。」

「このタヌキのヌイグルミ、ないと眠れへんのや。」

「いややぁ、いややぁ、いややぁぁぁ～っ！」

子供たちの泣き叫ぶ声に親たちは目頭をおさえるしかありません。

尋常小学校の校庭は、子供たちの泣き叫ぶ声が大きくなればなるほど、静寂に包まれてくるようです。

そのときです。キリリとした女の子の声が校庭に響き渡ったのは。

「みんな、我慢やっ。兵隊さんたちは、戦地で私ら以上に難儀してなさる。それを私らが応援せんで、誰が応援するんかいっ。」

その声の主は、村長の娘、サキちゃんでした。サキちゃんは、尋常小学校高学年の学年委員長をしており、学校の成績もよく、先生や親御さんや近所の子供たちからも、一目置かれた存在の優等生でした。

「そんなこと云っても、サキ姉ちゃん、寂しくないんかい？　サキ姉ちゃんかて、いつも、犬のぬいぐるみを可愛がっとったやないか。」

下級生の云う、その言葉にサキちゃんの顔は少し曇ります。

「・・・さ、寂しかないっ。お国の為や。戦地で戦う兵隊さんの為や。」

サキちゃんは、他の子供たちというより、自分自身に云い聞かせるように答えます。

「サキ姉ちゃんのバカッ！」

年下の女の子が癇癪を起して人形を投げつけました。それまで手を繋いでいた弟が、姉の態度の急変に驚いたように泣き出し、真似をしてぬいぐるみを投げ出します。

それを見て、サキちゃんの表情が悲しく曇ります。目が心なしか潤んできます。でも、サキちゃんは泣きません。心を込めて口元に力を入れて踏ん張ります。

その他の子供たちは、尊敬する優等生のサキ姉ちゃんに、そこまで云われたら従うほかありません。子供たちは半べソをかきながら、人形やぬいぐるみを校庭の前の方に置かれた回収箱に入れていきます。子供たちの後ろ姿を見て、母親たちが、また目頭をおさえていました。

でも、その場景を見ていて、一番悲しい顔をしていたのはサキちゃんだったのかもしれませんね。

＊

当時、ワタシは、それを見て思ったんですよ。ぬいぐるみを奪われる子供たちの思い、泣き叫ぶ子供たちを見守るだけしか出来ない親御さんの思い、そして、優等生のサキちゃんの思いはどないなもんなんだろうってね。

戦争は人々の命を奪うだけでなく、人々の心までも奪ってしまうものなんですね。我々、大人はいいですよ。長くはないにせよ、それなりに人生を生きてきました。でも、子供たちは、まだ、僅か数年から10年くらいしか生きていない訳ですよ。そんな短い時間で、いきなり、あんな過激な戦争という時代に出くわしてしまったんです。家族を失ったヒトや、トモダチを失ったヒトも可哀そうですが、それ以前に、自分自身の時間と云うか、時代と云うか、青春と云うか、そんな、短くて一番大切なモノを子供たちは奪われてしまったんですよ。

ワタシは、あのときのサキちゃんの瞳が忘れられません。自分だって、他の子供たちと同じように、長い間、可愛がっていた、ぬいぐるみと別れるのは忍びなかったでしょう。「いやだ、いやだ、ワタシのぬいぐるみと別れたくない！」ってごねたかったでしょう。でも、サキちゃんにはソレが出来なかった。

何故だと思います？

当時、教育上、道徳上の観点として〝こうあるべきだ〟という教えが、いま以上に強かったように思います。ましてや戦時中です。その風潮が徐々に強烈になっていったことは否めないでしょう。行きつくところは〝しなければいけない〟へと変わっていきます。ひといちばい責任感の強かったサキちゃんが〝しなければいけない〟という考えに行きつくのは何の不思議もなかったのではないでしょうか。

さらにサキちゃんを不憫に思わせたたのは、自分の気持ちを押し殺して、村長の娘として、学年委員長として、友達にぬいぐるみを手放すよう云わなければならなかったということではないでしょうか。

　ぬいぐるみの回収（没収）が終わったあと、私は神社の境内で話し合っている数人の子供たちを見ましたよ。

「サキ姉ちゃんは、裏切り者だっ。」

「学年委員長だからって優等生ぶって。」

　子供たちは、やり場のない不満をサキちゃんにぶつけていました。

　私はそれを聞いて悲しくなりました。この子たちは、サキちゃんの本当の心の内を知らない。いや、知っていたのかもしれませんが、それを認めて受け入れるすべを、まだ、持ち合わせていないのです。かといって、この子たちが間違っているとも、そのときの私は云い切れませんでした。結局、私は、その子たちに何も云えず、逃げるようにその場から姿を消しました。大の大人が情けないですね。

　サキちゃんの立場と責任感が、彼女にそう立ち振る舞わせたのは仕方のないことでしょう。ですが、まだ、10歳やそこいらの女の子ですよ。そんな少女に重すぎる責任感を感じさせたのは誰なんでしょうかね？　社会でしょうか？　お国でしょうか？　それとも、何も手を出せずに現実逃避をしてしまった私のような大人たちでしょうか？

　優等生で居続けることは、とっても難しくて、とっても辛いことなんですねぇ。

『ぬいぐるみ願掛け供養』という、この村特異の突発的な方策は、村民に一丸となってお国の進む方向に視点を向けさせたという点では、当時の憲兵隊長として、画期的なアイデアだったと思います。有無を云わせず、村民全員が日本軍色に染まったのですから。

でも、この憲兵隊長は重要なことを見落としていたことを忘れてはいけません。それも、取り返しのつかない重要なことを。

子供たちにとって、ぬいぐるみって、ヒトに云えないことを打ち明けられる、唯一の相棒でしょ？友達にも、学校の先生にも、親にも云えない（云っちゃいけない）ことを、打ち明けたり、相談できる唯一の相手でしょ？

普段、子供たちは、必死にぬいぐるみを抱きしめていますが、子供たちは知ってるんですよ。ぬいぐるみの方が子供たちのことを抱きしめてくれていたことを。

戦争は、そんな子供たちの大事な相棒と、子供たちの貴重な時期を奪い取ってしまったんですよ。いまとなっては、その責任をとってくれるヒトも国家もありませんけどね。

いつの時代も、問題を起こすのは妄想に憑りつかれた大人たちと、自分の意思を貫き通せない、私たちのような大人たちですよね。そして、最終的に、その被害を被るのは、決まって何も知らない無垢な子供たち。何で、同じことが繰り返されていくんでしょうかねぇ。

なんだか、悔しいですよね。

戦犯

《ズドゥドゥドゥドゥドゥドゥドゥ》

ジャングルの中で銃声が響く。女、子供、老人が両手で頭を防ぐような姿勢で悲鳴を上げて逃げまどう。

《ズドゥ、ズドゥ、ズドゥ、ズドゥ》

敵兵の男は、無言のまま応戦の銃声を放つ。ジャングルで聞こえるのは、女、子供と老人の悲鳴と銃声のみだった。

＊

静まったジャングルでは、我が軍の兵士たちが、いまだに銃を構えたまま、隠れている敵兵を探している。どうやら、この場は、ひと段落ついたようだった。

しかし、いきなり女の奇声が響き渡った。女が何を云っているのか分からないが、何かを庇うようにして、我が軍の兵士を止めようとしている。もちろん、兵士は遠慮することなく藁を積み上げた家に乱入する。

しばらくすると、ガリガリに痩せた男が連れ出されてきた。まだ若い男のようだが、病気なのか栄養失調なのか、まともに一人では歩けない。男を連れて行かないよう、抵抗とも懇願ともとれる態度を続ける女に兵士は銃を向けた。

《ズドゥーン！》

一発の銃声とともに、その女はダラリと地面に伏せた。

それを尻目に、ガリガリの男が木々の開けた一画に運び込まれた。我が軍の兵士たちが男を取り巻き円座する。上等兵が男に質問をする。

「オマエは何者だ？」

「オオ、カミヨ、オタスケクダサイ。」

「ナゼ、若いオマエだけが、ここに残っているのか？」

「オオ、カミヨ、オタスケクダサイ。」

上等兵の眉間が険しくなり、声が大きくなっていくのが分かる。

「オマエは何者だ、と聞いておるのだっ。答えろっ！」

「オオ、カミヨ・・・」

上等兵は、途中でオトコの言葉を制し、一等兵を呼びつけた。

「時間の無駄だっ。やれっ！」

「はっ。」

一等兵は迷わず、男の頭に銃口を向けた。

《ズドゥーン！》

一発の銃声とともに、その男はダラリと地面に伏せた。

ひとりの女と、ひとりの男が銃殺されたのを目の当たりにした村は渾沌地帯となった。兵士たちは食料を奪い、女たちを犯し、歯向かうモノには銃を向ける。銃撃戦で互いの兵士を殺し合ったあとのオトコたちは飢えた獣そのものだった。

男が運び出された藁積みの家の脇に倒れて動かない女。さっきまで円座していた中央に横たわる男。私は、いままで何人もの戦死者を見て来た。それぞれ、自分が生き残るために殺した、殺された屍だった。しかし、いま、目の前にいる男と女は違う。ここには、意味のある死はない。彼らをはじめ、我が戦友に殺されたモノに、殺される意味はない。

私は、翌日の日が上がる前に、連隊から逃げ出した。ジャングルの奥深くへと。

◇

1945年8月5日午後

私は人混みに押し潰されそうになりながら、日本の港に立っていた。

港には、任期満了による復員兵の帰還を出迎える家族や友人たちが、手に手に、幟や旗を振って待っている。もちろん、任期満了を待たず、連隊から逃げ出して帰国してきた私を出迎える者などない。

*

1945年8月8日夜半

満員超過の汽車に何度も振り落とされながら、ようやく私は郷里の土を踏んだ。

恐る恐る、我が家の戸を開く。

「おっ母、ただいま。」

私は囁くような小さな声で帰還を告げた。

「はい？　どなた？」

水場の仕事でもしていたのだろう、母親が前掛けで両手を拭きながら玄関に出てきて、私を見るなり、踵を返し、部屋のなかに消えて行った。しばらくすると「チーン」という仏壇の鈴の音が聞こえた。

「なんじゃ、なんじゃ、どうした？　母さん。」

「倫太郎がぁ、倫太郎がぁ・・・うわぁぁん。」

「倫太郎が？　倫太郎がどうしたんじゃ？　何故、泣くぅ？」

私は、三和土をあがり、居間に伏している父親と母親を見下ろして頭を下げた。

「ただいま帰りました、お父さん、お母さん。」

「えっ！　ただいま帰りましたって・・・オマエ、倫太郎か？　生きて帰ったんかぁ？」

「はい、恥ずかしながら帰って参りました。」

「・・・・・」

「・・・・・」

「じゃて、オマエ、帰りましたって、兵役はまだ先まであっただろうに。」

「それが・・・」

「ま、まあ、お父さん、そげなことは、あとにしよ。それにしても倫太郎、よくぞ無事で帰って来たのう。」

そうして、私の故郷での暮らしが、再び始まりました。

翌日には、村中に私の帰還の噂は広まっていました。隣近所はもちろん、村中の人が畑仕事の合間に、訪問してくれました。

「良かったのう、生きて帰ってこられて。」

「お父ちゃんもお母ちゃんも安心したべぇ。」

村のモンは、皆、温かく迎えてくれました。

しかし、それが翌日になると一変します。村のなかには、私と同じく、赤紙が届いて出兵した若者も多くいました。そこに私が帰ってきたのです。まだ、帰還していない、もしくは、既に栄誉の死を遂げた兵士のご家族の心中やいかなるものでしょう。次第に、私を見る目が厳しくなってきます。しかも、どういう経緯か分かりませんが、私が連隊から脱走してきたという話もされるようになりました。


ある晩、私は村の集会所に呼び出されました。いわば、村の戦犯裁判です。

「倫太郎、お勤めご苦労だった。さぞや苦労もしたろう。」

「いえ、そんなことは。」

「ところでじゃ、お国の為に戦地に向かったオマエに、あまり良くない噂が立ってのう。その真意を直接オマエに聞いたがよかろうっちゅうことになって、今夜、皆に集まってもろた訳じゃ。」

「はい、何なりと。包み隠さずお話しします。」

「んじゃ、聞くが、オマエの任期はまだだったと思うんじゃが、なして、帰って来れた?」

「それは・・・」

「どした?」

「それは、ワタクシ、南方の戦場の悲惨さに耐え切れず、逃げ出してまいりました!」

「逃げ出しただとぉ~?　オマエ、自分の云っていることが分かっとるのかっ!」

「お国の為に尽力するのが、国民の定めじゃろがっ！　根性ナシめっ。」

「お国の方がオマエをひっ捕まえるぞっ！　村の評判もガタ落ちじゃ。どうしてくれるっ！」

矢継ぎ早に、近隣の村民たちが声を荒げて云ってきます。

しかし、その場は村長が抑えてくれました。

「まあ、まあ、皆のモン、倫太郎には倫太郎の云い分もあるじゃろ。聞いて見よか。どうじゃ？倫太郎。」

「最初は、恐かったです。ジャングルに囲まれて、どこに敵がいるか分からない。その恐怖心は昼も夜も同んなじです。昼は木々の影から銃口を向けられている気がして、夜は真っ暗闇のなか、いきなり喉元にナイフを突きつけられているようで。」

「そんなことは、他の兵士も同じじゃ。オマエが恐がっとるだけじゃ。」

「たしかに、そうです。自分が我慢しなけりゃならない問題です。でも、それは慣れでした。しばらくすると、それにも慣れてきました。そんなとき、あの村に行ったんです。」

「外国のジャングルじゃ。どこも同じようなもんじゃろが。」

「そうです、ごく普通の、どこにでもあるような村でした。遠くから見ると、女と子供と老人しかいません。ということは、若い男たちは村を守るために、志願兵として銃を持って我々を迎え討とうとしているのです。我々は気を引き締めてジャングルの枝葉の揺れる方向を見透かすように凝視します。そのとき、木々が揺れ、銃撃音が聞こえてきました。私も迷わず応戦しました。多分、数人の敵兵を殺したと思います。でも、その頃には私も銃撃戦には慣れてきていました・・・敵兵を撃ち殺すことにも。」

「・・・」

「私たちは、その村を鎮圧しました。戦友たちは緊張感が解け、笑顔を浮かべています。

でも、そのあとです。上等兵たちが、何かを訴えている女を銃殺しました。そのあと、丸腰で隠れていた、如何にも抵抗しそうもないガリガリの男が引き出され、我々が円座する中央に連れてこられました。上等兵が男に何か質問をしています。それに、男が答えています。すると、上等兵は部下の一等兵に何事か云いました。すると、その一等兵は、無言で無表情のまま、銃を構え、その男の頭を撃ったんです。」

「で、でも、戦場じゃ、そんなこと、当たり前じゃ、ろ?」

「戦場じゃ当たり前・・・ですか?」

「オマエさんも戦場で敵兵を殺したべ。それはお国への貢献じゃて。」

「でも、でも、あれは、戦争じゃないです。単なる人殺しです。戦争ですから銃撃戦には慣れなきゃなんないです。でも、人殺しには慣れたくないです！」

「それで、戦場をあとにした、と?」

「はい。」

「そんな、甘かこと云ってる場合かぇ?　それが戦争じゃ。全部ひっくるめて、それが戦争じゃて。

そんなオメーの感傷事を認めてちゃ、この村はどうなるんだい？」

「そうさ、そうさ、こりゃ、村の信用問題じゃ。もしかしたら、この村が、お国から罰せられるかもしれんで。」

「そうじゃ、そうじゃ、倫太郎は村から追い出せっ。して、倫太郎ん家は村八分じゃ。」

村長が、白熱する声声をなだめて云います。

「分かった、分かった。倫太郎の云い分も、皆の村を思う気持ちも聞かせてもらった。では、倫太郎および倫太郎の家族の処分は、村の会議で決めよう。結論は、そうだなぁ・・・8月15日に出すことにしてはどうかな？」

「よかんべ、よかんべ、そうすっかぁ。」

そして、その日の、私の戦犯裁判は終わりました。

＊

1945年8月14日
『15日正午より重大放送あり、全国民は皆謹んで聞くように』
という報道があり、村内は右も左も、その話題一色になりました。
1945年8月15日正午

天皇陛下による玉音放送『大東亜戦争終結の詔書』が流れました。

『朕深ク世界ノ大勢ト帝國ノ現状トニ鑑ミ非常ノ措置ヲ以テ時局ヲ収拾セムト欲シ・・・堪エ難キヲ堪エ忍ビ難ヲ忍ビ・・・』

天皇、国家に忠誠を抱き続けてきた村民たちは、皆、地面に膝をつき泣き崩れていた。

その日、村長が訪ねて来ました。

「もういい、もうおしまいじゃ。日本国民、みんな頑張った。倫太郎、オマエも頑張った。それでいい。すべてが、もう終わったんじゃ。」


その日を境に、村民の私を見る目は皆無になりました。というよりも、皆、興味を失ったと云う方が正しいのかもしれません。

現金なものだと思います。あのとき、あれほどの権幕で、私に噛みついてきた人たちは、どこに怒りをぶつけていたのでしょう?

臆病風をふかして、戦地を逃げて帰って来た私に対してだったのでしょうか?

脱走兵を出した村というレッテルを貼られた、村のメンツに対してだったのでしょうか?

しかし、それがどんな理由であろうと、私に落ち度があったことは否めません。

私は、今後、その思いを胸に、負け犬として生き続けて行くのでしょう。

狂っとります。間違っとります。あなた方も、あらゆるヒトも。

◇

頑張るとか頑張れとか、簡単に云いますけれど、頑張るとはどういうことなんでしょう？　戦場に行く前に「頑張れ」と云われたことはありません。だから、戦地へ行く汽車に乗って送り出されるとき「お国の為に頑張ってこい！」と云われてもピンときませんでした。

自分自身、それまで頑張っているなどと思ったことはありません。単に、いつも通りやっていただけです。

頑張ると云う意味が分からないし、そんな言葉に意味を持たせたくもありません。

人から「頑張ってるね」と云われると、上から目線のようでムッとするだけです。見方を変えて、頑張ると云う言葉が、彼らの意図しているレベルであるならば、ワタシは頑張っていたのかもしれません。

ただ、そういうレベルで頑張っていると云い切るヒトたちを私は好きになれません。頑張っているとみられている自分も好きではありません。正確に云うならば、頑張っている風に見える奴らには反吐が出ます。

私は戦場で自分なりに頑張って脱出を考え、頑張ってジャングルを抜け出し、頑張って船に乗って日本に帰ってきました。しかし、出兵前「頑張って来い。」と云ってくれたヒトたちは、手のひらを返したように「頑張ったね。」とは云ってくれませんでした。そして、私を憎みました。それが、8月15日を境に、全てがなかったことにされてしまいました。

私はまだ死ぬわけにはいかんのです。まだ罪滅ぼしが終わっていませんから。

これから頑張って少しでも生きて、少しずつ、意味なく殺されていった方々にお詫びし続けていくつもりです。

これくらいしか、私には「頑張る」ことは出来ませんから。

忘却

1945年8月15日、天皇陛下の玉音放送とともに戦争は終わりました。

尋常小学校の校庭で泣きわめいていた母親、その姿をポカンとみていた子供たち。気が狂ったように「ウソだ、ウソだ、ウソだっ！」と大声で叫びながら校門から出て行ったオトコ。

あのとき、日本の敗戦を伝える玉音放送を聞きながら、皆、それぞれ何を思っていたのでしょうか？　平和でしょうか？　屈辱でしょうか？　戦死した我が子への弔いでしょうか？

正直、私自身、この時期のことは、多くの思いが混ざり合っていたという記憶しかなく、何を考えていたのか、思い出すことが出来ないのです。

◇

終戦を迎える数年前、私は、広大なシナの大陸におりました。私が出兵した当時は、日本軍の勢力は甚大で、現地の行政から市民の統治に至るまで、軍の上層部が我が物顔で仕切っておりました。

そのお陰で、その頃は、我々、一兵卒でも流れ品のおこぼれに与かり、戦時中とはいえ、比較的、豊かな暮らしをしていたと思います。

この時代、統治する側とされる側では、天と地ほどの格差が生まれるものです。日本にいてもそうだったのでしょうが、この異国の地の町中にも、その日に食べるモノもない子供や大人たちがごまんといました。反対に、食べるものに困っていない我々が、茹でたイモなどを食べながら町中を歩いていると、その幾つものヒモジイ瞳がジッと物欲しそうに見つめていたのを覚えております。

こうも、あからさまな上下関係が成り立ってしまうと、どんなに出来た人間であろうと、その気風に飲み込まれていくものです。その当時、私も例外に漏れず、決して自分が偉い訳でもないのに、物欲しそうに見つめるヒモジイ瞳に胡散臭さを覚えたものでした。

しかし、それから1年の後、シナの国が大戦に参戦を唱えると、この異国の地の情勢は一変します。我々、日本国軍は敵対国として弾圧され、いままでの暮らしはもちろん奪われ、シナ国軍の兵士たちに追い詰められ、収容所や強制労働に連行されて行くようになります。

私は、強制労働者として、終戦を迎えるまで荒れ果てた大地に鍬を突き刺して過ごしました。その間、それまでの暮らしとは打って変わって、1日の食事は朝と夜に出されるお粥一杯のみ。その時点で我々を監守するシナ国軍が、美味そうな油で揚げたパンを食べる姿を、ヨダレを垂らしながら見つめる側になっておりました。

このとき、私は何を思っていたのでしょうか？「あのとき、シナの町中で物欲しそうに見つめていた子供たちに、何か食べるものをあげておけば良かった。」と懺悔の思いでいたのでしょうか？それとも、「このシナの国軍めっ。そのうち仕返ししてやるぞっ。」と屈辱の思いでいたのでしょうか？　それが思い出せません。

＊

終戦から半年くらいした頃でしょうか、ようやく、私にも日本に帰れるときが来ました。

と云っても、大陸からの引き揚げ兵は数えきれないほどおります。週に1便しか出航しない船は帰還兵で満載です。いっぱいと分かっていながら、それでも引き揚げ兵は我先にと船に雪崩れ込みます。大列を作って船に向かう我々の姿は、見ようによっては、奴隷船に積み込まれる奴隷のように現地のヒトには映っていたかもしれません。

ようやく、船に乗れても、ぎゅうぎゅう詰めの船内の衛生管理はひどく、日本に着く前に亡くなる戦友も沢山いました。もちろん食料もありません。

船が日本の港に着いたとしても、そこから故郷までの陸路は、まだまだ続きます。鉄道は、船以上に混雑しており、タラップや窓の外にしがみついて乗っているヒトも多くいました。故郷に帰れる日々を夢見ていたにもかかわらず、数日間、何も口に入れていない人々の顔は疲れ果て、どんよりとした空気が車内に漂っています。

そのとき、どこからともなく、オトコの泣く声が聞こえてきたんです。

「うぇぇぇぇーん、うぇぇぇーん。」

それは、大の大人の泣き声ではなく、まるで子供のような泣き方でした。

一瞬、周囲の乗客が、ハッとしたように顔をあげますが、また、もとのようにうつむきます。それ以降、しばらく続いたオトコの泣き声に、周囲の乗客は何も云いません。オトコの方を見ようともしません。いや、見ることも、何か声をかけてあげることも出来なかったのではないでしょうか。おそらく、この列車に乗っているヒト、みんなが、オトコと同じ思いを心に秘めていたから。

実際、このとき、オトコは何を思って泣いていたのでしょうか？「これからオレは自由になる。ヒトを殺すことなく、殺されることもないのだ」と喜びを感じていたのでしょうか？ それとも「こんな状況で日本に帰って来たって、オレは、これから一体、何をすればいいんだ？」という悲壮感が勝っていたのでしょうか？ 私には、それが思いあたりません。

＊

大陸から引き揚げてきて1年が経ちます。思っていた通り生活は厳しいままです。闇市を駆け回り、屑鉄拾いやイカサマ大工で何とか食い扶持を得ています。戦地へ赴くときには、万歳三唱で英雄のように送り出されましたが、帰ってきたらこのザマです。誰も助けちゃくれません。まあ、みんな、同じ苦労をしてる訳で、贅沢は云えませんが。

昨日、夢を見ました。

私は、戦場の壕のなかで、三八式歩兵銃を構えています。空には機銃掃射の飛行機が飛び、あちこちらで爆弾の破裂する音が響いてきます。

ふと、横を見ると、同期の戦友が、ヘルメットをかぶり、私と同じように爆音のする方角を見つめていました。

「カレは・・・？」

夢の中で、私は自問しました。隣にいるカレは、軍に入隊したときから、常に行動を一緒にしてきた同期だったはずです。出兵する前は、隊を抜け出して、内緒で町の食堂にスイトンを食べに行ったはず。カレの許嫁の写真を見せてもらったはず・・・。

しかし、夢の中で、私はカレの存在を思い出せません。徐々に、脂汗が出てきました。

そのとき、夢の中で、爆音と眩しいばかりの閃光が目の前に落ちました。

しばらくの間、私は気を失っていたのだと思います。目が覚めると、辺りは土塊（つちくれ）の山。ところどころに煙が上がり、火薬の臭いが立ちこめています。

私は、壕に一緒に入っていた戦友を探しました。壕は半分以上埋まってしまっています。まず、私は自分に覆いかぶさる土塊をどかし、戦友のいた辺りを手で掘り返しました。1～2メートル掘ったときでしょうか、指の先に、何か布のようなモノが触れます。私は無我夢中で掘り続けました。そこには、戦友の無残な姿がありました。私は、動かなくなった戦友を見ながら、入隊のときの健康診断のことや、カレの許嫁のことや、一緒に食べたスイトンの味を思い浮かべていました。しかし、不思議なことに涙は出ませんでした。

このとき、私は何を思っていたのでしょうか？「あの爆撃で私の代わりにカレが死んだことへの安堵」だったのでしょうか？　それとも「許嫁を残して死んでいった戦友」に申し訳なく思っていたのでしょうか？　私には、それが思い出せないのです。

*

1946年に極東国際軍事裁判が市ヶ谷の陸軍士官学校で開かれました。そして、およそ1年半をかけて、「平和に対する罪」として23名のA級戦犯、「通常の戦争犯罪」としてB級戦犯7名が裁判にかけられたと云います。

思い返せば、ひどい時代でした。私が子供の頃には、すでに戦局は始まっており、日本国中が、新聞や映画で流されるニュースを、そのまま鵜呑みにし、疑うこともなく国家に命を捧げてこそ日本男児だと疑わなかった時代です。毎日が日本軍の連戦連勝。私も日本国民であったことを誉に思い、いつでもお国の為に命を捨てる覚悟でおりました。

子供の頃の思い出や、青春時代に目をつぶらされて育ち、死に向かって突き進んでいく若者たち。せめて、その一途な思いを疑うことなく貫き通して死んでいった同輩に、それでもキミは幸せな一生だったのだと諭してあげたい気持ちが、いまでも私のなかに蠢いています。だって、そうでもしなきゃ、やり切れんでしょう？

極東国際軍事裁判で処刑にされた方々を云々するつもりはありません。私たちにとっては雲の上の存在ですから。

でも、もっと、身近に接してきた方々は、この敗戦をどう思っていたのでしょうか？

尋常小学校で、教育勅語や軍事教育を教えて下さった先生方。お国の為と死に行く生徒の頬を叩く気持ちは、どんなものだったのでしょうか？

出兵の際、動き出す機関車に向かって万歳三唱を唱えていた近隣の皆さん。駅の柱の陰で、帰らないと知りつつ、息子を送り出す母親の気持ちを、どう思っていたのでしょうか？

お国の為の制裁と云って、気分次第で鉄拳を振り下ろしていた、入隊先での士官や上等兵。カレらは、いま、あのときの矛盾だらけの指導を、どう思っているのでしょうか？

いま思えば、日本国中が狂った時代でした。国も、上官も、国民も、身内も・・・何もかもが狂っていたんです。でも、裁判で裁かれたのは、お国のトップのヒトたちだけです。みんな狂っていたのですから、みんなが、裁かれるべきではないでしょうか。政治家も、軍隊も、教師も、隣人も、親も、私も。

でも、それは、いまだから云えることです。

極東国際軍事裁判のニュースを新聞で読んだとき、私は何を思っていたのでしょうか？「主犯格が裁かれて、これでようやく平和な時代が訪れた」と平和を喜んでいたのでしょうか？　それとも「オレらの人生を無茶苦茶にした、身勝手な奴ら全員に制裁を喰らわせたい」といった恨み節を感じていたのでしょうか？　私には、それが思い出せません。

私も歳を取り、肉体的にも精神的にも弱くなり、辛く遠い記憶も覚束なくなってきました。

ただ、怖いのは、私のように戦争を経験した方たちが、

〈そんなこと、いまさら云っても始まらない。〉

と、当時の思い出を心の淵に閉じ込めてしまうことです。

老体に鞭を打ってでも、少しずつ消えていく、さまざまな記憶を引き戻し、後進に伝えていかないと、同じことが繰り返されてしまうと思うんですよ。

花火

1945年8月1日、午後10時30分。新潟県長岡地域周辺に空襲警報が鳴った。敵軍の焼夷弾が大量に投下され、市街地の8割が焼失、1480余の市民が亡くなった。罹災戸数は1万1986戸に及んだと云う。

戦災の慰霊と鎮魂の花火《白菊》が信濃川河川敷で打ち上げられることになったのは、2002年のことである。白一色の尺玉3発と鐘の音が夜空に鳴り響く。尺玉3発と聞くと侘しさを覚えるが、3発それぞれの《白菊》には、それぞれの思いが込められている。

・空襲で亡くなられた方への慰霊
・復興に尽力した先人への感謝
・恒久平和への願い

＊

「戦争ってなんだったんですかね。」

お国の為、国民の為と鼓舞する上層部。軍のプロパガンダに踊らされる国民。戦地で生と死の間を彷徨う将棋の駒・・・。

「いったい、あの戦争で誰が得をしたんでしょうかね？」


妻は云う。

「この花火の鎮魂が天国の皆さんに届くといいね。

アナタ、おぼえてますか？　勇児が生まれたときのおじい様、とっても嬉しそうに可愛がってくれましたよね。自分の息子のオシメも換えたこともなかったおじい様が、勇児のオシメは、勇気を奮って換えてくれましたよね。

暑い夏の盛りに、畑で採れた小玉スイカを持ってきてくれたとき、誤って勇児の頭の上に落として割っちゃったことがありましたよね。勇児の頭がスイカの汁で赤くなってるのを見て、幸子が泣き出しちゃって。本当は自分が泣きたいのに、勇児は妹の幸子の頭をなでなでしてあやしてくれました。嬉しかったたぁ。

そんな幸子には、おじい様、女の子の扱い方が分からす、しどろもどろでしたよね。

ワタシ、幸せでした。とっても優しいおじい様でよかったわぁ。」

《白菊》の鎮魂の花火が数年前、いっとき、諸般の理由で取りやめになった頃を境に、妻は涙もろくなりました。それまで、自分に云い聞かせるように、過去の悲しい記憶を封印して、涙を流さないようにしていた妻でしたが、《白菊》が見られなくなった一時期を区切りに、感情表現を解き放ったように、楽しいときには笑い、悲しいときには涙を隠さないようになったのです。

私は、見ていない風を装い、いつも無言で妻の横にいました。心の中では、妻の過去の呪縛が解き放たれたように思え、いまは私も解き放たれたような日々を送っています。

しかし、久しぶりに復活した《白菊》を見たとたん、妻の声に涙がかぶって聞こえました。

「なんで、戦争はなくなんないんだろうね。あと、数週間だったのに・・・もっと早く戦争が終わってたら、おじい様や勇児や幸子もあんなことにはならなかったのに・・・」

私の父は空襲の日に崩れかけた家屋に押し潰されました。息子の勇児は焼夷弾の油を背中に浴びて火だるまになり、一命は取り留めましたが数週間後に痛みに泣き叫びながら息を引き取りました。勇児と一緒に避難した娘の幸子は、どこかで勇児とはぐれ、消息不明のままです。もちろん、妻も私も、いまでも幸子が生き延びていると信じてはいますが、《白菊》が一時休止となった頃を境に「もう、潮どきか。」と云う気持ちが芽生えつつあります。

妻には妻の思いがあるし、そして、私にも私の思いがあるのです。

ワタシは思う。

「ある日、ワタシは所用で飯田橋に行った際、夕刻に、昔なじみの喫茶店『ノワール』でコーヒーを飲んでいました。

昔ながらの店構えに見覚えのある店内、私は昔を懐かしみながらソファに腰掛けます。ふと、テーブル越しの壁に、昔はなかった額縁が飾ってありました。それは、山下清画伯（*）の、ちぎり絵のレプリカでした。

一瞬、時間が止まりました。そこには、昔懐かしい故郷の花火が打ち上げられていたのです。赤橙黄緑青藍紫そして白。色鮮やかな花火が大衆の頭上に打ちあがっています。それは静寂の《白菊》のような荘厳さとは異なり、ヒトの心を掻き立てる花火でした。

私は、それを見て、昨年の夏、久しぶりに復活した《白菊》を妻と見ていたときのことを思い出していました。

正確に云うと、妻の云った『この花火の鎮魂が天国の皆さんに届くといいね。』というひとことだったと思います。

〈天国と地獄に差はあるのか?〉

私は、ふと、そんな風に考えていました。こんなことを云うと、戦時中ならば『非国民』、いまならば『場を読めないヒト』という烙印を押されそうですが、我々日本人からすれば、被爆者や戦死者は天国にいて、敵兵は地獄に落ちろということです。

しかし、敵国から見れば逆の視点も正しく評価されるのではないでしょうか。

そうすると、攻める方も守る方も、攻撃側も攻防型も、銃を撃つ方も迎え撃つ方も、みな、天国に行き、地獄に落ちる者はいないような気がします。」

遠まわりになりましたが、ワタシの云いたいことは、

「この《白菊》の鎮魂が天国に行ったヒトにも、地獄に行ったヒトにも、全人類のヒトにも届くといいな。」

ということです。こんなことを云うと、また、妻に馬鹿にされるかも知れませんね。


日本国兵士は云う。

「お国の為にと、いままで洗脳されてきましたし、ワタクシもそれを否定はしません。

しかし、戦場で敵兵と向かい合ったとき、ワタクシは恐怖心から逃れるために銃の引き金を引きました。そこには、日本国も人民の未来もありません。ただただ、自分を守る為だけ、生き残るためだけしか思っておりませんでした。

軍のなかでは、上等兵の命令が天命であります。もちろん背くことなど許されません。しかし、上司の命令のなかにも『それは違う。』と思うこともあります。それが、ワタクシ個人に対するモノであるならば否応なく受け入れます。しかし、その計画を進めると将来的に日本国家が敵対国に対して不利になると誰もが予想するような命令もあります。もちろん、そんなときは、自分の思いを上等兵に投げかけますが、最終的に上意下達は覆されません。

そんなとき、ワタクシは、いつも心の中で思っております。

〈オマエは、何があっても生き延びろよ。そして、その目で、その上意下達の結果を見てみろ！

キサマら上層部の無理難題が日本国をどうしたか、その目で見届けるんだっ。〉

そんな忠誠心と反骨精神を中途半端に持ったまま、戦場に向かっても、ろくなことはありません。ワタクシは、北方の寒い地域で敵軍に捕まってしまいました。後ろ手に縄で縛られ、敵兵の上官らしき男の前に跪かされました。頭に銃を突きつけられたままです。

相手は敵性語で何やら話しかけてきます。通訳によると我が軍の国策と、この地に踏み入れた理由を聞いているようです。

ワタクシは、何故か、突然、憤りを感じました。そんなことを、一介の軍人に聞くような敵軍に対しての怒り。そして、無理難題を押し付けて、当初から不利だと思われた計画を勝手に立て、将棋の駒のように我々初等軍人を危険な場所に送り込んだ、無責任な我が上層部に対しての憤りを。

しばらくすると、青い目をした敵兵が上等兵に近寄り何か耳打ちをしました。上等兵よりは上の伍長クラスあたりでしょうか。耳打をされた上等兵はイマイマしい顔ぶりで引き上げていきました。青い目の軍人も、私に向かってウィンクをして立ち去って行きました。それを機に、下等兵がワタクシを牢獄に連れて行きます。どうやら命拾いしたようです。

そのときワタクシは思ったのです。敵兵のなかにも心に優しさを持ったモノがいるのだと。敵兵も我々と同じ気持ちで戦場に臨んでいるのだと。

最終的にワタクシは、何が良くて、何が間違っているのかが判らなくなってしまいました。〈これは戦争なのか?〉と。」

敵兵は云う。

場末の飲み屋で、そのオトコは飲んだくれていた。

「離陸するまでは『イエロージャップに鉛ダマをぶち込んで、オレが一番先に上級の勲章をもらってやる！』って具合に虚勢を張っていたんだがな。いざ、爆撃機に乗り込み、目的のニッポン上空で爆弾投下の指示を待つ間、オレのレバーを持つ手は震えてたよ。

そして、上官から『爆弾投下！』って指示が聞こえたとき、オレは全身に震えがきて、いっとき、パニック状態に陥ったんだ。何でそうなったかは分からない。

上官が、もう一度、指示を出す。『爆弾投下だっ、何をしとる！』

『うぉぉぉぉぉあっ！』

オレは何が何だか分からず、奇声を発しながら、爆撃投下のスイッチを押した。そんとき、オレの目の隅で上官が冷ややかに笑っているのが見えた。

国家の為にと、いままで洗脳されてきたし、オレもそれを否定はしない。しかし、いざ上空で、例え敵国であろうと、一般住民の上に爆弾を落とすとき、オレは恐怖心とパニックから逃れるために叫びながらボタンを押したんだ。そこには、祖国の未来も、その後、与えられる勲章の色も関係なかったんだ。

そして、オレは、ある戦場で捕虜になったイエロージャップを見た。

上等兵の前で後ろ手に縛られ、銃口を向けられている。上等兵は何かジャップの戦略を聞き出そうとしているようだった。そのイエロージャップは、反骨的な目をして口を開かない。

オレはその反骨的な目に、我々敵軍に対する怒りと、もうひとつ心に秘めた怒りを感じたんだ。

それは、オレの腹にも燻っているモノと同じような気がした。

それは・・・上手く云えねぇが、目に見えない大きな力に対する憤りのようなもんだ。それが何かは分からなかったけどな。

そして、オレは、そのイエロージャップを殺さずに労役で使った方が得策だって上等兵に意見したんだ。上等兵は理解できないような顔をしてたっけなぁ。あっはっはっはぁ。

そうさなぁ、もし、ヤツに街中で出会ってたら・・・もしかしたら、友達になってたかも知んねぇな。ま、それが戦争っちゅうモンなんじゃねーのかぁ？　ふっふっふ。」

＊

今年も《白菊》の花は夜空に咲くことでしょう。

しかし、若者はその優美さのみを追い求め、老人たちは日本国民や身内の鎮魂に対してだけ、手を合わすことでしょう。

どんなに戦争の語りべが戦時中の悲惨な記憶を語っても伝え切れないモノがあります。

それは、その時代に居合わせた人々の本当の気持ちではないでしょうか。

そして、こうして、時代とともに戦争の記憶は徐々に消されていくものなのでしょう。

＊　山下清　日本の画家・契り紙細工家

無銭旅

これは、終戦後、10年くらい経ったころの話です。

場末の赤提灯に、七分袖、腹巻、ステテコ、草履、そして何故かロイド帽をかぶったオトコと、疲れたスーツ姿の若いオトコが飲んでいた。


「ワシャ、日露戦争の戦争孤児じゃ。」

「バカ云え、オッちゃん、こんな若い70代がおるかい！」

「そか。じゃ、ワシャ、親父は知らん。おっ母と、8人の兄弟の・・・兄弟のぉ・・・・」

「兄弟のなんじゃっ。」

「兄弟の・・・5番目か6番目じゃ。」

「何じゃオッちゃん、自分の兄弟の順番も知らんのか？」

「んなこたぁ、どーでもえー。それよか兄ちゃん、オモロイ話聞かせたろか・・・」

*

「こう見えても、ワシャ、花の都の出身じゃ。」

「花の都て、どこや？　花柳界か？」

「アホ云えっ。花の都ったら東京だがな。」

「オッちゃん、嘘ついたら、ハリセンボンやでぇ。」

「黙って聞けぇっ。事の始まりは、都電荒川線じゃ。兄ちゃん、知っとるけ？」

「知らん。」

「よう、覚えときぃ、都電荒川線ちゅうのは、道路を走るチンチン電車じゃ。」

「なら、知っとるわ。御堂筋や千日前通りを走っとる大阪の市電みたいなもんじゃろ。」

「そうさ、東京のど真ん中から東方面に走ってる路面電車じゃ。」

「なんや、オッちゃん、金持ちやったんやなぁ、チンチン電車乗るなんてぇ。」

「アホっ、そんなムダ金、誰が使うか。飛び乗りよ、飛び乗り。チンチン電車が走り出すとこ見計らって、車掌に見つからんように、電車の尻に飛びつくんじゃ。」

「無銭乗車かいな。オッちゃんも悪いやっちゃのー。」

「あん頃はガキじゃったけんな。オマンも同じようなことしとったけ。」

「まぁな。時効じゃ、時効。」

「当時は、やることもないし、金もねぇ。ほんの時間つぶしじゃった。早稲田で昼間っから飲んでる酔っ払いをからかってぇ、巣鴨じゃ、とげぬきさんをお参りするんじゃ。そいで、王子じゃ。あるとき、王子のソバ屋の前でタダ食いしようって、ナカうかがっとったら、入口に2人の客が居よるねん。皺の寄った着物を着て、げっそり頬のこけたオッちゃんや。店の前で邪魔だと云われそうなんで、ワシがそこから立ち去ろうとしたときや、〈坊主、腹減ってるのか？　一緒に食うか？　奢ってやるぞ。〉って、オッちゃんが云うたんや。」

「奇特なオッちゃんやなぁ。もちろん武士は食わねど高楊枝っつぅて、断ったんやろな？」

「アホ云え、どこに断る理由があるんや。ワシャペコッとお辞儀して、一緒に店に入ったんや。初めて食った天婦羅うどん。うまかったぁ〜。」

「おいおい、奢ってもらっておいて、天婦羅うどんっちゅうのは、遠慮ないのぉ。で、そのオッちゃんはナニ食うたん？」

「そりゃ、蕎麦屋に入ったら、ざるそばやろ。」

「っけーっ、オマハンが天婦羅うどん食うて、払う方はざるそばかいな。」

「それが、処世術っちゅうもんや。ところでな、その2人、ワシには目もくれず、難しそうな話しとんねん。でな、相方がオッちゃんのこと、アクタガワせんせって呼んでるのが、ところどころで聞こえるんや。」

「アクタガワせんせって、あの？」

「そうやそうや、ワシャ、ど偉いヒトに天婦羅うどん、奢ってもらったんじゃ。」

「東京っちゅうところは、広いようで狭いんじゃなぁ。」

「んでなぁ、天婦羅うどん奢ってもらったあと、また、チンチン電車乗ったんや。」

「オッちゃん、チンチン好っきやな〜。」

「まあ聞けぇ、ここからが本番や。ワシャ、小岩ってとこで降りたんじゃ。まぁ、大阪で云う西成あたりかな。」

「やっぱり、オッちゃんはガキの頃から安酒飲んでたんやな。はっはっは。」

「アホっ、そん頃は、まだ、梅酒じゃ。でな、その小岩でフラフラしてたら、ワシと同じ年頃のクソガキが、ワシを睨んどんのよ。」

「シャバ荒らしとでも思われたんかぃ？」

「そうじゃ、そんクソガキが両肩振るわせて、こっちに近づいて来よった。」

「決闘やっ！」

「いや、そうはならなかったんねん。そんクソガキ、ワシの近くまで来ると、チューインガム出しよるねん。」

「なに、いきなりダチ公になってくれってか？」

「いや、ちゃう。ワシが1枚チューインガムを引き抜こうとしたとき、パチンッて音がして指が挟まれたんや。」

「うわぁー懐かしぃ、パッチンガムやっ。」

「そうやねん、ワシが痛がってるのを見て、そのクソガキ大笑いしよってん。そんとき、不思議なもんで、ワシは怒るどころか、そのクソガキと一緒に大笑いしてもうた。」

「なんでや？」

「知らん。じゃども、それ以来、ワシはそのクソガキと、何度も何度もチンチン電車に乗って都内を回ったんや。そんクソガキは不思議なヤツじゃった。神戸出身って云ってたな。どんな理由で東京に来たんかは知らんけど、そのクソガキは妙にいろんなことを知っとった。無銭飲食や無銭乗車をするときのコツや、気ぃ付けなあかんことを教えてくれた。そうそう、このワシの下手くそな関西弁も、そのクソガキから教わったようなもんじゃ。」

「いや、オッちゃん、もう、コテコテの関西人や。」

「んで、そのクソガキが云ってた東海道の旅話を聞いて、ワシは旅路に出たんじゃ。」

◇

ワシは昔から、思いついたら吉日っちゅう、後先を考えないタチだったんで、もう、翌日には東京駅におった。

見知らぬ家族の尻について、改札を素知らぬ風で通過する。改札さえ抜けてしまえばコッチのもん。見知らぬ家族ともバイバイや。

10時30分東京駅発名古屋行きの汽車がプラットホームに入って来たんで飛び乗った。車内に貼られた運行表を見ると、新橋・横浜・辻堂・小田原・熱海・沼津・富士・由比・清水・焼津・掛川・天竜川・浜松・弁天島・豊橋・蒲郡・岡崎・熱田・名古屋と続いとる。とりあえず、あてのない旅じゃ。行き当たりばったりで名古屋っちゅうとこに向かった。

汽車が動き出すと、急に腹が減ってきよった。昨日の昼から何も食べとらん。ちょうど、横浜駅に着いたとき、シウマイのいい匂いが漂ってきた。顔を上げると車窓に弁当の売り子が、肩から掛けたガリ版一杯にシウマイ弁当を載せて窓からのぞき込んどる。こりゃ、ワシに食ってけっちゅうとるように思えた。

ワシは、車窓から手を伸ばし、売り子に気付かれないように、ガリ版のおつり箱から銭を盗んだ。そんで、

「オッちゃん、シウマイ弁当ひとつくれや。」

「小僧、料金は?」

ワシは頭をかいて、盗んだ銭で勘定を払う。おまけに釣銭ももらう。

シウマイ弁当を半分食うと、腹が張ってくる。日頃、まともに飯を食っとらんので、胃袋が小さ

くなっとるんじゃ。欲張って大食いすると、あとで腹が下るようにワシの身体はなっていた。捨てるは勿体ないが、欲を張って持っていると怪しまれるのがオチや。ワシは泣く泣く食いかけのシウマイ弁当をゴミ箱に放った。

「乗車券、拝見。」

沼津過ぎた辺りで車掌が検札で車内を通る。ここで捕まっては引きずり降ろされてまう。ワシは見つかる前に場所を移動したわ。

隠れる場所としては人混みにまぎれるのが一番安全じゃ。車両と車両の連結部スペースは、一見、安全そうじゃが、逆に子供一人では不審に思われがちや。目ぇつけられたら、こと細かく聞かれ、車掌の見回りから逃れられへん。

1等車両や2等車両は込み具合や客の乗り合わせによって安全か危険かを見極めならあかん。あるときは飲んだくれ親父の連れ子と遊び、あるときは、盗んだミニカーで一心に遊ぶ子供を演じて難を逃れる。

一番安全な場所は、3等車両じゃ。人が多く混みあってて、あんまり、上級のお客はほとんどおらん。ワシと同じような一般庶民がひしめき合っとる。ここに紛れ込めば、まず、下手なことをしなけりゃ見つかることはまずない。もちろん、ワシは3等車両に逃げ込んだ。

汽車が浜松駅近くになる頃、ワシは眠くなってきた。ここでも、下手なところで寝てたら、いつ車掌に見つかるか分からん。

そこでワシは、今度は1等車両か2等車両を物色する。

1等車両の場合、老夫婦のコンパートメント付近が狙い目じゃ。通路の絨毯の上でミニカーを転がしている少年を怪しむ車掌はおらん。

じゃが、2等車両が一番、安眠しやすいとこや。ボックスシートの片側の椅子に座っている淑女の子供の振りをして眠るんじゃ。もちろん、淑女はワシが一般客と勘違いして警戒をせえへん。万が一、ヤバくなっても誰かが助けてくれる。

大らかなヒトばかりの時代や。変にワシを子ども扱いせず、かといって大事なとこじゃ子供として面倒を見てくれる。車掌もそうじゃ。ワシの無銭乗車を知っていながら、ワザとらしく追いかけてきよる。みーんな、助け合って生きていた時代じゃ。

そんでもって、ワシャ、とうとう、名古屋に着いた。初めて目にする町は、東京とあまり変わらんかった。

公園に行けば、浮浪者はどこにでも同じようにおる。昼間は赤の他人じゃが、困ったときは、みな家族や。寝床とか食事とか、いろいろ面倒を見とくれる。なんだかんだ云って、汽車では緊張から半分睡眠だったんで、公園に敷いた新聞紙の上で、ワシは安心してじっくり眠ったもんじゃ。

目ぇが覚めると、身体が臭い。もう、1週間くらい風呂に入っておらん。

ワシは、公園の噴水で頭を濡らして朝の銭湯の女湯へ向こうた。

「お母ちゃんまだかぁ?」

母親が湯から上がって来るのを待ちきれない子供を演じて、堂々と浴場に入っていって無銭入湯。オバハンが訝しげに見るが気にはせん。

それ終わると、残飯を探して朝食を食べてぇ、世話してくれたオッちゃん、オバちゃんに挨拶して公園をあとにする。

「さて、どこ行こか。」

勝手気ままな旅じゃ。時間なんて、いくらでもある。

「そうじゃ、熱田さんと、お伊勢さんにも行っとこか。」

じゃが、どうやって行けばいいのか分からん。道行くヒトに聞いてみた。さっき朝風呂に入っとって正解じゃった。みんな、快く道順や乗る汽車を教えてくれる。

なんとか駅までたどり着き、またもや無銭乗車。一度、東海道線を乗り切ったお陰で、堂々と汽車に乗り込んだわ。

熱田さんまでは、あっという間じゃった。

熱田さんが何の神さんを祀っとるのか知らんけど、参道の真ん中に、大きな藁の輪っかがいきり立っとった。邪魔だと思おたが、輪っかをくぐっていいのか、避けて通るのが良いのか分からんで、ワシは、その前にずっと立ち止まっとった。しばらく経っても人っ子ひとり来やせん。

「やーめたっ。」

ワシャ、神さんをまっとうに信じとる訳でもねぇし、どーしても熱田さんをお参りする道理もねぇ。ワシャ、踵を返して、そのまま駅まで戻ったわ。あんとき、ちゃんとお参りしきゃ、こんなとこで安酒飲んどることもなかったんかも知んねぇな。あっはっはっは。

それから、また、ワシャ、汽車に無銭乗車して、お伊勢さんに向かったんじゃ。オメー、知っとるけぇ？　お伊勢さんにゃ入口が2つあるってぇ。んでもって、その町並みんなかに、食いモン屋が、いっぺー立ち並んどるのよぉ。うどんや団子や甘味処に田楽。ワシャ、全部、食うたでぇ。腹いっぱい食ったんで、あとで腹こわしたけんどな。もちろん、お得意の無銭飲食、いわゆる食い逃げじゃ。

そんでもって、ようやく、たどり着いたんが、この町、神戸や。別に、ココを目指してきた訳じゃないが、東京で、あのクソガキに出会ったのも何かの縁じゃ。ま、ヤツのお陰で、世の中渡って来れたようなもんだから、まあ、良しとしよう。

あの、クソガキ、まだ生きちょるんかなぁ。

◇

神戸の酒場。オッちゃんが酔いつぶれて椅子から落ちた。

「なんやぁ、オッちゃん、もう酔っぱらったんかい。もっと、オモロイ話聞かせてぇや。」

「ムニャムニャ、もう、無理。もう、飲めん。また、腹こわすわぁ。」

「なに、汚ったないこと云うとるんや。しゃーない、大将、勘定やっ。」

「そのオッちゃんの分は？」

「ワテがまとめて払うわ。いい話聞かしてもろたお礼じゃ。なんぼ？」

「オッちゃんの分は、コップ酒2杯で140円じゃ。」

「んじゃ、これで。」

「おおきにぃ〜。」


若いオトコが、公園のベンチにオッちゃんを寝かす。

「ここでええんかい？」

「おー、サンキューな、兄ちゃん。」

「オッちゃん、大丈夫け？」

「大丈夫、だいじょーぶ。オッちゃんな、子供んときから、公園で寝るの慣れてんねん。昔なぁ、名古屋でなぁ・・・」

「そりゃ、聞ぃた、聞ぃた。新聞紙くるんで寝てぇ、残飯食ってぇ、女風呂に入ったんやろ？」

「そーじゃ、そーじゃ。兄ちゃん、なんで知っとんねん。」

「さっき、云いよったろぉ。んじゃ、オッちゃん、養生な。」

スーツ姿のオトコが上機嫌で帰って行く。その途端、オッちゃんがムクッと起き上がって伸びをした。

「おあぁ〜〜あぁ。やっぱ、無銭飲食は最高やわな。自由はさいこうやっ！」

心の底に澱むもの

此岸の頃

背中を押す

高校時代、マナブとユウトとヨウコとワタシの4人は、いつもつるんでいた。ヨウコは私たちのアイドル的存在だったが、マナブもユウトもワタシも、そんな素振りはいっさい見せず、定かではない恋愛感情を互いに気付かれないように遊び仲間を続けた。マナブは兄貴肌で私たちのまとめ役、ユウトはマナブに子分のように付きまとっていたが皆から可愛がられていた。ワタシはと云うと、自分で云うのもなんだが、あまり自分のことを云わず、人を寄せ付けないところから、マナブから一目置かれていた存在だったと思う。

卒業すると、私たちはそれぞれ社会に出た。マナブは有名どころの建設会社に入社。結構、羽振りが良かった。ユウトは、一度、地元のスーパーに勤めたが2~3年で辞めて、なんだかんだ云いながら実家の漆職人を継いだ。ヨウコは短大のホスピタリティに関する学科に進んで保育士になりたいと云っていた。そして、ワタシは、しがない中古車ディーラーの営業マンとしてボチボチやっている。

卒業後は、4~5年、互いに音沙汰がなかったが、ある日、突然、1通の招待状が届いた。マナブとヨウコが結婚すると云う。

何となく、高校時代から、その予感はあった。ヨウコがヒトの妻になることに、少し残念な気持ちはしたが、その相手がマナブであることにワタシは嬉しさを感じ、すぐに参加の返事を出した。

しかし、そのとき、ふと、ユウトはどうするだろうと思った。これも何となくだが、高校時代、ユウトもヨウコに気を寄せていたような気がしたから。


結婚式当日、心配していたユウトも参加していた。5年ぶりで顔を合わせた私たちは、互いに「よう、元気か?」程度の挨拶をした後の会話がなかなか見つからない。たかが5年しか経っていないのに、あの頃、どんな会話をしていたのかも思い出せない。それは、久しぶりに会ったという緊張感のせいでもあったし、ヨウコがマナブと結婚したというせいでもあったと思う。

その日の披露宴でのユウトは、明らかに高校時代のユウトではなかった。かつて、呑み会などではあまり飲まず、ボックスの片隅で静かに会話にうなずくだけだったユウトが、今日に限って注がれるままにグラスを空にし、大きな声を荒げて知り合いと会話をしている。会話の終わりには決まって「良かった、良かった。マナブとヨウコが結婚するなんて、お似合いだよ。」と繰り返す。その言葉が、どこか寂しさを帯びているような気がした。

それを見ていたマナブが「困ったヤツだ。」と云いたげに私を見て頷く。その、マナブの視線と頷きが、「ずっとオマエを信頼しているぞ。」と云っているように伝わってくる。5年前と変わらず、マナブに信頼され続けているという自負が私を元気づけた。それだけで、その日、わだかまり続けていたワタシの気持ちは徐々に晴れ、何となくユウトと同じ気持ちになっている自分がいた。

＊

それから、10年近くが経った。卒業して15年も経つと、お互い仕事も軌道に乗り、忙しさにかまけて、ほとんど連絡をかわすこともなくなっていた。

しかし、ある晩、突然、電話が鳴った。それはマナブからだった。

「おぉぉう、マナブか？　久っさしぶりだなぁ、元気かぁ？」

私は久しぶりのマナブの声を聴いて興奮していた。

「ちと、話があるんだけど、集まれないかい？」

「ユウトもか？　ヨウコは元気か？」

「ユウトにも声かけたよ。」

マナブはヨウコのことは答えなかったが、約束の時間だけ取り交わして電話は切れた。

そのとき、ワタシは久しぶりに仲間と会えることにのみ興奮していた。

教えられた場所は、昭和のバラック小屋のような場末の呑み屋だった。有名どころの建設会社の次長さんとなったマナブが、わざわざ昔懐かしい時代の、面白そうな店を選んでくれたんだと思い、ワタシは元気よく暖簾をくぐって店に入った。

「チワーッ、予約してるモンですがー。」

店に入った途端、目に入ってきたのは、薄暗い照明、カウンターの奥にいる目つきの悪い店主、壁に貼られた油で薄汚れたメニューの短冊。そこは、別段、趣向を凝らしている訳でもなく、どこにでもあるような場末の店だった。

ふと見ると、奥の座敷にマナブとユウトが座っていた。目ざとく私を見つけたユウトが、救いを求めるような目で「オウッ、こっちこっち！」と大声を上げる。

「悪りぃー、悪りぃー。なかなか仕事が抜け出せなくて。」

「いやぁ、忙しいのは何よりだよ。」

ユウトが、空回りするような調子で答える。マナブはニヤッとしただけで言葉を発しない。

「まずは、乾杯ね。大将、ビール3本！」

ユウトが大声で注文をする。マナブは黙ったままタバコに火をつけた。どうやら、先に入っていた2人は、ワタシが来るまで、こんな調子でほとんど会話もなかったのだろう。入ってきたときのユウトの救いを求めるような目がそれをあかしている。

そういえば、マナブを一目見たときから気になっていたのだが、有名どころの建設会社次長さんの着るような身なりではない。ポロシャツにチノパン、別に、うらぶれた感じではないのだが、何となく精彩に欠ける。おまけに無精ひげ。

しかし、それには触れずに、ワタシはユウトの分まで元気を入れて話し出した。

「いやー、久しぶりじゃん。元気だったん?」

「元気、元気。まー、毎日、親父に怒鳴られてばっかりだけど、へっへっへ。」

ユウトが、すっとぼけて云う。マナブは、フッと笑っただけで何もしゃべらない。

「3人で会うのはマナブとヨウコの結婚式以来だろ? 10年ぶりか? ヨウコ元気か? 今日はヨウコ来られないの?」

マナブが、云いずらそうに、たばこの煙を吐きながら、ボソッと云った。

「ヨウコは死んだよ。」

「ヨウコは死んだよ。」

その言葉を聞いたワタシとユウトは言葉が出ず、そのまま、お互いの顔を見続けた。

ようやく、気を取り戻してユウトが云う。

「うっ、嘘だろー?」

マナブの目に力が感じられない。タバコも空ぶかししているだけのようだ。

「いつ?」

〈フゥーッ〉「先月。」

「なんで?」

「・・・じ、さ、つ。」

「どーしてっ？」

ようやく、マナブがワタシとユウトに顔を向けた。マナブの目に力が蘇ってきた。マナブは腹をくくったようだ。

「今日、2人に集まってもらったのは、ヨウコのことについて報告したかったのと・・・」

「それと？」

「・・・2人に、謝らなきゃなんないと思って。」

「謝るって？」

「まず、ユウト。お前、高校のときからヨウコが好きだったんだろ？」

「ええっ？　いや〜、その〜。」

「そんなこと、お前のヨウコを見る目を見てたら分かっちまうよ。」

「でも、オレなんかじゃ、ヨウコと釣り合い取れないじゃん。」

「バ〜カ、そんなこったから、なかなかオンナができねーんじゃねーか。でも、ありがとうな。結婚式に来てくれて。」

「なに云ってんのぉ、そりゃ行くわ。何たってマナブとヨウコの結婚式だぜっ。」

「いや、来てくれるかって、ずっと心配だったんだよ。お前ら2人には絶対、来て欲しかったんだ。」

「オレとユウトが行かない訳ないじゃんか。」

「でもさ～、披露宴で、無理してあんなに盛り上げてくれてるユウト見てたらさぁ、何かものすごく悪いことしちまったような気になってさぁ。」

「バカだなぁ、そんなこと考えてたの？　そりゃさー、マナブとヨウコが結婚するって聞いたときはショックだったよ。でもさ、さっきも云ったけど、オレとヨウコじゃ釣り合い取れないじゃん？　だったら、良く知ってるマナブの嫁さんになってもらった方が全然いいじゃん？　招待状もらったとき、そう思った訳さ。」

「ありがとなー。」

　少し間が開いて、マナブがワタシの方を見た。

「今度はタカシ、お前に謝るよ。」

「何だよ、かしこまって。」

「お前、俺がヨウコにプロポーズした後、ヨウコに付き合ってくれって電話したんだって？」

　ワタシは戸惑ったが、マナブがこんなにも真剣な眼差しで話している以上、嘘は付けない。

「・・・ああ、したよ。白状しましょうか。そしたら、断られました。『つい先日、プロポーズされました。相手はマナブです。』ってね。さすがにお手上げさ。相手がオマエじゃ勝てねえや。」

「そんなこと。」

「いや、そうさ。嫌味じゃないよ。立派な建設会社の出世頭と、一介の中古車ディーラーマンじゃ格が違うだろ？　でもさ、そんなことより、オレ・・・ヨウコのこともオマエのことも好きだったから。オマエならヨウコを幸せに出来ると思ったから。」

「ゴメンな、タカシ。でも、そのとき、お前がヨウコを、ぶんどっていてくれたら・・・」

「なんだよ、それって、どういうことよ？」


疲れ果てた表情のマナブが話を続けた。

「そうだな、ヨウコとオレの話をしなくちゃな。ヨウコが死んだ経緯もな。」

「ヨウコとの間に、何かあったのか？」

「何もない。いや、小さな痴話喧嘩の火種がだんだん燃えあがったってとこかな。」

「なんで、ヨウコは・・・自殺なんかしたんだっ？」

「・・・タカシ、覚えてっか？　オマエの住んでた5階建ての団地にオレらで泊まりに行ったときのこと。」

いきなり、マナブの話がとんだ。

「ああ、そんなことあったなぁ。安っすいワインとチーズ買い込んでな。」

「っそ。お前ん家の玄関出たところの壁の2メーターくらい上に、屋上に昇るための足掛けフックがあってなー。飛び上がって昇っていくとマンホールの蓋みたいのがあって、蓋には南京錠かかってたけど、簡単に開けられてな。」

「そうそう、皆で、そこから屋上に上がって、飲みかけのワインとチーズで乾杯したっけ。」

いままで黙って聞いていたユウトが嬉しそうに割り込んできた。

「そうそう、屋上の床が煎餅みたいで歩くたびにバリバリいって。夜風が冷たかったよな。みんな黙って飲んでるから、オレも寒いの我慢してワイン飲んでたよ。」

「懐かしいなぁ・・・で、その話の続きは？」

ワタシはマナブに続きを促した。

「オレとヨウコは最近まで、タカシが住んでたような団地に引っ越してな。そこに、同じような屋上につながるマンホールみたいのがあんのよ。」

「で？」

「当時、オレとヨウコは上手く行ってなかった。」

突然、マナブが近況を話し始めた。

「なんとか、オレは上司へのおべっかと、呑みの付き合いで同期より早く出世して次長にまでなったよ。だけど、出世すると現場から遠く離れてしまうんだ。次長の仕事は、大手ゼネコン会社を回って下請けの受注を取ってくることと、取引先とのゴルフ接待、飲みの段取りばっかり。オレ自体はゴルフも飲みも好きだから問題はなかったんだけど、その間、朝も夜もヨウコを独りぼっちにさせちまった。」

「まあ、よく聞く話だな。」

「そう、よくある状況だとオレは割り切っていたけど、ヨウコはそうじゃなかった。もともと、ヨウコは短大を卒業した後、保育士として勤めていたけど、転勤の多いオレに合わせて、仕事を辞めてついてきてくれたのよ。」

「ヨウコらしいな。」

「いまになって思えば、ヨウコは不安だったんだと思う。知らない土地に2~3年ごとに移り変わり、子供も出来ず、唯一、話し相手になるオレは帰ってこない。日に日に独りで酒を飲むようになっていったみたいなんだ。そんなことにも、オレは気付かなかった。」

「ヨウコ、寂しかったんだろうな。」

「死ぬ前に、ヨウコは云ったよ。これで良かったのか？　このままどうなってしまうのか？　ってね。」

「で、何て答えたの？」

「・・・答えられなかった。ただ、ある晩、ヨウコの気を紛らわそうと、昔の思い出話を一緒にしたんだ。お前らとの思い出話をね。」

それぞれが、それぞれの思い出話を口にする。

「休み時間に学校の屋上でラジオ聞いてたよな。ずっとRCサクセションの『トランジスタラジオ』(*)がかかるの待ってたら授業に遅れて、センコーにひっぱたかれてな。」

「学校帰りに喫茶店でタバコ吸ってたら補導されたっけ。」

「雀荘で打ってたら、生活指導のセンコーが来て、次の日の夕方に呼び出されて竹刀でひっぱたかれたの覚えてる？」

「あのとき、ヨウコはジュース買いに行ってて、センコーに見つかんなかったんだよな。」

「あの頃は、いっつも、４人、一緒だったもんなぁ。」

それまで、ワタシとユウトの思い出話をニヤケながら聞いていたマナブが、そこで話を止めた。

「そうだな、いろんなことがあったよな。そんな話を、団地のマンホール穴をくぐって、煎餅を踏むような足音をさせながらオレとヨウコは屋上で話してた訳よ。」

「そこに、つながるのね。で？」

「オレたちゃ、屋上の夜風に吹かれながら、あのときと同じ安いワインと、あのときよりちょっと高いチーズと、あと、真っ赤なリンゴをひとつ持ってってたんだ。そう、真っ赤なリンゴだったね。そのときに、聞いたんだよ。昔、タカシに告白されたってことを。」

「なんだ、そんな話か。もうよせよ、照れるぜ。」

「いや、タカシは振られたって云ってたけど、いまさら云っても遅いけど、ヨウコは迷ってたんだってさ。オレ、本当は、ヨウコはタカシのことの方が好きだったんじゃないかと思ってるんだ。」

「そんなことないさ。」

「いや、ヨウコは云ったんだ。オレの方が早くプロポーズしたからオレを選んだんだって。」

「早いもん勝ちってことかい？」

「ヨウコは、こうも云ってたよ。オレたち４人は、これからもずっと一緒だって。だから、彼女の方から誰か1人を選ぶことはできないって。そこに、オレが一番早く名乗りを上げて来たんだってさ。」

「そうか、そりゃヨウコらしいな。オレも、その選択が正解だったと思うよ。」

「だから、タカシとユウトに謝る。」

「なんだ、またかよ。」

「お前らから、ヨウコを奪っときながら、ヨウコを追い詰めて、そして、ヨウコを死なせてしまったことを、謝らせてくれ。」

そう云って、マナブはテーブルに頭をつけた。マナブの肩が震えているのが分かる。


夜の12時過ぎ。そろそろ閉店の時間だが、目つきの悪い店主は、こっちに見向きもせずにグラスを磨いている。おそらく、マナブとは馴染みの間柄なのだろう。ワタシたちが来てから、1組も客が訪れてこない。店主がマナブに気を利かせて貸し切りにしてくれたようだ。

ワタシはここらへんで、お開きにした方が、今後の付き合い上よかろうと思って云った。

「まあ、ヨウコに心配かけたっていう落ち度がマナブにはあるんだろうけど、オレたちゃ、それくらいじゃマナブとの付き合いをやめたりしないさ。なあ、ユウト。」

「そうだよ、そうだよ、ヨウコは可哀そうだったとは思うけど、自殺までするヒトの思いをを止められないからな。」

しばらく沈黙が続いた。そして、マナブがつぶやいた。

「自殺、じゃないんだよ・・・オレが殺したんだ。」

「自殺、じゃないんだよ・・・オレが殺したんだ。」

その言葉を聞いたワタシとユウトは言葉を失った。そして、お互いの顔を見続けた。今日、２度目の驚きだ。

「それって、どういうことだよっ。」

「さっきは自殺したっていったじゃん！」

ワタシとユウトは今日一番の強い語調でマナブを問い詰めた。

目つきの悪い店主は、こっちに見向きもせずに黙ってグラスを磨き続けている。

店内は音楽も流れていない。店内に吊るされている赤提灯の明かりが空調で揺れている。

数分間、店内がシンと静かになった。

「あの晩、団地の屋上で・・・」

マナブが諦めたように、悔いるように言葉を始めた。

「最初は、お互い昔に帰って、また仲良くなったように感じていたんだ。ただ、ヨウコはオレが家に帰る前から飲んでいたようで、少し酔い過ぎかなと思ったくらいだったよ。

そしたら、突然、ヨウコが叫び出したんだ。ちょうどタカシに告白されたって云った後だったかな。」

〈あー、もうダメ！　アナタとはもうやっていけないわっ。ワタシ、どこで、どう間違っちゃったんだろう?.。〉

〈ごめん、ヨウコ。オレが悪かったよ。仕事にかまけて、ヨウコを独りぼっちにさせちゃったよな。〉

〈いいの、いいのよ。アナタが悪いって意味じゃないの。こういう夫婦ってよくあるって云うじゃない？　ワタシが、こらえてもこらえても我慢できないのは、この状況に溶け込めないでいるワタシ自身なのよ！〉

〈そんな、ヨウコは悪くないよ。そんな風に考えないでくれよ。〉

〈ワタシ、どこで、どう間違っちゃったんだろう？　ワタシ、もっと強い子だったはずなのに。気軽に世間に打ち解けられるタイプだったのに。どんな逆境も乗り越えられる大人になりたかったのに。〉

〈ヨウコ、そう思いつめちゃダメだよ。オレも生活を改めるよ。何だったら、一緒にメンタルケアの医者にでも通ってみようか。〉

〈もう、行ってるわ。先月から精神科のお医者さんで、安定剤の処方をしてもらってるの。〉

「いままでそんなこと、ヨウコは云わなかったし、オレも何にも気付いてなかったんだ。ただ、酒の量が増えてるなってこと以外はね。その安定剤と多量の飲酒で、ヨウコは錯乱状態と平常な心の境目を行き来してたんだと思う。

いきなり、ヨウコはワインの入ったグラスを左手に持って屋上のへりに立ち上がったんだ。」

〈あー、もうダメ！　もう、戻れないわっ。ワタシは終わりね。アナタ、ありがとう。こんなワタシだったけど、楽しい人生だったわ。〉

「そう云って、ヨウコは右手に持った果物ナイフで自分のお腹を刺したんだ。

オレは慌てて駆け寄ってヨウコを抱きかかえたよ。果物ナイフの刺さった腹からは血が流れてた。でも運よく、果物ナイフは深く入ってなくて、急所から外れているようで出血は少なかった。

オレが慌てて救急車を呼ぼうとしたとき、ヨウコがフラフラッと立ち上がったんだ。」

〈大丈夫よ。ワタシってつくづくダメねぇ。自分自身の後始末も出来ないんですもの。〉

「そして、オレの方を見て悲しそうに笑ったんだ。そして振り向いて、夜空に浮かぶ街並みの灯かりを遠くに見てたんだ。オレって、つくづくダメなオトコだよな。この期に及んで、まーだ、云い訳してるんだ。『もっと早く云ってくれれば。子供ができていれば・・・アノとき、タカシがヨウコを奪い取っていてくれたら』ってね。

そのとき、オレの頭の中ではヨウコの云った〈ワタシってつくづくダメねぇ。自分自身の後始末も出来ないんですもの。〉って言葉がグルグル回ってたんだよ。オレは、いままでヨウコに何もしてあげられなかった。最期にしてあげられることと云ったら・・・。

オレは、ゆっくり遠くの夜景を見るヨウコの背後に近づいて行った。ヨウコもオレが近づく気配に気付いていて、オレの思いを理解してくれているように思えたんだ。ナゼって、オレがヨウコの背中を押したとき、ヨウコは振り向いて『ありがとう』って口の中で云いながら下に落ちて行ったから。」

話を聞き終わったとき、ワタシとユウトは言葉を失い、お互いの顔を見続けた。今日、3度目の驚きだ。

目つきの悪い店主が、こっちに背中を向けて、ため息をついたように見えた。

＊

「これが、今日集まってもらった理由だよ。」

「・・・・・」

「ケジメとして、お前ら2人には、きちんと報告と謝罪をしなきゃいけないと思ってな。」

「謝罪だなんて・・・」

ユウトが泣き出しそうな声で云う。

「いや、ケジメはケジメだ。お前らからヨウコを奪ったこと、ヨウコを幸せにできなかったこと、ヨウコを殺してしまったこと、キッチリ謝らないとな。

それに、何より・・・お前らとの大切な思い出を壊しちまったことが一番つらいんだよ。」

マナブは泣いていた。ワタシとユウトの知っているマナブは涙なんか流さないのに。

ワタシも、半分、涙声になって云ってやった。

「マナブが、どんなに謝ったって、ヨウコは生き返らないし、オレたちの大切な過去は取り戻せないや。そんなら、明日から大切な時間をつくって行くしかないべ。」

「うん、オレもそう思う。」

「いままで、オレらはマナブの背中を追いかけて来たよな？　ユウト。今度はオレらがマナブの背中を押す番だ。」

それに呼応するようにユウトが鼻声で云った。

「そうだ、そうだ！　今度、会うのが、いつになるのか分からんけど、今度は、ガハガハ笑えるような呑み会にしようや。なあ、大将、そうだろ？」

目つきの悪い店主が、こっちを振り向きもせず、右手を突き上げて返事をした。

＊　ＲＣサクセション　忌野清志郎を中心とした日本のロックバンド。代表作に『トランジスタラジオ』『雨上がりの夜空に』など

髪を切る

一日でキャリアウーマンと分かる女性が、夜の10時過ぎに街を彷徨っていた。

彼女の名前は、呂　劉姫。台湾出身の27歳。20歳で来日し、そのままIT会社の宣伝企画課に就職。言葉と文化と仕事内容に翻弄されながらも、5年目で戦略企画課に異動するとともに主任に昇格。いまは、日々、会社の製品改革と企業戦略の立案に躍起となっている。

しかし、昨年あたりから潮目が変わってきたような気がしていた。戦略企画課に異動して2年、この間、10案件以上の企画を提案してきた。どれも、自分自身満足のできるプレゼンが出来たと思う。しかし、すべて却下、廃案。

そして、最近、コーヒー自販機のある休憩室で話している同僚たちの噂話を耳にしてしまった。

「アノ娘、可哀そうっちゃ可哀そうだけどなぁ。」

「呂ちゃんですか？　そうっすね、彼女の企画に全部、目を通しましたけど、なんでアンナ面白い企画が通んないんすかね。」

「ま、どんな素晴らしい企画を持ってこようが、自分の国とニッポンていう国の文化の違いを、アノ娘は、まだ、知らないからねぇ。」

「そんなに違うもんすか？」

「ニッポンで、駆け出しの若いモンが自分の企画を通そうとするなら、それなりの根回し、手回しが必要ってこと。根回しは事前のコミュニケーション、手回しは事後のコミュニケーション、すなわち飲みニケーションってやつよ。」

「へぇー、根回しと手回しですか、先輩、さすがっすね。」

「それに、アノ娘、いつも上から目線だろ？　女なら女らしく振舞わないと。特に、こんなデカい会社じゃ、オンナは可愛くなくちゃ揉み消されちゃうだけさ。」

呂はサバサバとした性格だ。そのまま、聞かなかったような態度はとりたくない。販売機の横から、空気清浄機の前に行き、タバコに火をつけた。すると、オトコたちは目と目で合図をして、その場から、スーッといなくなった。


明日が最後のプレゼンだろう。台湾にいた頃、あんなに憧れていた日本。僅か7年ではあるが、いままで、呂は一生懸命、日本に近づき、日本の為に全力を注ごうと思ってやってきた。だが、いまは違う。いや、違ってはいないが、さっきの話を思いだすと虚しいだけだ。

〈何が文化の違いだっ。何が根回し、手回しだっ。何が飲みニケーションだっ。何が上から目線だっ。何がオンナは可愛くなくちゃ揉み消されるだっ！〉

腹は立ったが、反論したところで、日本の社会を変えられないことも呂は知っている。

そう思ったとき、台湾を後にして以来、思い出さないようにしていた台湾の空が瞼に浮んできた。しかも、星空に覆いつくされた満天の夜空が。その光景を7年ぶりに心の中に見た呂は、その場で、就職サイトで地元台湾の就職先を探していた。

＊

最後のプレゼンは、全力を尽くして臨みたい。今日、呂は会社帰りに、ロングだったヘアーをバッサリ、ショートにして、明日のプレゼンに臨むつもりだった。「オンナを捨てる！」

しかし、予想以上に仕事が長引き、予約していた美容院は、もう終わってしまった。時刻は夜の10時。地元の街並みは飲み屋の明かりを除いては電気を落としている。

呂は諦めて、家に帰ってコンビニの弁当を食べようと家路をたどっていた。ところが、ふと見上げると、小高い丘の中腹に明かりが灯っている。周囲は木々に囲まれ真っ暗だが、かすかに遠目に『理髪店ＴＯＫＯＹＡ』という文字が読める。

「あんなところに理髪店があったっけ？」

日本に来て以来、呂はパーマ屋や美容院以外で髪を切ったことがない。そもそも、理髪店と云うところは男性専用ではないのだろうか？

「ま、いいか。どうせ、オンナを捨てて男の子っぽくバッサリいくつもりだったんだから。」

呂は、決意し『理髪店ＴＯＫＯＹＡ』に向かった。

『理髪店ＴＯＫＯＹＡ』の扉を開けると、チリンチリンと客の来店を告げる鈴が鳴った。

音が止むと、今度は「シュリシュリ」という音が聞こえてくる。

呂が店内を見回すと、店内は、ひと昔前に台湾で見た覚えのある、木製の家屋をリノベートしたような感じだ。営業年数が経つのか、妙に埃っぽく懐かしい。大きな2つの鏡の前に散髪用の古風な椅子が2脚、その前面にシャンプー用の白い洗面器が鎮座している。

その横で、店主らしき男が、鏡脇に垂らした砥布の上で剃刀を研いでいた。

「あのー、こんな時間に申し訳ありませんが、まだやってるでしょうか？」

振り向いた店主を見て、呂は驚いた。

服装は、それがユニフォームなのか分からないが、上下の黒い少しヨレヨレのタキシードに、これも埃で一部白みがかったシルクハットをかぶっている。その反面、真っ白な襟の折れたシャツはノリが効いていてピンシャキとしていて、エンジ色と紺色の斜めストライプのネクタイが清楚な感じを与えている。振り向いたときに見えた縦じまで細めのサスペンダーもお似合いだ。

しかし、呂が驚いたのは、その店主の・・・顔だ。

ドレッドヘアーにｆｒ、顔は火に焼けたように浅黒い。彫りが深くて鷲鼻は、一見、かつて流行った海賊映画に出てきたキャプテンクックを思い出させる。そして、何よりも真ん丸で黒目の大きな両目。瞼はゆっくりと機械的に上下している。口髭の下の口は、ほうれい線のところから真四角に下顎が下に降りて言葉を発する。ふと、鏡を見ると、呂の後ろの壁に鳩時計が架かっていた。そう、店主の口もとは、まさに、時刻になって小鳥が窓から顔を出すときの窓のように真四角で機械的な動きをしていた。

分かりやすく云うと、店主の顔は、西洋の人形劇に出てくる人形そのものだった。

最初、呂は怖気づいたが〈明日のプレゼンにはどうしてもイメージチェンジして臨みたい。こんなところでビクついていては、オンナは捨てられない。〉という思いで、店主の答えを待った。

すると店主は、砥布で剃刀を研ぎながら、落ち着いた仕草で、視線を窓側の散髪用の古風な椅子へと向けて呂を促した。それは、前々から、呂の来店を知っていたかのような自然な流れだった。

呂が椅子に座る。鏡の中には先ほどの鳩時計が数字を逆にして架かっている。

*

理髪店で髪を切ってもらうのが初めてなので、呂は要領がつかめない。

正面の鏡には散髪用の椅子に座った呂自身と、その後ろに佇む店主のみが映っている。

美容室では、まずシャンプーをしてもらうが、ここでは店主が呂の髪全体に霧吹きで水をかける。

店主の人形のような真ん丸で黒目の大きな瞳が上目遣いにこちらをジッと見つめている。

「今日はどのように？」

店主が呂の頭の陰で見えない真四角な口を下顎を下にだけ動かして聞いてくる。

「ええ、今日はバッサリとボーイッシュなショートにしてください。」

普通、女性が長い髪を切ると聞かされたとき、美容室のスタッフは、決まって「何かあったんですか?」と聞いてくるものだ。しかし、ここの店主は驚きもせず、ひとこと、

「かしこまりました。」

と、見えない口を動かして機械的に答えるだけだった。

霧吹きをかけた髪を、店主が手櫛で髪を後ろに揃え、ある程度整ってから櫛の目を後ろから流した。

そのとき、呂の右後頭部で、櫛が引っ掛かり、頸がガクッと後ろに持って行かれた。

「申し訳ありません。」

店主が、心のこもっていない声色で謝ってきた。

「いいえ、大丈夫です。ワタシ、旋毛（つむじ）が右と左の後頭部に2つあるんです。左側は素直な髪の流れなんですけど、右側はちょっとクセがあって、どこの美容院でも、櫛が当たってしまうんで慣れてますから。」

「そうでしたか、気を付けます。」

店主は機械的な返事をして、そのまま鏡脇に垂らした砥布の上で剃刀を研ぎだした。

シュリシュリ

と不気味な音が静かな店内に響く。

「産毛の処理はサービスでやらせていただきます。」

突然の声に少し驚いたが、呂はひとこと答えた。

「お願いします。」


いよいよ、いままで伸ばしてきた髪にハサミが入る。

店主が後ろで櫛を使いながらハサミを長い髪と垂直に構え指先を動かす。

ジョリッ、ジョリッ
ひとハサミごとに身を切られる思いだ。しかし、この店主の髪の毛と櫛を持つ左手の動きは柔らかく感じられる。そして、右手で持つハサミが地肌に当たらない。普通ならばハサミの冷たい感触が伝わってくるのに、この店主はそれを感じさせない。

呂は髪を触られ、ハサミを入れられる心地よい感覚に眠気を感じてきた。夢心地の中で店主に話しかけられたような気がする。

〈不思議ですねぇ。刃物を持ったオトコと、何も知らない女性が同じ空間にいることに恐怖感を覚えませんか?

ワタシはねぇ、以前、勤めていたカットサロンで大失敗をしてしまいましてねぇ。その方は、お客さんのようなロングヘアーでした。常連さんで、いつも私を指名してくださる方でした。カット前にシャンプーをして髪の流れを整えていたときです。
《痛っ！》
って、その方が仰りまして。お客さんと同じだったんです。後頭部の左右に旋毛があって、右側にちょっとクセがあったんですよね。
《アナタ、何年、ワタシの髪を切ってるの！　常連の髪質なんて知ってて当たり前でしょっ！》
その方は、カンカンにお怒りになって、ワタシは店長と一緒に必死で頭を下げました。ようやく何とかなって、カットを続けることになりましたが、そのあとがワタシの大失敗で・・・〉
少し、沈黙があったあと、店主は催眠術のように話しかけてくる。
〈ワタシがその方の左サイドにハサミを入れたときです。ザクッという感覚がありました。と同時に、
《痛っ‼》
今度は先ほどと比べようがないほどの大きな叫び声でした。ワタシが、その方の髪の陰からハサミを抜き出すと、先に真っ赤な血がついていました。そうです、ワタシは、その方の左の耳たぶを切ってしまったのです。そのままワタシは、その方を救急車に乗せて病院に向かいました。症状は耳たぶの、ほんの5ミリくらいを切っただけなので縫うほどのこともなく、軟膏を塗って絆創膏をはっただけで良かったのですが、もう、その方はカンカンで、もう、お店には来ないと云われました。結局、ワタシは、長年勤めていたカットサロンをクビになりました。〉

鏡越しの店主の顔は、呂の頭の陰で見えない。

そのとき、鳩時計が鳴った。鏡の中で10時30分という針が反転して映っているのを見たような気がする。

〈そのあと、ワタシは職にも就かずプラプラしてたんですけど、あるとき、上野の食品街を歩いていたときのことです。中国料理専門の食材店の店先にブタの頭が並んでいました。中国じゃ何でも食べますから当たり前なんですけど、そこには頭のほかにも豚足、尻尾、内臓、そしてブタの耳があったんです。それを見たとき、あのときの感触が右手によみがえってきました。ザクッと云うアノ感触です。その瞬間、ほんのいっときだけ、私は、もう一度、人の耳を切ってみたいという衝動に囚われました。そのとき思ったんです。あのとき、あの方の耳を切ったのは、事故か？　故意か？って〉

呂はハッと正気に戻った。どうやら眠っていたようだ。鏡に映った自分の髪はバッサリ短くなっており、まるで別人のようだった。鏡の中の鳩時計を見ると、10時15分を逆さまにさしている。

「お客さん、産毛を剃りますんでリクライニングを倒します。」

店主はそう云うと、ゆっくり背もたれを倒してくれた。

美容室だとシャンプー用の洗面器側に頭を倒すが、理髪店は逆向きのようだ。

「産毛処理をしやすいように、蒸しタオルを顔にかぶせます。」

そう云って、店主が黄色い蒸しタオルを呂の顔にかぶせた。

「あっ、熱いっ。」

あまり蒸しタオルを、直接、顔に乗せることがなかったので、呂は驚いて声をあげてしまった。

「すみません、熱かったですか？」

店主が、再び、心のこもっていない声色で謝ってきた。蒸しタオルの陰で顔は見えない。

「いえ、蒸しタオルを顔に乗せるのが久しぶりだったので驚いちゃって。大丈夫です。会社では『顔のツラが厚いヤツ』って云われてますから。大声上げちゃってゴメンナサイ。」

「そうでしたか、気を付けます。」

店主は、不気味な音を立てて剃刀を研ぎだした。

シュリシュリ
その音を聞きながら、呂は、何故か再び、心地よい感覚に眠気を感じてきた。そして、夢心地の中で、先ほどと同じように店主に話しかけられたような気がした。

〈その後、ワタシは別のカットサロンに再就職しました。そこで10年ほど勤めて、副店長もやらせてもらいました。でも、ダメですね、ワタシは慣れてくると、つい、気を緩めてしまう性格なようで、そこでも失敗をしてしまいました。

《熱いっ！》

って、その方が仰いました。お客さんと同じように蒸しタオルが熱かったようなんです。

《アナタ、前から思ってたんだけど、いつも顔に掛ける蒸しタオルが熱過ぎなのよっ。男性の方ならいいかもしれないけど、女性が顔に大火傷したら、どうなると思うのっ！》

その場は、謝りに謝って許していただけました。そして、お客さんと同じように顔の産毛を剃り始めたんです。

そのとき、時報が鳴った。鏡の中の鳩時計は先ほど同じ、10時30分をさしている。

〈産毛処理を初めて2〜3分経った頃でしょうか、ワタシがその方の左頬に剃刀の刃を滑らしたとき、

《ウギャッ》

って、そのお客様が呻き声をあげまして。見ると剃刀の先に真っ赤な血がついていて、その方の顔に掛けた黄色い蒸しタオルが徐々に赤く染まっていきます。どうやら、ワタシは、その方の左の鼻孔を切ってしまったようでした。そのあと救急車が来て、その方を病院に連れて行ったようですが、ワタシの記憶には、その後の様子は残っていません。

ハッキリ覚えているのは、前回、誤って耳たぶを切ったあとに、上野の中国料理専門の食材店の店先でブタの耳を見たときの衝動です。もう一度、人の耳を切ってみたいという。そして、今回、あの方の鼻を切ったのは、事故か？　故意か？って。

ただ、今回の場合は、想像がついていました。ことが起こる前に、あの方に云われたことが心のどこかに引っ掛かっていたのではないでしょうか？〉

呂はハッと正気に戻った。鏡の中の鳩時計を見ると、10時30分だった。

「お客さん、終了です。サッパリしましたねぇ。」

鏡の中の自分を見て、これなら明日のプレゼンに良い印象を残せるだろうと呂は思った。

店主が最後の仕上げでブローしているときに、呂は思い切って云ってみた。

「ありがとうございました。不躾なことで申し訳ないんですが、率直に云わせてください。

最初、この理髪店にお邪魔したとき、正直、不気味に感じていました。どこがと云われると答え辛いんですが・・・その ー・・・」

「正直に仰っていただいて結構ですよ。」

「はい・・・店主さんの、お顔が・・・まるで、西洋の人形劇に出てくる人形のようで怖くて。」

「はい、初めての方には、よく、そう云われます。特にそう仰る方々は、決まって強欲で自己主張が強く他人の意見を聞き入れない、心の小さな方ばかりです。お店にいらしたときのアナタの印象もそんな感じでしたよ。

　で、いま、ワタシはアナタにどう映ってますか？」

「そうですねぇ、お世辞を云うつもりはありませんが、最初の印象とは違って、何と云うか・・・

店主さんの髪を触る感触、ハサミのふれる瞬間、そして、指先から伝わってくる愛情が店主さんの印象を変えました。店主さんに切ってもらって本当に良かったと思います。」

「それは良かった。アナタは心の広い方ですね。」

「ワタシの心が広いですって？」

「そう。アナタは覚えていないかもしれませんが、髪を切っているとき、ワタシはそっと、アナタの心の中に話しかけていたんです。

もし、アナタが、最初に髪をブラシしていたとき、右の旋毛にブラシが当たったことに腹を立てていたら、ワタシはアナタの右耳をハサミで切り取っていたでしょう。

もし、アナタ蒸しタオルを顔にかぶせたときに熱過ぎると小言を云ってきたら、ワタシはアナタの鼻を剃刀で削ぎ取っていたでしょう。

もし、アナタが、最後に本音を云って下さらなかったら、ワタシはアナタの心臓を、このハサミで突き刺していたでしょう。しかし、アナタが心の広い人で良かった。」

呂は店主の言葉にこたえることが出来なかった。店主は続けて云った。

「アナタは、もともと、心の広い人だ。それがこの地に来て濁ってしまったようですね。でも、大丈夫。アナタが最初に選んだ道を突き進み続けなさい。迷っているのは今だけです。大切なことは、今を乗り越えることです。そうすれば、アナタの進む先に道は出来てきます。過去を歩いてはいけません。アナタはそのまま歩いて行くだけでいいはずです。大丈夫、心の広い人は誤った道を選びません。」

そう云って、店主は切り落とした髪の残るカバーを取り除き、ポンポンと呂の肩を叩いた。

＊

呂は理髪店を出た。腕時計を見ると10時10分。呂は時間に気付かない振りをした。

振り返ると小高い丘の中腹にあった『理髪店ＴＯＫＯＹＡ』の明かりは落ちていた。闇夜は周囲の木々に囲まれた一画を漆黒にしている。建物の存在もここからは見えない。呂はそれにも気付かない振りをして歩き出した。

ふと、気が付くとあたり一面真っ暗だ。信号も消えている。停電のようだ。見上げると、左右にそびえるマンションが黒い塊となってバックの夜空といい感じにシンクロしている。

呂は立ち止まって夜空を見上げた。目をジッと凝らしていると、小さな星々が網膜に映ってくるように思えた。それは、まるで、ふるさと台湾の夜空のように鮮明になってくる。

いままで北極星の右端で小さく光っていた星が、だんだん光を増して瞬いてきた。呂は幼かった頃のことを思い出した。昔、満天の夜空を見上げながら、父の云ったひとこと。

「あれが、劉姫の星だよ。大きく輝いているだろ？　劉姫も大きくなったら、きっと、あの星のように輝くようになるよ。」

ふるさと台湾を出て7年。すっかり忘れていた遠い昔の記憶がよみがえってくる。

「そうだ、あの星は私の星だ。私もあの星のように輝かなくちゃね・・・もうちょっと、ここで頑張ってみよう。明日からが私の未来なんだよね。」

証言をする

「この、若造がっ、こんなことになるんじゃないかと思って反対してたのに！　畜生めっ、娘を返せ、返せーっ！」

　老人の罵声が取り囲まれた円陣の中で響き渡っている。周囲は、その初老の老人にかける言葉もなく、ただ、見守るだけだ。

　老人と対峙して取り囲まれていた若いオトコが、黙ったまま礼儀正しく謝罪のお辞儀をする。その姿は、すれた様子もなく、素直に反省して謝っているように見えた。

「バカヤロー、そんな、謝罪なんか何の意味もないんだよ。娘を返せ、娘を！」

　若いオトコは、さらに深いお辞儀をして謝意を伝えようとする。老人が倒れかかるように若いオトコに詰め寄り、襟首をつかんだ。

「なんで、何にも云わないんだぁ？　少しくらい憎まれ口をたたいてみろっ。そうすりゃ、オレもキサマを殴れるのにっ。これじゃあ、これじゃあ、オレはどうすりゃいいんだよ？」

　若いオトコが精一杯、泣かないように口元を真一文字にすぼめる。唇が微妙に揺れ、鼻水が滴っている。

「なあ、頼むよ～、何とか云ってくれよ～。ひとことくらい、憎まれ口をたたいてくれよ～。」

老人が、クシャクシャになった顔で、若いオトコの首を両手で揺さぶる。

と、そのとき突然、老人と同年代と思われる別のオトコが近づいてきて、老人の頬を殴った。殴られた老人は何が起きたのか分からずシュンとなる。カレらの取り巻きは、いっときの沈黙ののち騒然となった。


事件の詳細はこうである。

ある日の夕方、とあるマンションの一室で若い女性の遺体が発見された。浴槽で手首を切っており、管轄の警察は自害の線で捜査を進めている。

しかし、翌日、隣に住む中年女性の証言により、事態は一変する。

「お隣の女性の方、付き合っていた男性がいたみたいで、前日の夜、興奮した声で云い合っていたんですよ。なんか、コップが割れるような音もして、ちょっと怖かったんですよねぇ。」

警察は、すぐに該当する男性を調べ出し、任意で事情徴収をはじめた。

「須崎博美さんをご存じで？」

「はい、交際していました。」

「昨夜のご予定は？」

「はい、夕方の6時過ぎに博美の家に行き、そこで一緒に夕食を。」

「そのとき、須崎さんの様子は？」

「非常に興奮していました。」

「さしつかえなければ、その理由は？」

「博美は、絵描きのタマゴだったんです。でも、最近、思うように絵が描けなくなっていたようで。それにワタシとの関係もぎくしゃくしだしていました。」

「須崎さんが亡くなられたことはご存じだと思うのですが・・・」

「はい、別れ際に、カノジョは『死んじゃおっかな。』って云ってました。」

*

【証言①】　同年代のオトコ

「アナタは、何故、被害者のお父様を殴られたのですか？」

「娘さんを亡くした父親はワタシの旧知の友人でした。突然のことでしたし、ワタシにも娘がいますのでカレの気持ちが痛いほど分かります。

　しかし、何故かアノとき、カレが半分死んだような目で被疑者のオトコを罵り、拳を振り上げている姿に、ワタシはどこか我慢が出来なかったんです。それで、ワタシはカレを殴りました」。

「それで、どうしました？」

「ワタシに殴られたカレは何が起きたのか分からず、キョトンとしていました。ワタシたちを取り巻く周囲も同じ反応だったと思います。そのまま、ワタシは不可解な視線と反論の叫びを残してその場を立ち去りました。」

「もう一度、お聞きします。アナタは、何故、被害者のお父様を殴られたのですか？

「さあ・・・ワタシは、ただ、カレに分かって欲しかったんだと思います。カレは死んだ魚ような目をしていました。そんなカレが何を叫んでも娘さんは帰ってこない。何度、被疑者を殴っても娘さんは帰ってこない。カレの娘さんは死んだのだと云うことを、早く心の淵に押しとどめてもらいたかったのかもしれません。」

「でも、被害者ご遺族のことを思うと、そこまでは・・・」

「たしかにそうですね。でも、ワタシは常にカレには上を向いて欲しかったんです。昔のカレは、ワタシが生きていく上での目標でしたから。

カレの娘さんは亡くなりました。でも、ヒトはいずれにしても死にます。それが、老衰なのか、事故なのか、病気なのか、そして人為的なモノなのかだけの違いです。

人為的に亡くなられた方は確かに浮かばれません。残されたものの悲しみも尋常ではないでしょう。しかし、死というものは誰にでも平等に訪れるものです。

短かい人生ではありましたが、カレの娘さんは、自分の一生を一所懸命、生ききったと思います。カノジョは真摯に死と対峙したはずです。それを思うと猶更・・・」

「しかし、そうは云っても、ヒトは生きている間に死を正視することが出来るでしょうか。」

「そうですね。娘さんを失ったカレは可哀そうなオトコです。でも、ワタシは親友としてカレに現状の己の人生を正視して欲しかったんです。

これはワタシの勝手な思いです。おそらく、いま、ワタシはカレに恨まれているでしょう。あれ以来、ワタシはカレと会ってはいません。」

【証言②】 同年代のオトコの妻

「ご主人は、今回のアノ事件に関して、どう思っているのでしょうか?」

「主人は、この世に良い人間しかいないと思っているんです。常に正しいことがなされていると。世の中には良い人もいるし悪い人もいる。正しいことも間違ったこともありますよね。でも、そんなこと、主人には考えられないんです。

今回の被疑者の方、お若いようですね。カレにはカレなりの思いがあっての行動でしょうけど、亡くなられたお嬢さんも、これからと云うときだったでしょうに。

そりゃ、普通、残されたご両親のお気持ちが一番に思い浮かべられますけど、主人は、いろんな立場で見てるんです。ご両親の気持ちはもちろん、亡くなられたお嬢さんの気持ち、そのお友達の気持ち、そして、今回、被疑者とて扱われている方の気持ちって風に。

ホントにバカですよ。こういうヒトのことを、純粋で心のきれいなヒトだなんて云う人もいますが、ワタシはそうは思いませんねぇ。」

「ご主人が、遺族の方を叩いたと云うことに関しては？」

「それに関しては・・・ワタシも少しは主人に肩入れする気持ちはありますよ。主人は昔から、亡くなられたお嬢さんのお父さんを敬愛していましたから。どんなことがあっても、アノ方に恥じない生き方をと、ずっと心掛けてきたヒトですから。アノ方には、どんなときでも毅然としていてもらいたかったんじゃないでしょうかねぇ。」

【証言③】 被疑者の家族

「最近の息子さんはどんな感じでしたか？」

「1年くらい前でしょうか、須崎さんのお嬢さんを家族に紹介してくれた頃から、お付き合いが始まったようです。ワタシどもも、息子が女のヒトを家に連れて来るなんて初めてのことだったので浮かれてしまって。息子のあんな顔を見るのは初めてでした。毎日のように博美さんの話を聞かされましたよ。」

「息子さんと須崎博美さんの仲はよかったと？」

「はい、ワタシどもも、そのまま学校を出たら結婚するんじゃないかと思っておりました。

でも、大学の2年生くらいからでしょうか、息子は、妙に偏ったモノの見方をするようになったと思います。息子の部屋には学校で使う様々な哲学書が並べられていますが、部屋の壁に、著名な哲学者の格言を、自分の見解を述べる文書に書き換えているのを見たことがあります。その頃からですか、息子は変わってしまったんです。」

「どう変わったと?」

「上手く云えませんが、うちに帰ってくると部屋に閉じこもり、哲学の本ばっかり読むようになりました。今まで読書なんてしていたところを見たことがなかったので、余程、興味を持ったんでしょうね。それに、ほとんど口をきくこともなくなり、いつも何かに思い悩んでいるようでした。」

「失礼な云い方になりますが、鬱状態ということではなくて?」

「いえ、そんなことはないと思います。でも、息子が自害しようとしている方を引き留めずに自害幇助をしたとは思えませんよ。ましてや、あんなに好きだった博美さんに対して。」

【証言④　被疑者（手記）】

「ボクの一番の関心ごとはボク自身なんです。それはいまでも変わらない。他人がどう考えようが、それ以外のことはボクには興味がないんです。

あの日、カノジョは云いました。

「死んじゃおっかな。」

その場にボクはいました。カノジョとボクだけがいました。そして、その言葉を聞いたボクは、カノジョを残し、黙ってその場を立ち去ったんです。

そのときボクは、こう思っていました。

〈自害するような奴は論外。存在する価値はない。でも、ボクはキミが好きだった。人間としても女性としても好きだった。たぶん愛しているのだろう。でも、ボクはキミの行為をとめない。ボクがボクの人生を愛しているように、キミがキミの人生を愛し抜く意思をとめたくはない。自害する奴をボクは軽蔑する。でも、キミは特別なヒトだ。キミの自害をとめるのもボクにしかできないし、キミの行為を許すのもボクにしかできない。でも、これだけは覚えておいてくれ。ボクはキミを愛している。〉と。

「アノ日、取材の記者に取り囲まれた中で、彼女のお父さんが突然現れました。以前、カノジョのお父さんは、家に行くと、いつも快く迎え入れてくれて、いろんな話をしてくれました。

アノ日、そのお父さんの顔を見たとき、ボクの信念は少し揺らぎました。襟元をつかまれ揺さぶられながら、お父さんの云った『ひとことくらい、憎まれ口をたたいてくれ』という言葉に思わず涙が出てしまいそうでした。と云うのは、その言葉の中に、お父さんが博美と同じくらい、ボクを愛していてくれていたと感じたからです。」

そして、手記はこうも綴っている。

「有難いことではありますが、両親が、今回の件を罪状認否で訴訟に出ると云っているのに対して、出来ることなら、やめてもらいたいと思っています。訴訟を起こして仮に勝ったとしても、ボクの気持ちを鎮めることは出来ません。逆に訴訟することは、ボクの首を絞めつけることになるような気がします。」

カレは自身に非があると信じている。自身の無罪を主張する訴訟に出ると云うことは、そこに至るまでに生じた、自身の哲学とカノジョへの純粋な愛を汚すようにカレには思えた。カレの望むところは、カレの身内がカレの思いに気付いてくれることだった。

しかし、カレの純粋な気持ちを周囲に理解してもらうことは、到底、難しいだろう。それほど、カレの思想とカレの愛は深いものだったから。

【証言⑤　被疑者（追想）】

〈あれから半年が過ぎました。キミは、もうこの世には居ないけれど、ボクはいまも変わらずここに居ます。そして、ボクが思っていたこと、信じていたことは、いまも変わっていません。アノ日のキミは正しかった。そして、アノ日のボクも正しかったと思っています。

でも、ふと思うときがあるんです。アノとき、本当にボクはキミを愛していたのでしょうか？　それとも、ボクはボク自身を愛していただけなのでしょうか？

教えてくれないかい？　キミはどう思っているんだい？〉

【証言⑥　被害者（夢想）】

〈直哉さん、お元気ですか。ワタシがそちらを去ってから、1年が過ぎます。遠いところから、春・夏・秋・冬の移ろいを見ていて、日本って、なんて素晴らしい国なんだって、改めて思っています。もう少し早く、そのことに気付けていたら、キャンバスの前で苦しまずに済んだのかもしれませんね。いや、アノ頃のワタシじゃ無理かな・・・。

あの頃、ワタシのキャンバスに向かう心の余裕のなさが、直哉さんを苦しめていました。ワタシ自身が精神的に、いっぱいいっぱいだったことを直哉さんが知っていたことも分かっています。ゴメンナサイ。

アノ晩、ワタシが『死んじゃおっかな。』って云ったとき、直哉さんは黙って家を出て行きましたよね。そのとき、ワタシには直哉さんの後姿が『自分の人生は、自分で決めようよ。』って云ってくれてるのが分かりました。

でも、ダメですね、ワタシ。直哉さんが、自分を信じて生きようってメッセージを送ってくれたのを知っていながら、ワタシ、自分の弱さに勝てませんでした。敢えて云うなら『自分の人生は、自分で決める』って云う、直哉さんの言葉は守れました。逆の結果になってしまいましたけどね。〉

〈直哉さん、いままでありがとう。

いま、直哉さんは、いろいろと思い悩んでいるようですね。

でも、アナタは、ちゃんと私を愛してくれました。そして、ワタシも、直哉さんを愛していました。これは、まぎれもない事実です。

ですから、これからは、後ろを振り向かず、前だけを見て歩んでください。今後、ワタシは直哉さんの記憶から消えます。

だって、直哉さんの人生は直哉さんが決めることでしょ？

でも、ワタシは、ずっと直哉さんを見続けていますから。安心していてください。〉

贋作をみる

私は、それまで絵画に興味がなかった。

そんな私の母親は、物心ついたときから油絵を描いていて、ときおり母親は、構図や色使いなどについて、私に感想を聞いてきたが、全くの素人の私は見当外れな応えしか出来なかった。まあ、気分転換もかねて気休め程度に問うてくる母親にとっては、私の返答など、どうでもいいことだったのかもしれない。

＊

ある朝、いつものように朝刊をとって来て、朝食後に読もうとしたとき、折込で入っていたチラシのひとつに有名画家の複製販売広告があった。

いくら、絵画に興味のない私でも、歴史に名を残している画家くらいは、美術の授業で耳に、目にしたことはある。何とはなしに、私はそのチラシを眺めてみた。

そこには、フェルメールの『真珠の耳飾りの少女』、モネの『睡蓮』『ポプラと草原の散歩道』、ゴッホの『ひまわり』『夜のカフェテラス』、ミレーの『落穂拾い』『晩鐘』、シスレーの『ヴィルヌーブ・ラ・ガレンヌの橋』『セーヌのほとり』などの複製絵画が映っていた。

改めて観ると、チラシの白黒写真ではあるが、心を衝くものが多々ある。そのとき、私には、まるで、絵画を通して様々なストーリーが飛び出してくるように思えたのだ。

珍しく、少しだけ絵画に興味を持った私は、食後、インターネットで画像を探してみた。


ゴッホの『夜のカフェテラス』には、夜空を星々がたなびいており、右側のアパートメントに面した石畳通りを挟んで左側にカフェのオープンテラスがある。店はクローズしたのか客は座っていない。その奥の石畳を数人のヒトが歩いている。そんな風景が描かれている。

目をつむると、そこには居ないはずの、紳士と淑女や、婚約をかわしたばかりの若いカップルや、余生をいたわり合う老夫婦や、子供と仔犬が駆け回る家族が浮かんでくる。聞き耳を立てれば、月と星と落ち葉と椅子テーブルの会話も聞こえてくるようだ。


モネの『ポプラと草原の散歩道』には、左側にポプラの木々が立ち並び、右半分下から散歩道が弧を描いて遥か左奥へと続いていく。そのさらに右端は野原か田園があり、散歩道には子供が佇んでいる。青い空と白い雲が浮かんでいる風景画だ。

私の頭の奥には、知らず知らずのうちに、春、夏、秋、冬と季節によって異なる陽光や、季節ごとの風や匂いが漂ってくる。朝、昼、夕刻、それぞれに、走りゆく子供たち、ゆっくり時間をかみしめる円熟した夫婦が行き交い、悠々とした時間が流れてくる。

シスレーの『セーヌのほとり』には、手前に茂る2本の樹木の間から見えるセーヌ川を挟んで、向こう岸に立ち並ぶ白い外壁の家々に注がれる光の明るさが、手前の樹木の木陰とのコントラストとして温かく描かれている。

古き良きフランスの河畔風景とともに、そこには、画面には映らない、そこに生きる人々の息吹が見えてきそうだ。人々の話し声、自転車のベル、教会の鐘の音、そして、人々の祈り。まさに生きていることの喜びと感謝が伝わってくる。

その日から、素人目ではあるが、絵画のなかから、生きている人物の喜怒哀楽、自然の移ろい、時間の経過など、様々な空想が浮かび上がってくることに、私は興味を持つようになった。

＊

ある日、そんな私に、友人が、ある企業の所有する秘密の絵画展に招待をしてくれた。

会場は、私とは釣り合わない、高貴なタキシードをまとった紳士、ラメの入ったドレスに身を包みトークハットで顔を覆った婦人、スリーピースの上品なスーツを着こなして杖を突く老紳士などで賑わっていた。

展示場には、ルノワール、ミレー、モネ、ゴッホ、シスレーなどの絵画が飾られている。そのなかで、友人は自信満々に来場者に絵画の説明をしていた。

私は、友人の雄姿は落ち着いてから拝聴することにして、まずは、観賞客の少ない絵画から見て回ることにした。絵画と絵画の間のスペースを大きくとっているので、誰にも邪魔されずに悠々と時間をかけて観賞が出来る。

私には、観たことのある絵画も、観たことのない絵画もあった。

しかし、それぞれをジックリ観ているうちに、私は幾つかの絵画に違和感を覚え始めた。

以前、見た本物とはどこか違うような気がする。かつて、一度だけ某美術館で見たモノとどこかが違う。それぞれの絵画が何も訴えてこない。そこからはストーリーがなにも飛び出してこない。

だが、鑑定上、本物だと証明されているし、友人もそのつもりで絵画の説明を堂々と続けている。

もちろん、私のような素人が、本物を見極める目を持っているなぞとは思ってもいないが、しかし、何かが違うと云う気持ちで心が落ち着かない。

だんだんと、私の中で葛藤が生じはじめた。

友人が贋作を売りつけるような人物であれば、私の率直な意見を、すぐにでも伝えることが出来、やめさせることも出来よう。しかし、友人がそのような人物でないことは、この私が一番よく知っている。

友人が来場者に説明している隣で、私は自分の見解を云うべきかどうか悩んでいた。

本当のことを云えば、彼は傷つき、我々の友情にもヒビが入るであろう。もしかしたら、彼は私を罵り、正式な場に訴えようとするかもしれない。

しかし、気付かない振りをして、この場を誤魔化せば、我々の友情は不純なモノと化してしまうような気がしてならない。

刻々と時間だけが過ぎていく。時間とともに、彼が多くの観賞者に絵画の美的価値と正当性を説けば説くほど、嘘を流布拡散しているように思えてきて居た堪れなくなってくる。

私は、どうすべきなのか？　友を失うつもりで真実を述べるべきなのか？　それとも、嘘に気付かない風を装って、友人との付き合いを続けるべきなのか？

しかし、その場合、私は友人とともに自分自身をも裏切ることになるであろう。

とうとう私は耐えられなくなり、友人に黙ったまま、その会場をあとにした。

そう、その場から逃げたのだ。いや、彼と私自身から逃げたと云うべきだろうか。

*

私は心中にわだかまりを持ったまま、ときを過ごした。

部屋の壁には、先日の友人の個展の帰りに買ったB4サイズの、モネの『ポプラと草原の散歩道』と、ゴッホの『夜のカフェテラス』と『サント・マリー・ド・ラ・メール』の絵画ポスターが貼ってある。

その絵画を観るたびに、あのときの情緒不安定な状況を思い出す。たった、折込の複製絵画販売チラシが入っていただけで、絵画に少しだけ興味を持ち、いい気になって展示会にまで出向き、友との交友をも失ってしまった、あの日々が厭わしい。

私は、しばらく、壁に貼ってある、それぞれの絵画のポスターを見ていた。そして、何故か、おもむろに、モネの『ポプラと草原の散歩道』をはがし、机上に置き、上方からジッと眺めていた。左側にポプラの木々が列をなし、右半分下から散歩道が弧を描いて遥か左奥へと続いていく。その、さらに右端には野原か田園が広がる。散歩道には子供が佇み、青い空と白い雲が浮かんでいる。ふと、気が付くと、私は、そのポスターの右上の空に大きな太陽を描き入れていた。現実にはあり得ないほど大きな、画面の1／4程もの大きさの真っ赤な太陽を。そして、空を夕方のオレンジ色に塗りつぶした。

私は、少しさがって遠目で絵画のポスターを見てみた。

「満更でもない。」

そして、私は、次に、ゴッホの『サント・マリー・ド・ラ・メール』のポスターをはがして机上に置いて眺めてみた。

どのゴッホの作品を見ても、タッチは荒々しくて気持ちを高揚させる。さらに風景画は力強さを纏う。

『サント・マリー・ド・ラ・メール』は、白波の立つ海原を帆船が突き進む力強い作品だ。

私は、少し考えてから、画面、右半分から斜め下に向けて、画面に飛び込んでくる大きな鷹の頭部分だけを描いてみた。画面の1／3の風景は消えてしまうが、鷹の獲物を見据えるような大きな目と、険しい嘴が海上の狩人のように見える。

「満更でもない。」

そして、3つめの絵画ポスターを見やった。

ゴッホの『夜のカフェテラス』。星々のたなびく夜。石畳通りに面したカフェのオープンテラス。店はクローズしたのか客は座っていない。その奥の石畳を数人のヒトが屯している。

しかし、私は、この絵画ポスターは壁に残しておいた。なぜなら、この絵画には、既に幾つものストーリーが出来上がっている。あえて、ここで私が手を加えてしまうと、それぞれのストーリーがチリジリになってしまいそうだったから。

著名な作家の作品に筆を追加するなど、無礼千万だと思う。しかし、描き込んでいるとき、思いのほか、私は楽しんでいた。そして、描き込みながら、かの有名な画家たちも、同じように、絵画の中にストーリーを注ぎ込んでいたのではないかと、ふと思ってしまった。

こんな偉そうなことを云うと、怒られそうだが、絵画にストーリーを持たせるのは面白いと思う。いや、ストーリーを感じさせる作品こそが名画のような気がする。

*

明日、私は友人に会いに行くつもりだ。会って、私の感じたことを、あたりかまわず伝えてみよう。それを否定するかしないかは友人に委ねたい。

私の親切の押し付けと思われるかもしれないが、私は、これが一番、純粋な友情の証だと思った。

嫌われる

あの夏の日、ボクは野球少年だった。ボクは体格も他の少年と比べると大きく、ホームランバッターだった。

ある日、団地と団地に囲まれたグラウンドで、ボクらは野球をしていたのだが・・・。

《カッキーーン！》

《ガッシャーン！》

ボクの打った打球は高く舞い上がり、向かいの504号室のバルコニーに飛び込んだ。そこは、よりによって、近所でも有名なガンコ親父のバルコニーだった。

ボクは「しまったっ！」と思ったと同時に、「悪いことしちまった！」「ボールも返してもらわなくちゃ。」などと思っていた。

こんなとき、周りの友達は無責任に憐れんでくれるが、だれも一緒に責任を負ってはくれない。

仕方なく、ボクは504号室に向かうことにした。

《ピンポーン》

扉の向こうに、困った顔のお婆さんが出てきた。

「ゴメンナサイ。ボクの打った打球がベランダに飛び込んだみたいで。壊れたものは、お父さんとお母さんに言って弁償します。」

お婆さんは困ったような顔で笑ってボクを室内へ導いてくれた。

廊下を抜けると正面にリビングがあり、その向こうのベランダで、背を向けて、しゃがんでいるお爺さんがいた。ボクは思った。

〈あれが、頑固おやじか。〉

ボクは数回、そのお爺さんを見ていた。スーパーで、商店街で、団地の公園で。

そのお爺さんは、いっつも、スーパーの店員や、商店街を幅広に歩く学生や、郵便配達のお兄さんに怒っていた。

〈ボクも怒られる。〉

ボクが、そう感じて突っ立っていると、お婆さんが軽くボクの両肩をささえ、食卓の椅子に座らせてくれた。

しばらく待っていると、ベランダからうつむき加減でお爺さんがリビングに入って来た。お爺さんは、こっちを見向きもしない。

〈ああ、お爺さんは、やっぱり怒ってるんだ。〉

ボクが覚悟を決めたとき、お爺さんの声が聞こえた。

「これで何度目だか。」

一瞬、ボクはすべてが自分のせいじゃないと云おうとした。しかし、

「でも、まあ、正直に謝りに来たのはオマエだけだ。他の奴らは、黙って逃げよる。」

そう云われて、ボクは、なんか、褒められているという錯覚を起こした。

「はい、ゴメンナサイ。」

「名前は？」

「ウシカイ　タケシです。」

「どういう字を書くの？」

お婆さんが場を和ますように聞いてくる。

「はい、牛を飼うという字に、イヌカイ　ツヨシのツヨシと云う字です。」

「イヌカイ　ツヨシのツヨシ、か。」

ボクは少し調子に乗っていた。

「ボクの誕生日は5月15日なんです。5・15事件と同じ年です！」

お爺さんが黙って目を閉じます。そのまま、数分が経ちました。

「スミマセン、調子に乗って喋り過ぎました。」

すると、お爺さんは静かに云いました。

「同じ年じゃなくて、同じ日だろ。正確に云わんか。」

「スミマセン。」

お爺さんは、それには答えず、婆さんに向かって、

「婆さんや、ミルクティを。」

と云ったまま、また、黙り込んでしまった。何かを思い出しているようだった。

すると、お婆さんが、ティーカップを2つ持ってきて、1組をお爺さんの前に、もう1組をボクの前に置いた。そして、暖かいミルクティを注いだ。

「飲め。」

お爺さんが云う。ボクは、熱めのミルクティをハフハフしながら飲んだ。

〈この暑さでホットはなぁ。〉

そんなことを思いながら飲んでいると、

「ホレ。」

と云ってお爺さんがボクの打ったボールを渡してくれた。

「あ、ありがとうございます。」

「オマエ、一応、礼儀は知ってるんだな。今度から気をつけろよ。」

「す、スミマセンでした。壊したものは弁償します。」

「いいっ！」

「でもぉ・・・」

すでにベランダに戻っていたお爺さんがこちらに背を向けて云った。

「ひとつ、覚えておけ。弁償すれば、全てが済むとは思うなよ」

ボクはボールを握りしめ、お辞儀をして玄関に向かった。玄関まで見送ってくれたお婆さんにもお辞儀をすると、お婆さんは微笑んでいた。さっきの困ったような顔はどこにもなかった。

エレベーターの中でひとりになったボクは、

「頑固おやじなのか、優しいのか判んねぇや。」

とつぶやいた。

＊

その、お爺さんの毎日は決まっていた。

朝はトーストにホットミルク、昼はアンパンかアップルパイ、夕方にチョコレートを一片、夜には宅配業者のおかずのみ。それらを、時間をかけて、ひと口ひと口、ゆっくり噛みしめて飲み込む。

一見、優雅な食生活のように見えるが、服用しているクスリのせいで老人に味覚はない。腹も空かない。食欲もない。クスリを飲む為に食事を繰り返すだけ。食の楽しみを味わえない苦痛は、とうの昔に消え失せた。まさに生きるために食べているだけだった。

その、お爺さんは、毎日、午前と午後に散歩に出る。

服装はいつもピシッと決めている。

夏場は麻のジャケットにパンツ。白いシャツの第一ボタンはキッチリとしめ、ときにはループタイ。そしてパナマ帽。

冬場はコーデュロイのジャケットとチョッキとパンツにネクタイとフェルトハット。もちろん、シャツの第一ボタンは留められ、カラーはノリでピンシャキ。

必ず左手に杖を持ち、一歩ずつ、ゆっくりゆっくり進む。踏み出す一歩は20センチの歩幅くらい。コンスタントに左右の足を踏み出すので、一見、ペンギンが歩くようだが、しっかりした足並みだ。

ゆっくり、30分かけて、毎日、決まったルートを回る。公園、散歩道、商店街・・・道中、出会った若者たちに説教をする。ときたま、歩を止め、少し首を右に傾け、ボーっと佇む姿を見ることがある。そんな姿は、にこやかに何かに頷いているようにも見える。

それが、その、お爺さんの、毎日、決まった時間の過ごし方だった。持病による無味覚、涙目、色素沈着、手足のしびれ、便秘快便の繰り返し、火の上を歩くような足裏の痛み・・・それらを感じさせないように毎日を送ることに、本当の意味で生きることの辛さと、生きることの喜びを、見出しているような毎日だった。

＊

ボクは、その日もグラウンドで野球をしていた。ツーアウト3塁。6対7で負けている。相手ピッチャーは小柄な友達で、球のスピードも遅い。ここは一発、逆転ホームラン狙いだ。

ピッチャーが投げる、ボクは一心にバットを振る。

《カッキーーン!》

《ドサッッ!》

ボクの打球は左中間のネットを超え、再び、504号室のベランダに飛び込んだ。

「あーあ、また、やっちゃったよー。」

友達が云う。

「いいよ、また、ボクが謝って来るヨ。」

ボクは、そのまま、504号室に向かった。気持ちの中では、心臓がドギマギしていたが、その半面、お爺さんとお婆さんが、また、何か話してくれそうな予感がして、少しワクワクしながら訪問した。

《ピンポーン》

呼び鈴を押すと、すぐ、お婆さんが出てきてくれた。お婆さんは、ボクの顔を見るとニコニコ微笑んでくれ、こないだと同じように部屋の中に入れてくれた。

ボクが、リビングに進むと、こないだと同じようにお爺さんが、ベランダで、こちらに背を向けて座っている。

「何回もゴメンナサイ、ボールが飛び込んじゃって。」

ボクは先手必勝で謝った。お爺さんが立ち上がり、こちらに振り替える。左手にはボールが握られている。お爺さんはリビングに入って来るなり、無言で左手を差し出した。

「あ、ありがとうございます。」

お爺さんは、黙ったまま、こないだと同じ食卓の椅子に座れというようなジェスチャーをした。ボクが、椅子に座ると、お婆さんが、こないだと同じようにティーカップをお爺さんとボクの前に置き、ミルクティを注いでくれた。

お爺さんが、飲めというようなジェスチャーをする。今日のお爺さんはひとことも喋らない。その代わり、お婆さんが、ニコニコしながら話してくれた。

「いえね、あまりにもボールがたくさん飛び込んでくるから、窓ガラスに防弾フィルムを張ったのよ。ベランダの植木も、ほら、部屋の中に入れて。」

気付かなかったが見ると、ベランダはスッキリ広々としている。部屋の中に目を移すと、室内の窓際に植木鉢が並んでいた。

「ゴメンナサイ。」

ボクは今日のホームランで何も壊れなかったことにホッとしながら、思わず謝っていた。「いいのよぉ、気にしなくて。男の子は元気が一番。ウチのヒトも、嬉しそうに防弾フィルムを張ったり、植木を整理していたわ。」

お爺さんはミルクティを飲み干すと、黙ってベランダの方に行ってしまった。

「すみませんでした。ご迷惑をおかけしました。」

ボクは、もう一度、お爺さんに向けて頭を下げた。お爺さんの反応はない。

エレベーターの中で、ボクは、もう一度、つぶやいた。

「頑固おやじなのか、優しいのか判んねぇや。」

◇

あれから4年が経つ。ボクは父親の仕事の都合で引っ越していた。その後も、ボクは中学校の野球部に所属し、日夜、野球に没頭していた。そして、今春、ボクは、第一志望の高校受験に合格した。そこは、名門野球部のある高校だった。

それを、あのお爺さんとお婆さんに伝えたくて、ある日、ボクは、懐かしい団地の504号室のチャイムを鳴らした。

＊

しばらく待っていると、ドアが開いた。そこには懐かしいお婆さんが居た。

「突然、申し訳ありません。牛飼　毅です。覚えていらっしゃいますか？」

お婆さんは、ボクの顔を見てキョトンとしている。

「4～5年前、野球のボールをベランダに打ち込んでご迷惑をおかけした者です。当時は小学生でした。」

しばらく、ボクの目をジッと見ていたお婆さんの目に光が宿ってくる。

「ああっ！　あのときのボクっ？」

「そうです、そうです。あのときは、本当にゴメンナサイ。」

「まあ、あがって、あがってっ。」

ボクは、昔懐かしい、食卓の椅子に座らせられた。

「ボクは、ミルクティが好きだったわよね。」

ボクは、「弱ったな」と思いながら、

「はい。」

と答えた。

「懐かしいですね。植木も室内の窓際に並んでキレイですね。」

「ありがとう。」

「お爺さんは？」

「去年、亡くなったの。」

キッチンに立つお婆さんは、悪びれも、後悔もなく、サラッと答えて来る。一瞬、こちらが意表を突かれてしまった。

「えっ？　そ、それは・・・知りませんで、ゴメンナサイ。」

「ボクちゃんは、いっつも謝ってばかりね。野球してたときも、いまも。」

「・・・いまでも、野球は続けています。今年の春に〇〇高校に入学して野球部に入部しました。どうしても、それをお爺さんに云いたくて、今日、来たんですが・・・」

「そう、それは、ありがとう。お爺ちゃんも喜ぶわぁ。あの野球の名門の学校でしょ。」

「はい、一応。」

「そうかぁ、あの、ボクちゃんが有名高校の野球部にねぇ・・・」

お婆さんが感慨深そうにボクを見ている。

「そうか、お爺ちゃんに、その報告をしに来てくれたんなら、少しだけ、お爺ちゃんの話しを聞いてくれる？」

そう前置きをして、お婆さんは話し始めた。

＊

「お爺ちゃんが、みんなから『頑固おやじ』って云われてたのは、知ってるわよね。」

「えっ、あっ、は、い。」

「いいのよ、いいのよ、本当だったから。でもね、何でもかんでも頑固に説教していた訳じゃないのよ。もともと、学校の先生をしていたからね。」

「えっ、お爺ちゃん、学校の先生だったの？」

「そう。小学校のね。だから、礼儀とか道徳とか常識とかに関しては、しつこいほど厳格だったわ。だから、世の中の道理が通らないことに関しては、徹底して怒っていたのよ。もしかしたら、世の中の子供たちを正しく導けなかった自分に向けて怒っていたのかもね。」

「自分を怒る？」

「そう。スーパーのレジで、前の老婦人が財布から小銭をなかなか取り出せないでいるでしょ。そんなとき、レジの店員が云うの。『次のお客客さんに迷惑なんで急いでください』って。それを聞いたお爺ちゃんが怒ってね。『時間がかかって何が悪い！　こっちは客だぞっ、何でオマエが高飛車な云い方をするんだっ！』ってね。お爺ちゃんは、道理にかなっていないヒトが許せないのよ。

お爺ちゃんに、そう云われた、老婦人はオロオロしちゃうし、レジの店員は何でお爺ちゃんが怒っているのか理解できずにキョトンとしているし。だって、レジのヒト、次のお爺ちゃんの為に云ってたのよ、笑っちゃうでしょ。でも、そんなこと、お爺ちゃんにはどうでもいいのね。」

「それで、スーパーで怒ってたって云う噂がたったんですか。」

お婆さんがニコニコしながら続ける。

「道端で、横に広がって歩いていた学生を叱りつけたっていう話も知ってるでしょ？」

「あっ、はい。何となく。」

「あのときの中学生、お爺ちゃんが小学校の教諭をしていたときの教え子なの。商店街をふさぐように、5～6人で歩いていた教え子を見つけて『オマエらっ、周りの人たちが迷惑してるの分からんのかっ』って怒鳴り上げてね。お爺ちゃん、見た目は年寄りだけど声は大きくて、商店街中筒抜けだったわ。」

「そうだったんですか。」

お婆さんが嬉しそうに活き活きと話しを続ける。

「まだまだあるわ。団地の公園で郵便配達のヒトを捕まえて説教してたこともあったわ。」

「あっ、目の前で、それ見てました。」

「そう？　あれはね、郵便配達のヒトが配達先を間違えたのよ。504号室と405号室。ともに苗字は渡辺と渡部。そりゃ、郵便配達のヒトも間違えるわよね。お爺ちゃんも間違えたことを怒ってたんじゃないのよ。郵便配達のヒトの態度がね､恩きせがましく『スミマセンでした。』って云ったと思ったら、チッって舌打ちしたの。それにお爺ちゃん怒っちゃって。『自分が間違えておきながら、舌打ちとはなんじゃっ！』ってね。郵便配達のヒトも疲れてたんでしょうけど、相手がお爺ちゃんだったのは、運が悪かったわね。」

お婆さんが、まるで目の前で起こっているかのように、お爺ちゃんの武勇伝を楽しそうに話している。

　ボクは、亡くなったばかりの、お爺さんの思い出を、悲しむふうでもなく、こんなに楽しそうに話せるものなのかと思いながら話を聞いていた。

「あのー、ボク、何回か、お爺さんが散歩してるのを見たことがあるんです。」

「規則正しいペンギンさんみたいに歩いてたでしょ。」

「ははは、そうですね。でも、ときたま、歩を止め、少し首を右に傾け、ボーっと佇む姿をすることがあったんです。あれは何をしてたんですかね。」

　すると、お婆さんが、更に嬉しそうに顔を突き合わせてきた。

「ボクちゃん、よーく見てたわねぇ。あれはね、何と云うか・・・音を楽しんでたのよ。」

「音を楽しんでた？」

「それはですねぇ、話すと長くなるんだけど・・・確か、ボクちゃんが2度目かな？　ボールをとりに来たときのこと覚えてる？」

「はい、ご迷惑をおかけしました。でも、最初のとき、お爺さんは色々と話してくれたのに、あのときは、怒ったようで何にも云ってくれなくて。」

「そう。お爺ちゃん、ボクちゃんが来たとき、本当はすっごく喜んでたのよ。防弾フィルムを張ったのや植木鉢を整理したのを見てもらいたくて。」

「でも、全然、話をしてくれなかったんですよ。」

「・・・話せ、なかったのよ。もう、あの頃には、言葉を発することも出来ないようになってて・・・」

ボクが訪れてから、初めてお婆さんが悲痛な顔を見せた。

「でもね、お爺ちゃんはロマンティストで、子供のようなヒトだったの。散歩のときに、お爺ちゃんは『音を楽しんでた』のね。」

「音を楽しんでた？」

「自分の命が長くないのを知ってから、お爺ちゃんは悲しむんじゃなくて、残りの時間で、人生の知り得る限りを知ろうと思ったのよ。」

「人生の知り得る限りを知る？」

「そう、それが、散歩の途中で、立ち止まって町の喧騒を聞くことなの。

町中には、そこら中に、いろんな音がしてるじゃない？　お爺ちゃんは、それを聞き取って言葉にするの。いうなればオノマトペね。」

「オノマトペ？　あの国語の授業でやった？」

「多分、そう。と云うか、オノマトペにかけた駄洒落ね。

ヒトの足音は『コットン、コットン、コットン』

電車の通過は『ブロッコリー、ブロッコリー、ブロッコリー』

自転車は『釈迦っ、釈迦っ、釈迦っ』

救急車は『アーホー、アーホー、アーホー』

時計の秒針は『ケロッ、ケロッ、ケロッ』
キーボードは『勝ちっ、勝ちっ、勝ちッ』
冷蔵庫のモーターは『チーチチチチッ（ヒグラシの鳴き声）』
風の吹き抜けは『トーフー、トーフー、トーフー』
波の音は『座布団～、座布団～、座布団～』
子供たちの遊ぶプールは『馬車っ、馬車っ、馬車ッ』
って な具合にね。」
「ホントだ、ホントに、そんな風に聞こえて面白いですね。」
「くだらない、と思うかもしれないけど、お爺ちゃんは、散歩の途中で聞き得た音を、その晩にワタシに教えてくれるの。毎晩、それが楽しみだったわ。多分、お爺ちゃんは、生きてる間、見るモノ聞くモノ、すべてを受け止めようと思っていたのね。短い間だったけど、それをお爺ちゃんと共有できたことが、ワタシの最大の幸せね。おかげで、お爺ちゃんが亡くなって、悲しいなんて思ったことないわ。」
　ボクは、いままで、お爺さんを恐いヒトだと思っていた。実際に会ってみたとき、少しは和いだけど、まだ、ボクの中には疑心が残っていた。
　しかし、お婆さんの思い出話を聞いているうちに、お爺さんは頑固おやじであるけれど、ロマンティストでチャーミングな老人でもあったんだなぁと思うようになった。

感染する

２０１９年初冬、ある地方を発症源とする感染性感冒が発生し、瞬く間に世界中に広まって行った。

その感冒は、発熱、咳、倦怠感から始まり、喉の痛み、頭痛、下痢へと悪化し、最悪の場合、呼吸器疾患による死へとつながるという。いままでのウイルスよりも感染速度が非常にはやく、国に認証されたワクチンは一時的にしか効力を見出せない。まるで、医療の手から逃げるように、ウイルスはどんどん進化していく。

感冒が広まる初期、比較的高齢者が、その感冒によって亡くなることが多かったため、若者はワクチン接種の対象から外れ、よそ事として関心を持たなかった。しかし、若者たちのそんな流行感冒への無関心がウイルス拡散の起因となったともいえる。そして、それに対する政府の判断も晩稲にまわる。

人々は抑えようのないウイルスの拡散に怯えながら、政府の対策の遅さを批判するようになる。そして、次第に身近な仲間どうしで疑心暗鬼をうむようになる。

なかでも、それが顕著に表れたのが、患者対応に駆けずり回っている医師や看護師たちだった。

*

ある総合病院では、感冒が流行し始めて、テレビのニュースでも取り上げられる頻度が高くなり、外来の高齢患者が多くなってきた。

「ちょっと、喉が痛くて。」

「最近、熱っぽいのよね。」

「ワクチン注射、うってくれる？」

普段、これといって、やることのない高齢者たちはニュースに敏感だ。流行感冒でなくても、身体の調子が悪いと自己暗示をかけられ、外来窓口にすぐ向かう。医師が何ともない、もしくは、ただの風邪だと説明しても、彼らは自己暗示を優先する。

「センセイ、そこを何とか、ワクチンうってくださいよぉ。」

担当医の意思を口説き落とせないと分かった高齢患者は、諦めずに、看護師の方からアプローチをかけようとする。

「看護師さん、ちょっと頭痛がするの。診てくれない？」

「じゃあ、お熱と血圧を計ってみましょうね。」

「お願いね。」

「お婆ちゃん、平熱だし血圧も平常よ。大丈夫、大丈夫。」

「いや、確かに頭痛がするのよ。センセイに診てもらいたいの。」

「だって、さっき、センセイの診療受けたじゃないの。」

「でも、それでも、もう1回っ！」

＊

ひと月も経たないうちに、感染症は爆発的に流行し、院内は満室状態になった。ひとり患者が亡くなれば、新しい患者が運び込まれる。患者の診察、患者受け入れの可否に加え、自分勝手な高齢患者への対応に、医師や看護師たちは、またたくまに疲弊状態となった。ことに心の疲弊はニンゲンを醜くしてしまう。


「ゴメンナサイ、子供が熱だしちゃって。流行感冒も心配だから早退しま～す。」

若い看護師が、子供を心配すると云うよりバカンスにでも出かけるような口調で云う。

「お大事に～。」

同僚の看護師たちは、一応、声をかけるが視線は厳しい。

「ね～、あのヒト、これで3回目じゃない？　しかも、早退したあと、数日は子供の面倒見るって、いつも休むじゃない？」

「しょーがないでしょ、子供は、ちょくちょく風邪ひくものよ。」

「でも、いっつも、嬉しそうに帰って行くんだもん、ちょっとは、済まなそうな顔すればいいのに。」

「さっき、ゴメンナサイって云ってたじゃない。」

「そんなの、言葉だけよ。あのヒトが休むから、ワタシのシフトもずれちゃって予定が組めないのよねぇ。」

「いまは、こんなに感冒が流行ってるんだから我慢よ、ガマン。」


「あの～、受付はどちら？」

「あっ、お婆ちゃん、また来たの？　一昨日も来たばかりじゃない。」

「いや、今日は熱っぽくてねぇ。」

「ちょっとオデコ触らせてぇ。」

「年寄りは、すぐ病気になるからねぇ。」

「お熱、なさそうよ。」

「でも、ちょっと喉も痛くてぇ。」

「・・・お婆ちゃん、健康第一なのは分かるけど、ここは、お話し相手の場所じゃないの。病院なのよ。ただでさえ流行感冒でセンセイも忙しいの分かってる？」

「で、でも、ほんとうに・・・」

「でも、じゃないのっ。気のせいだけで、たびたび来られても、誰もお相手できないからっ。」

「そこまで云わなくてもぉ・・・」


救急車の音が近付いてきて、救急搬送窓口の前で停まる。

「すみませんが、急患の受け入れをお願いします。」

「スミマセン、空きベッドが残り1床しかないので、受け入れは無理です。」

「しかし、この患者さん、持病で糖尿病をもっていて、危険な状態なんです！」

「それは判りますが、物理的に無理ですっ。」

「すでに3病院回りましたが、全て病床がいっぱいなんです。1床残っているなら、そこに入れてもらえませんかっ？」

「ですから、院内にも流行感冒患者の方がおられまして、その方が急変したときの為に、少なくとも1床は確保しておかなければならないんですっ。」

「この患者さん、もう、3時間もたらい回しに会ってるんですよっ。このままじゃ、手遅れになるかもしれないんですっ！」

「ゴメンナサイっ、無理です。他をあたってくださいっ。」


深夜、待合室の自販機の前で、ひとりの看護師が疲れ切って座っている。

〈そんなこと分かってるわよっ。みんなして、自分のことばっかり云って。どこの病院も、みんな、イッパイイッパイで頑張ってるんだから、無理って云ったら無理なの分かるでしょうがっ。ワタシだって、一生懸命、頑張ってるんだからっ。ナースステーションのみんなも、しょっちゅう来るお婆ちゃんも、救急搬送のお兄さんも、いちどワタシと代わってみるといいわ。ワタシがどれだけ毎日苦労してるか分かるはずよっ。

ああ、もうイヤ。みんな、死んじゃえばいいのよ。〉

＊

ある日、突然、小児病棟に異動になりました。

師長は何も説明してくれません。この流行感冒が拡散しているなか、看護スタッフの人数が減ることが、どういう意味を持っているかは分かっていましたけど、その頃のワタシは、日常の不平不満と、訳の分からない脱力感のなかで仕事をしていましたので、あまり、気にも留めずに小児病棟へ移りました。

そこは、いままでの流行感冒の対応とは、一種、違っていました。日常の1秒を争う喧騒や大人同士の云い合い、諍いはありません。子供たちとお母さんがいるだけの、ホンワカした空気が流れています。

しかし、異動して1週間も経たないうちに、それがワタシの勘違いだと気づきました。

未熟児で生まれてくる赤ちゃん、小児がんを患っている子、小児麻痺で両手がほぼ使えない子、生まれてすぐに母親に置き去りにされた赤ちゃん。

そこもやはり戦場でした。罵り合う言葉はなく、諍いもなく、お互いを憎み合うことはありません。しかし、そこには、目に見えない心の中で、運命に対する悲しみと憤りがありました。

ただ、この場を明るく、ホンワカした空気にしているのは、そんな運命に対する悲しみも憤りも知らない、知っていても気にしていない子供たちの笑顔でした。母親を見つめて浮かべる笑い声でした。子供や赤ちゃんが、動かぬ身体や身の保証もない将来にめげず、ニコニコ笑いかけて来ます。

それに気づいた当初、ワタシは、この笑顔が後ろめたく、まともに見られませんでした。でも、同時に視界に入って来る、子供たちの笑顔が私を勇気づけているようにも感じていました。

しばらくするうち、最初、戸惑っていたワタシは、知らず知らず、ベッドに横たわる鼻に管の通ったままの赤ちゃんの頭を撫でていました。

赤ちゃんがワタシを見てニコッと笑います。この目はヒトを疑わず、ヒトを羨むこともしない純粋な目だと、ワタシは思いました。

振り向くとお母さんらしき人がにこやかに立っています。そして、自分の子供を慈しんでくれることに、感謝するようにワタシに向かってうなづきました。ワタシには、この親子が天使のように思えました。

ワタシは忘れかけていました。人間の生命力はすごいものだということを。生きると云うことがタフだけれども素晴らしいことだということを。

緊急外来に運び込まれてくる流行感冒の患者さんも、そうやって生きることに足掻き続けていたのでしょうか。

ワタシはどうなんだろう？

ワタシだけ、この世の中で、せっかくの人生を投げ捨てようとしていたのかもしれないと、ようやく気付けたような気がします。

もしかしたら、いままでのワタシは、どこかで流行感冒に感染していたのかも知れませんね。

人質にされる

レイコは普通の高校生だった。ただ、ヒトと交わるのが好きではない。と云っても、引きこもりや、いじめの対象という訳でもない。普段は、友達も気軽にレイコに話しかけ、レイコも普通に返事をしていた。

しかし、レイコは、いつも、自分に云い聞かせている。

〈ワタシはアナタたちと違う。一見、仲良さそうにつるんでるけど、心の中では、ヒトの欠点を見つけ出して嘲笑っている。そんなアンタたちと一緒の目で見ないで欲しい。〉

だから、レイコは、いつも周りの友達からは、一歩、逸れたところにいる。

「レイコ、一緒にトイレ行こ。」――「いま、行きたくない。」

「レイコ、帰りにカラオケ行かない?」――「弟の面倒見なきゃ。」

「レイコ、彼氏、紹介しようか?」――「いい、いい、ひとりの方が気楽よ。」

友達の意味のありそうでない誘いに、レイコはキッパリとYes・Noを云う。そこには、自分のペースを守り、パーソナルエリアを譲らない姿勢が見える。

友達は、レイコの居ないところで云う。

「レイコってカッコよくない？　サッパリして何か女の子なのに硬派って感じじゃない？」

「そうね。ワタシもオトコ追っかけてばっかいないで、あんな風になりたいわ。」

「でも、レイコ、ときどき、寂しそうな素振りを見せるのよねぇ。」

そして、レイコが高校2年の夏休み、それは起こった。

*

レイコには小学生の弟がいた。父親は出張が多く、母親は総菜屋のパートに毎日出掛けて行く。その間、お昼ご飯、3時のおやつなど、いろいろと弟の面倒を見るのはレイコの役目だった。

「雄一、今日の予定は？」

「午前中は学校のプール。昼めし食って、そのあと、サッカーしに行く。」

「お昼ご飯は、チャーハンでいい？　お姉ちゃん、銀行に行く用事があるから、勝手に食べてってね。あと、暑いから水分補給はしっかりね。」

「うん、分かった。じゃ、行ってきま～す。」

その日、それが、雄一とした唯一の会話だった。

レイコは、いつもの銀行に行き、必要事項を書いた用紙を持って、振り込み窓口に向かった。毎月の支払いなので慣れている。

「○○小学校の給食費と△△塾の授業料、それに電気ガス水道代に携帯電話料金ですね。少々お待ちください。」

特にレイコは、ひとつひとつ説明をする必要もなく、係の女性に処理を任せて、何気なく周囲を見まわす。待合ベンチでは子供連れの母親が子供に何か話しかけている。その隣に、真っ直ぐに背筋を伸ばして、バランスよく両手で杖を前方に構えて老人が座っている。入口の自動ドアから老婆が入ってきて、係の人に何か聞いている。

ふと、レイコがエアコンの吹き出し口の方に目を向けたとき、黒い長袖シャツにブラックジーンズ、夏なのに黒いニット帽をかぶった40歳前後のオトコと目が合った。オトコが、レイコの視線に気付いて、少し目を逸らしたような気がする。


「大人しくしろっ！」

レイコが待合ベンチでスマホをいじっているとき、オトコの威嚇するような大声が行内に響いた。

「大人しくして、みんな、伏せろっ、顔を上げるなっ。」

レイコも座ったまま前かがみに頭を落とした。

オトコの声は堂々と落ちついていた。

〈これって、銀行強盗？　随分と自信満々ね。慣れてるの？　仲間はいるのかしら？〉

レイコは、オトコを恐れながらも、持ち前の負けず嫌いから、何に対してか分からないが、怒りが込み上げてきていた。いや、負けず嫌いと云うよりも、レイコの生活ペースを乱し、レイコのパーソナルエリアを侵略してきたオトコに対して腹を立てていたのかもしれない。

「オマエっ、この袋に金を入れろっ。おい、オマエっ、動くんじゃねぇっ、緊急ボタンなんか押してみろっ、オマエの頭をぶち抜くぞっ！」

〈このオトコ、慣れてる。初めてじゃないわ。何回も強盗して、ヒトのお金で楽しようとしてるヤツだわっ。〉

レイコは、そのまま、床にうつ伏せになり、徐々にカウンターの前で怒鳴っているオトコににじり寄って行った。このとき、レイコの頭の中には、殺されるという恐怖心よりも、自己中心的なオトコへの怒りが占めていた。

そのとき、カウンターの中の従業員に注意を向けていたオトコが、ようやく、匍匐前進するようににじり寄って来る少女に気付いた。

「なんだ、オマエっ、動くんじゃねぇっ。」

銃口が向けられたようだが、レイコにそれは見えない。

「それ以上近づくと、うっ、撃つぞっ！」

このとき、初めてオトコに動揺が見えた。すかさず、従業員の誰かが緊急ボタンを押す。

《ジリジリジリリーーーン！》

オトコが慌てて床に屈みこみ、レイコの首を抱え込み銃口をレイコの額に近づけた。

「オマエらっ、これ以上抵抗すると、このオンナ、ぶっ殺すぞっ！」

銀行の周囲は警官で取り囲まれたようだ。外で、しきりに拡声器で何か云っているのが聞こえる。出入り口では、盾を構えた警官がこちらの様子をうかがっている。

オトコは、抵抗もせず、睨み続けているレイコを傍らに拳銃をいじっていた。最初に威嚇するような大声を上げていたときのように、オトコは堂々としている。いまだに負けを認めていない鋭い目だ。

〈何が、このオトコを自信満々にさせてるの？〉

レイコが男を睨み続けながら、考えていると、オトコがフッと笑った。そのときのオトコの目は、レイコには、一瞬、優しい目に見えた。

＊

「そー、睨むなよ。」

「・・・」

「キミ、高校生？　随分、怖いもの知らずなんだなぁ。」

「なんで、こんなことを？」

「普通、女の子なら、キャーッって云って、身動きできないんだけどなぁ。」

「なんで、こんなことを?」

「・・・敵わないなぁ。理由?　そりゃ、強盗って云やぁ、遊ぶカネ欲しさだろ?」

「ウソっ。」

「なんでぇ?　本当さ。ギャンブル、酒、オンナ・・・」

「うそっ。アナタ、さっき一瞬、優しい顔してたもん。」

「・・・」

「アナタ、悪いヒト?　良いヒト?」

「銀行強盗するヤツは悪いヒトに決まってるだろ?」

「・・・家族は?」

「・・・幼い頃から独りぼっちさ。父親は誰か知らねぇ。2~3歳までは母親も居たみたいだけど、いつの間にか消えてた。」

「将来、どうするの?」

「将来?　そんなもん、考えたことないね。」

「この先、アナタ、どうなるの?」

「さあな、先のことは分かんないね。」

人質にされてから、何分か、何十分か分からないが、ときは過ぎた。

「ゴメンな。一般のヒトには迷惑かけたくなかったのに。」

「別に、ワタシはいいの、大丈夫。」

「怖い？」

「いいえ怖くはないわ。それより可哀そう。」

「何が？」

「アナタの運命が。」

「・・・キミはどんな育ちなの？　家族はいるの？」

「普通のサラリーマン家族よ。出張ばっかで帰ってこない父親と、パート勤めの母親。それにワタシと、弟。」

「弟がいるんだ。可愛がってる？」

「今日も、昼にチャーハンを作ってやったわ。」

「へぇー料理もするんだ。いい家族だね。」

「平均的な家族だと思うけど、いろいろ悩みは尽きないわ。」

「・・・いままで思いもしなかったけど、キミの家族と比べると、オレの家族は惨めだったんだなぁ。」

「そうね、でもまだ先はあるわ・・・で、なんで、こんなことを？」

「また、その質問？　まーいーや。金が必要だったからさ。」

「何のために？」

「・・・テレビのコマーシャルでユニセフの〔つなぐよ子に〕ってフレーズ聞いたことないかい？」

「あの恵まれない子供への募金のコマーシャル？」

「そう。キミは、あのコマーシャルを見て、どう思った？　何かした？」

「いいえ、そこまで考えたことはないわ。」

「日本人のほとんどが、そう答えるだろうね。オレも、最初はそうだった。というか、最初は信じなかった。一種の詐欺まがいだと思ってたよ。」

「そこま云っちゃ失礼じゃない？」

「そう。失礼だった。当時、子供の頃の環境から抜け出せずに、オレは生きる目的を見出せないまま、毎日をボーっと過ごしてた。金がなくなれば日雇いの仕事に出る。少し金が溜まれば仕事をバックレて、一日中、部屋で寝てた。そうしてれば、1日が、1年が黙って過ぎていく。そんな毎日だった。」

「随分、贅沢な人生ね。」

「はっはっは、この状況で女子高生に嫌味云われるとはね。

で、たまたま点けたテレビにユニセフの〔つなぐよ子に〕のコマーシャルが流れてた。もちろん、オレは鼻から信用していなかった。疑ってた。そんで、〈こいつら、ヒトのカネで楽しようとしてるやがる。〉って思ったら、腹が立ってきて、つい電話をしたんだ。

『〔つなぐよ子に〕なんて云ってるけど本当なのぉ？　慈善活動にかこつけて、善人からカネ巻き上げてるだけじゃないのぉ？』ってね。

そしたら、先方も慣れてるみたいで、『何なら、ボランティア活動に参加して、実際に現場をご覧になっては？』って宗教の勧誘みたいに返されちまった。アッハッハッハ。

オレはオレで、云った手前、引っ込むことも出来ず、もともと、何故か自分の言動は常に間違っちゃいないって思うタチだったから『じゃあ見せてくれ』ってノリでボランティアに参加したんだ。」

「ボランティアに参加するヒトが強盗を？」

「まあ、そう答えを焦りなさんな。最初は国内のボランティアだったけど、1年後には、主催者から（主催者ってのは電話に出たヒトだけど）『本当のことを知りたければ、海外の現地に行ってボランティアをしてみたらどうか。』って云われて、オレも単純だから、それに乗ったんだ。」

「で、どうだったの？」

「オレが思っていたのは甘ちゃんだった。現実は想像できないほど悲惨な状況だった。

母親の胸に抱かれた子供は精気のない目を空に向けている。ベッドに横たわる子供の手足は枯れた小枝のようだ。母親も子供も、もう『助けて』と云う気力もない。

それを見て、オレは思ったんだ。この子と母親は、ボランティアをする前のオレと同じだ、と。毎日、目的も生きる意志もなく、ただ、時間だけが過ぎていく。唯一の違いは、少なくとも、オレには食べるものがあって生き延びているだけ。オレはカレらで、カレらはオレだったんだだっ！」

「でも、それは仕方のないことでしょ？」

「シカタのないことぉ？　・・・世界では6秒に1人幼い子が亡くなっている。年間240万人の子供たちが生後1か月以内に亡くなっていく。病気やマラリアで助かるはずの年間150万人の子供が命を落とす。5歳未満の発育障害の子供は1億5000万人もいる。そして年間2000万人の子供たちが命を守る予防接種を受けられずにいるんだよ。」

「でも、アナタに何ができるの？」

「予防接種1回42円、浄水剤1錠0・3円、経口補水液1口7円、栄養治療食1食2・8円、必要最小限で一人当たり50～60円あれば、カレらは延命措置が受けられる。総額75億円が必要だが、そこまでは無理だろう。せめて、栄養治療食だけなら4億ちょっとで済む。」

「まさか、アナタ・・・」

「ここの銀行じゃ、せいぜい4，000～5，000万円あるくらいだろう。オレは既に3か所の銀行から3億ちょっとを拝借している。残りを何とかしなくちゃいけないんだ。」

「・・・それは・・・正しいこと、な、の？」

「正しいとか正しくないとかじゃないんだよ。今日、産まれたばかりの子供たちが死んでいるんだよ！」

「でも、それは、政府や団体がすることじゃないの？」

「じゃあ、オレが外国で見てきたものは何なんだ？　ウソか？　幻か？　いまでもオレの目の前で数多くの赤ん坊が死んでいたのは何なんだ？」

そのとき、レイコは、さっきオトコが一瞬だけ見せた優しい目を思い出した。

「ワタシ、正しいとか、間違ってるとか分かんなくなっちゃった。でも、アナタは分かっているのよね。自分が間違っていないと云うことを。」

「難しいことを云うねぇ。実際のところ、オレにも正しいのか間違っているのかは分からないよ。でも、これだけは確かだ。オレが助けるカレらは、オレ自身なんだよ。」

まもなく、行内には警察官が雪崩れ込み、オトコは現行犯で確保された。仲間は・・・いなかったようだ。

レイコは思った。

〈カレひとりの単独犯。カレらしい。〉

そして、レイコは空を見上げた。

〈誰かがカレの意思を継がなければいけない。もし、継ぐヒトが誰も居ないのならば・・・ワタシが継ごう。〉

勘違いされる

私は昔から、『負け顔のオトコ』という渾名がついている。

それを説明するのは難しいのだが、あえて云うなら、私の表情が、いつもネガティブにヒトには映るらしい。

*

ある春の晴れた日の昼休み、私は1階の中庭に来るキッチンカーに弁当を買いに急いで向かっていた。

毎日の仕事は単調で面白味もなく、同じ時間を繰り返すだけの日々。唯一の楽しみは昼の食事くらいしかない。キッチンカーの弁当は和洋折衷で目移りするが、私の安い月給では、昼食代はワンコインと決まっている。そのワンコインで買えるのが、お昼のセットメニューだ。Aセット、Bセットとあるが、私のお目当ては、Bセットの目玉焼き付きハンバーグ&チキングリルだ。しかし、ワンコイン弁当は人気も高く、すぐに売り切れてしまう。今日もBセットを勝ち取るため、真昼の決闘に向かう。

私が1階の中庭に降り立ったとき、キッチンカーには、既に数人の男女が並んでいた。

〈しまった、出遅れたかっ。〉

昨日も昼間の決闘に敗北した私は、今日は何とか勝利を勝ち取りたいと思っていた。

私は列のしんがりに連なることにする。

「スミマセン、Aセットひとつ。」

「ワタシはBセット。」

「ワタシもB。」

徐々に、私のBセットが奪われていく。

〈間に合うか⁉〉

「はい、次のお客さんは？」

私は焦って噛みながら注文をした。

「ビ、Bセット、まだありますか？」

「はい、ラストです。」

そう云いながら、キッチンカーのスタッフがBセットのメニューを裏返した。

〈やった！　今日はゲットしたぞっ。〉

そのまま、Bセットの袋を大事に抱えながら、ウキウキした心境で、私は屋上に向かった。エレベーターがRで停まってドアーが開く。春の心地よい日差しと、まったりとした空気が、私の気持ちを更にハッピーにさせる。

私は屋上のベンチに座り、Bセットの袋をゆっくりと広げる。周囲には数人のOLが自前の手製弁当を広げておしゃべりをしている。

〈フッフッフッ。今日は、オマエらの茶色の弁当より、私の色鮮やかな弁当の方が勝ちだな。見よ！この黄金に輝く目玉焼きを。見よ！ このデミソースがかったハンバーグを。見よ！ 日焼けした肌にガーリックソースが流れるチキングリルを。〉

私は戦いに勝利した気持ちで、Bセット弁当に箸をつけた。

10分でBセット弁当を食べ終わった私は、勝利の余韻と満腹感に夢心地になりながら、屋上の鉄柵に近寄り下を見下ろした。そこには、散歩中の2匹の柴犬が、上から私に見られていることに気付かず、アッチ行ったりコッチ行ったり、呑気に愛らしく散歩をしてる。私はそれを見て、更に、心地よい気持ちになっていた。


午後1時前、そろそろ午後の始業時間だ。今日は、いつにも増して清々しい気持ちで、私はオフィスに戻った。

オフィスの扉を開く。すると、まず、目に入ったのは、遠慮がちにこちらを見るOLたち。中には私が目を向けると目を伏せ、近寄ると急いでトイレへと向かってしまう。私は彼女たちの挙動に不可解なものを感じたが、そのまま自分のデスクに向かった。

　私が椅子に座って、パソコンの電源を入れたとき、私の上司が近付いてきた。

「ちょっと、いいかい？　会議室まで来てくれ。」

　私は何の話か見当もつかず、メモ帳と電卓とバインダーを持って、上司に従った。

「キミの出勤状況や仕事への取り組みは、我々の想定どおりの状況だ。」

「はい、ありがとうございます。」

「ところで、不躾な質問だが、最近、何か変わったことは起きていないかい？」

「変わったこと？　いいえ、別に。」

「身の回りで何か不幸があったとか、不安に思ってることは？」

「・・・いいえ、別に。いったいどうしたんです。私の周りで何か起こってるんですか？」

「いやあ、コッチは、それを聞いてるんだよ。今日の昼に屋上で独りで食事をしていたよな。」

「はい、いつものことですが。」

「そのあと、鉄柵の近くで下を見ていたとか。」

「ええ、確かにそうですが、誰がそんなことを？」

「いや、弁当も心ここにあらずでボーっと食べていたようだし、屋上の端から下を悲しそうに覗いてたのを見たって云う社員がいるんだよ。」

「キミ、まさか、人生に疲れて自殺しようとか思ってるんじゃないよねっ。」

「えっ、わ、た、し、が、じ、さ、つぅ?」

「・・・」

＊

そんなことがあったあとのこと、同僚から会社帰りに呑みに行こうと誘いがあった。

私は、あまり飲める方ではないが、断る理由もないし、夏の暑さに喉が渇いていた。

場末の赤提灯で、焼き鳥をつつきながらビールを飲んでいるとき、既に酔っぱらっている同僚が云ってきた。

「こないだ、何か、オフィスのみんなに勘違いされてたみたいだな。あっはっはっは。」

「全くだよ、ヒトが気持ちよく昼めし食って『さあ、働くぞ』ってときにアレじゃあさ。」

「聞いた、聞いた。笑っちまったよ。でもさ、オマエ社内で何て呼ばれてるか知ってっか?」

「えっ、オレに渾名が?」

「っそ。『負け顔のオトコ』だってさ。あっはっはっは。」

翌日の昼。昨日、普段飲まない酒のせいで、私は二日酔いだった。夏バテで食欲もない。

私は屋上で弁当を広げたが、今日は敗戦。Bセットは売り切れ。しょうがなく買った弁当は『ノリカラコロ』。俗に云う、海苔・唐揚げ・コロッケ弁当。買ってから後悔した。夏バテで二日酔いのときに食えるもんじゃあない。しかし、無理してでも食べておかないと、午後の仕事にもつながるし、二日酔いも治らない。私はある意味、迷い箸を二重三重に迷わせながら、なんとか弁当を食べた。

午後の始業後。遠慮がちに高齢のＯＬが近付いてきて私にささやいた。

「渡部さん、あんなこと、気にすることないから。」

「あんなこと？」

私は、記憶を呼び戻した。そういえば、午前中、上司に提出した書類に誤字脱字を指摘されていたことを思い出した。

「いや、あれは、いつものことです。気にしてませんよ。」

「そーお？　それなら、いいけど、お昼食べてるとき、溜息ついてたから・・・」

どうやら、屋上で元気なく迷い箸をしているところを見て勘違いしているようだ。

3時の休憩時間。二日酔いで頭が痛く、デスクに前かがみでいると、老齢の嘱託社員が近寄ってきた。

「アンタぁ、誰にでも失敗はあるさ。上司に怒ってもらえるうちが花さぁ。」

「は、い？」

「あの上司は、昔、ワシの部下だったオトコじゃ。モノの云い方に、少々トゲがあるが、悪いオトコじゃない。心配しなさんな。」

「はー、あー、あ、ありがとうございます。」

どうやら、デスクにうつ伏せになっている私を見て落ち込んでいると勘違いしたらしい。


午後5時。ようやく酒が抜け、二日酔いも治ってきた。何とか、今日中にと云われた企画書も、ようやく出来上がった。二日酔いの頭で考えた割には、近年、上々の仕上がりだ。もちろん、今回は誤字脱字も3度見直し、完璧だと私は悦に浸っていた。休憩室で、缶コーヒーを飲みながらホッとしていると、昨日、一緒に呑んだ同僚が入ってきた。

「昨日はお疲れさん。」

「おう、昨日はありがとな。」

「今日、課長から企画書頼まれたろ。どうだい？　進捗は。」

「まあ、まあ、かな。」

「そっか。ここで、壁の一点を見つめてボーっとしてるところ見ると、はかばかしくないようだな。」

「いや、そんなことは・・・」

「いーんだ、いーんだ。同期じゃないか。仕事なんてヘマってなんぼだよ。期限だって、あってないようなもんさ。そんなこと気にしてちゃ、何もできないぜ。ま、ゆっくり、時間かけて自分の納得いくもんを作りなよ。」

そう云うと、同僚は私の分も缶コーヒーを買い、前にそっと置いて休憩室を出て行った。

〈立て続けに、2本もコーヒー飲めないんだけどなぁ。〉

＊

私は安月給の埋め合わせをする為に会社の寮で生活をしている。寮と云っても、築45年のモルタルづくり。白かった外壁にはツタが生い茂り、中庭では楠を中心に野草なのか雑草なのか区別のつかない草木が外光を遮っている。一応、広間は会社の会議用に設けられており、たまに、ほかに場所がないときにだけに使われている。

リノベーションする予定のない寮に新たに入ろうとする社員はおらず、管理人も居ない。

この寮に住んでいるのは私ひとりだけだ。夏場はまだいいが、冬場、暗く誰も居ない大きな寮にひとりで帰ってくるときは、余計に不気味な寒さが付きまとう。

この日も、仕事が終わり、私は寮に帰ってきた。

寮の玄関のカギを回す。誰も居ない寮は真っ暗闇だ。恐る恐る廊下の電球を点けようとしたとき、何か、左の方向に薄ぼやけた光のようなものが見えたような気がした。

薄ぼやけた光は目の錯覚ではない。思うに、誰か泥棒的な人物が屋内を物色しているか、成仏できない何かが彷徨っているか、である。私は見た目の通りの小心者だ。逃げ出したい衝動に駆られたが、ココのほかに、今夜、私の寝る場所はない。

私は意を決して左方向の廊下を進んだ。1階の廊下沿いに部屋はなく、突き当りの広間が会議室である。会議室のドアの曇りガラスに、いま一度、薄ぼやけた光が横切った。一歩、歩むごとに心臓がバクバクし、冷や汗が流れる。

ゆっくりゆっくり、私は、会議室のドアの前まで来た。そして、考える。こういった場合、恐る恐るドアを開けるべきか、それとも、イチ、ニノ、サンで思いっきり開けるのがよいのだろうか？とは云ったものの、小心者の私には、もちろん、恐る恐るドアを開けるしか選択肢がなかった。

そおーっと会議室のドアを開ける。その瞬間、まばゆい光がワタシの両目を射抜いた。そして、数秒・・・。

「あっはっはっは、ゴメン、ゴメン。」

私の目が暗闇になれる前に会議室の蛍光灯がついた。会議室の中には数名の同僚がいた。

「いや、この寮、もう古いんでリノベイトしようか建て直すかで会議になって、建物の具合を見てみようと来てみたんだよ。驚かしちゃった？　はっはっは。」

「何で、電気もつけずに？」

「ちょっと、渡部さんを驚かそうとしたのよ。」

同僚の女性が涙目で説明する。

「勘弁してよ～。」

緊張感の緩んだ私は、ドッキリに引っ掛かった態で、同僚に笑いかけた。

翌日、始業前のオフィス。今年、入社したばかりのＯＬが近付いてきた。

「渡部さん、ちょっと・・・」

「ん？　なに？」

私は、新入社員が深刻な顔をしているので、何事かと思い、打合せ室に彼女を促した。

「どうしたの？」

「渡部さん、昨日のこと聞きました。」

「なんだ、もう、聞いちゃったのぉ？　そうそう、はめられてさぁ・・・」

「センパイの皆さん、大きな声で笑ってましたよ。」

「なーんだ、まるでピエロだなぁ。」

「渡部さん、それって、一種のイジメですよっ。」

「イジメ？　そんな大げさなぁ。」

「いえ、イジメです。渡部さんの顔見てたら分かります。実は、ワタシも・・・イジメにあってるんです。」

「ふえっ？　それ、ホント？　ダレに？　上司に報告したぁ？」

私は小心者だ。こんな大事なこと、いきなり告白されても、ありきたりな返事と対応しかできない。この件については、お昼休み、総務部長にそれとなく相談するしかない。

しかし、どうやら、こんな新入社員にまで勘違いさせてしまったようだ。


その他にも、ショッピングモールで見も知らぬ女性と接触して、私が謝っているところを見られ、恋人と喧嘩別れしたと云われたこともあった。

冗談話で友達にメールを誤送信したときも、友人と上手く行ってないいんだと思われたりもした。

元をただせば、私のこの『負け顔』が原因なのだが、生まれ持ってのこの顔や感情の表し方は、簡単には変えられそうにもない。まあ、こう思われることに慣れるしかないのだろう。

けれど、私は幸せ者だ。だって、勘違いだとしても、私のことをこんなにも心配してくれるヒトたちに囲まれているのだから。

殺意を持つ

「教授、カミュの作品『異邦人』で、主人公のムルソーがヒトを殺して〈太陽のせい〉と唱えましたが、ムルソーの真意はどこにあったのでしょうか？」

その質問は、某大学人文学部湯川教授の教授室でかわされた。

「ふむ、難しい質問だね。解説には人生の不条理を追求した真意とされているけど、突き詰めていくと、いかようにも解釈が出来るからね。」

湯川教授の、その解答は聞きようによっては、一種、逃げの解答にもとれるが、湯川教授の解答はそれに終わらない。主人公ムルソーの育った環境、交友関係、母親の死と母親との関係、世間の風潮、そして、ムルソーの抱く将来像と現実のギャップなど、様々な分野から解答の多様性を、ひとつひとつ分かりやすく論じてくれる。それこそが、湯川教授が学生から慕われている要因である。

しかし、そんな湯川教授の人望を妬むわけではなかろうが、それに対して、自分の意見を挑発的にぶつけてくる学生が多いのも事実であった。

「湯川教授、人間の死は自然死以外でみると、殺意なき殺人に始まって、怨恨、愉快犯、正当防衛、未必の故意、そして自殺など様々ありますが、ムルソーのそれには何が当てはまるのでしょうか?」

「そうだな、広い範囲で考えるならば、その全てに当たるような気がするな。」

「全てですか? 私には、全然、逆質的な真意が含まれていると思いますが。」

「そう、逆質的だね。でも、ムルソーの立場で考えてみなさい。確かに、ことの発端は母親の死だった。だが、その母親の死がムルソーに与えたものはきっかけでしかない。カレが大逆を犯すまでには、様々な要因が関連してくるよね。」

「母親の死の翌日に海水浴に行った。そして、知り合った女性と関係をし、映画館で笑い転げた。最終的に女性関係のトラブルで、知り合った男性と云い合いとなり、その相手を殺してしまった。」

「まず、母親の死をきっかけとして、ムルソーの心のなかに、どのくらい失意があったと思うかね?」

「それは、母親が亡くなって、救いの求め先を失った失意の果てに、海岸を彷徨っていたと考えられますね。」

「そう、カレは失意のどん底だった。ということは殺意なき殺人と云えないだろうか? そこに怨恨はなかったのか?」

「誰に対してですか? 殺した相手にですか?」

「いや、ここで怨恨の対象は人物とは限らないよ。母親を連れ去った運命に対してや、思うように描き出せない自分の将来像を映し出している社会に対して怨恨を持つということもあるだろう?」

「じゃ、ムルソーは運命や社会に対する怨恨で殺人を？　それじゃあ、逆恨みや愉快犯の犯行と同じじゃないですか。」

「運命や社会に対する正当防衛の果ての殺人とも云えるかもしれないね。そして、最終的にカレは処刑される。そのときのカレはどんな感じだったのかな？」

「毅然とした態度で民衆の怒号を浴びながら、死刑を当然として受け入れ処刑される。」

「そう、カレは自分の運命を受け入れた。これって、一種の、自殺でもある訳だよね。」

「では未必の故意とだけは、云えないということですか。」

「いや、未必の故意とは、犯罪を意図的に希望した訳ではないが、その可能性を認識していて、その結果が発生しても構わないと認めている状態のことを云うんだったよね。母親の死に遭遇したとき、カレは犯罪を意図していた訳ではない。しかし、その後の出来事のなかで、カレは犯罪が行われるかもしれないと自覚していたかもしれない。」

「じゃあ、未必の故意でもあり得ると。」

「そう。具体的に説明できないからこそ、この作品は『不条理』という曖昧な言葉に置き換えられて語られているんじゃないかな。」

＊

ある日、ある学生が俯き加減に教授室に入って来た。

「湯川教授、よく裁判で『殺意の有無』という問題が重要視されていますが、ヒトを殺しておいて、殺意があったかどうかなんて関係ないと思いませんか。既に、ヒトが死んでる訳ですから。」

その学生の姿は、長い間切っていない前髪が両目を覆い、10年以上前に流行ったスタジャンにダボダボのボトムレスジーンズをはき、すり切れた白地のハイカットスニーカーは汗色に染まっている。猫背の背中を更に丸めて、話しながら爪を噛む仕草が、どことなく、危ない雰囲気を醸し出している。

「・・・そうだね。確かに死んだヒトは、もう戻ってこないもんね。ところで殺意なき殺人、正当防衛による殺害、怨恨殺人、通り魔殺人、猟奇的殺人、愉快犯的殺人、自殺幇助、見殺し・・・キミは、どんな殺意が一番恐ろしいと思う？」

「通り魔殺人や猟奇的殺人じゃないですかね。逆恨みと云うのもあるでしょうが、怨恨殺人は、変にそのヒトとかかわりを持つから狙われる訳で、それに比べると、いつ、どのように襲われるか分からないような殺人は防ぎようがないですから怖いです。」

「そうだね。殺す側からみてみると、ヒトを殺める主だった理由のない通り魔殺人や、自分の欲求を満たすためだけの猟奇的殺人は、一番、手っ取り早いのかもしれないね。」

その言葉を聞いたとき、その学生の背中がビクッと動き、上目勝ちに教授を見上げた。

「教授は、ヒトをなぶり殺したいと思ったことはありますか？」

「はっはっは、私には殺人願望はないよ。その理由もないし。」

「・・・ボクは、テレビを見ていて、たまに思うことがあるんです。」

「ほほう。例えばどんなケースで？」

「繁華街でツルんで弱いモノにたかってるヤツらや、煽り運転をしておいて因縁をつけてくるヤツらとか。」

「そんなヤツらを、どんな方法で懲らしめたらいいと思う？」

「一撃を喰らわせて、ヨロヨロになってるところを、ジワジワ責めて苦しめてやりたい。」

「例えば？」

「手足の骨を複雑骨折させて、二度と手足が使えなくなるようにしてやりたい。ガソリンを顔にぶちまけて、火をつけて、二度と人前に出られない醜い顔にしてやりたい。」

「そんなことしたら死んじゃうよ。」

「ううん、殺さない。半殺しにして一生後悔させてやるんだ。」

「そうか。キミにも色々と心に負ってるモノがあるようだね。でもさ、それをやるとなると、結構、パワーがいるよ。それこそ、キミ自身が死ぬのに必要なくらいのパワーがさ。」

「・・・そうなんですよ。ボクには、それをするパワーも気力もないんです。こんなに欲求不満が溜まってるっていうのに。クックックッソーッ。」

　その学生が、心底、悔しそうな声を漏らした。

「まあ、そう落ち込みなさんな。キミだけじゃない。ヒトは、みんな、そんな暗闇を心のなかに持ってるものさ。それに、いまはムリでも、そのうち、何らかの形で、その思いを発散できるときがくるかもしれないョ。」

「そんなときは来るんでしょうかねぇ。」

「来るかもしれないし、来ないかもしれない。キミが、いまのその苦々しい気持ちを持ち続けてる間はね。」

俯いて話を聞いていたその学生は気付かなかったが、話をしながら湯川教授の視線は遠い窓の外をボーっと見つめたあと、何かを企んでいるかのようにニヤッと笑ったような気がした。

＊

湯川教授は、外国産の真っ赤なスポーツカーに乗っていた。

午後7時、講義を終え、学生との話し合いも済ませて、急ぎの資料を仕上げたのち、湯川教授は、お気に入りのクルマに乗って学園の駐車ゲートに横付けする。

「湯川教授、本日もお疲れ様です。」

「ありがとう。遅くまで大変ですね。寒くなって来たから暖かくしてください。」

守衛に挨拶をすると、外国産の真っ赤なスポーツカーは音を立てて走り去っていった。

《パフォーーーォォォーッ！》

最寄りのインターチェンジから高速に乗る。料金所から緩いカーブを曲がって本線に合流する。法定速度の80キロ。外国産の真っ赤なスポーツカーが走行車線を悠然と走っていく。

少し走っていると、国産のコンパクトカーが前方に見えてきた。赤いスポーツカーは、その車に速度を合わせた。すると、右側の追い越し車線に大型のダンプが並走してくる。しかし、ダンプはなかなか追い越して行かない。ドアミラーを覗くと、ダンプの後ろに白い外国産オフロード車がダンプの後ろにピッタリつけパッシングをしている。それを見てダンプの運転手がワザと抜かせないようにスピードを維持しているのが分かった。

それでも、白い外国産オフロード車は僅かな隙間から、赤いスポーツカーの走る車線に入ってきて、左側の走行車線から追い抜きをかけ、抜いたとたんにダンプの前の追い越し車線に割り込んでいた。

《ブブォォォォーーーッ！》

夜の高速道路にダンプの大きなクラクションが数回響き渡る。ダンプも白い外国産オフロード車を追いかけるが、車体の重さと馬力には勝てず、どんどん白い外国産オフロード車が遠ざかっていく。しばらくするとダンプは走行車線に車線を変更してスピードを落とした。

と、そのとき、いきなり赤いスポーツカーのエンジンが唸りをあげた。

《パフォーーーォォォーッ！》

赤いスポーツカーは追い越し車線に移り、前方の国産コンパクトカーを追い抜くと、さらにスピードを上げていった。前方の追い越し車線に白い外国産オフロード車が見えてきた。赤いスポーツカーは更にスピードを上げて、2キロ手前からパッシングを光らせる。3度目にパッシングをしたときには、赤いスポーツカーは白い外国産オフロード車のお尻にピタリとついていた。ようやく煽られていることに気付いた白い外国産オフロード車がスピードを上げる。赤いスポーツカーがそのあとをピッタリつけて追う。

この時間帯、この高速は通行量が最も減る。高速は2台のカーアクションの舞台となった。

2台のクルマが走行車線と追い越し車線をまたぎながら加速、減速を繰り返す。何度目かのブレーキングの際、多少、車重の重い白い外国産オフロード車がバランスを崩した。スピードはそのままに、タイヤはロックし、ハンドルが効かないまま、白い外国産オフロード車が路肩のガードレールに火花を散らしながらぶつかる。

赤いスポーツカーはぶつかったまま停まっている白い外国産オフロード車の前に停車した。なかからサングラスをかけたオトコが降りてくる。白い外国産オフロード車の車内を覗き込む。パンチパーマのオトコがステアリングに寄り掛かったまま動かない。エンジンルームが両脚を押しつぶしている。かけていたサングラスは傾き、眉間から血が流れていた。衝撃でステアリングにぶつかったアバラは折れ、アタマもそのときに打ったのだろう。

しばらく、意識を取り戻さない姿を見つめ、ニヤッと笑ってから、オトコは屈みこんで白い外国産オフロード車内の後付けドライブレコーダーからメディアを抜き出した。そして、そのまま、ゆっくり前方に停めてある赤いスポーツカーに乗り込んだ。

＊

ある晩、私は講義のあと、学生たちと夕飯を食べようと繁華街に向かい、食堂兼居酒屋風の店に入って晩酌がてら食事をした。

食事が終わり、学生たちは、三々五々帰って行ったが、ひとりだけ残った学生がいた。あまり見たことのない学生だったが、頻りに、このまま飲みに付き合ってくださいと袖をつかんでくる。食事をとりながら飲んだビールで少し心地よくなっていた私は、そのまま、学生が知っているバーに連れていかれた。

そこには小一時間いただろうか。ビール3本と乾きものを飲み食いして、そろそろ帰ろうかと云う話になった。そのときになって初めて学生が懐事情を話してきた。

「教授、申し訳ないんですが、最近バイトのシフトに入れなくて、軍資金がないんです。」

もちろん、最初から学生と割り勘をする気などなかったので、私は、少ししかめっ面を見せながらも、お勘定を引き受けた。そして、私は店員の持って来た勘定レシートを見て驚いた。

「ビール3本と、お通し、そしてチャージ代含めまして3万8000円でございます。」

わずかな時間で、ビール3本飲んだだけで3万8000円とは、とんだボッタクリである。ふと、学生を見ると、半笑いで店員と目配せしてをしている。どうやら、この学生風のオトコ、新手の店の呼び込み係のようだ。

「ちょっと高いんじゃない?」

「いやあ、お客さん、正規な値段ですよぉ。フッフッフ。」

この、最後のフッフッフという笑い声で、私の酔いは吹っ飛んだ。

「こりゃ、払えませんねぇ。警察、行きましょか?」

ワタシの返事に店員の声色がドスの効いたものに変わった。

「そうですか、それじゃあ、その前に、店の裏までご一緒願いますよ。」

店員に押されるように裏口のドアを開けると、そこに3人、柄の悪いオトコがニヤニヤしながら立っていた。すかさず私は、店員の片手を重い鉄の扉に体重をかけて挟んだ。

「ギャァァーァーッ!」

その悲鳴に驚いた3人のオトコたちが腰を引きながら身構える。私は通路に置いてある瓶ビールを抜き出し、ひとりの後頭部に叩きつけた。

《ガッシャーン!》

「ウォォォォーッ。」

ビール瓶の割れる音と、後頭部をたたき割られたオトコの呻き声で勝負は決まった。さっきまでニヤけていた残り2人は完全に腰が引けてブルブル震えている。

「わ、悪りかった。冗談だよ、ジョーダン。勘定はいらねーよ。はははは。」

精一杯の引きつった作り笑いのまま、オトコのひとりが云った。ふと、うしろを振り返ると、学生風のオトコが膝頭をブルブル振るわせている。私は黙って手を出した。オトコが財布を取り出してカネを渡そうとする。

「おカネは要りませんよ。免許証、保険証、マイナンバーカード。アナタの身所が分かるモノ全てを出してください。あとスマホもね。これから時間をかけて、アナタの身の回りのモノ、全てしゃぶりつくしてあげますよ。フッフッフ。」

ようやく状況がつかめた学生風のオトコは、子供のように泣きべそをかき始めていた。

*

「いいですか、学生さん。高速道路で煽り運転をしているようなヤツは事故を起こすものです。そのとき、キミのように悪者を懲らしめたいと思ってるヒトは、そのヒトが怪我をしていようが重篤だろうが見捨てていくでしょう。そして、そのヒトは苦しみ続けていきます。まさに半殺し、見殺しです。」

「いいですか、学生さん。繁華街でツルんで弱いモノにたかってるようなヤツらは、いつか、しっぺ返しをうけるものです。そのとき、キミのように悪者を懲らしめたいと思っているヒトは、生かさぬよう殺さぬよう、ジワジワとそのヒトを吊るしあげるでしょう。そして、そのヒトは苦しみ続けていきます。」

「以前、私は『どんな方法で悪者を懲らしめたらいいと思う?』と聞きました。あのとき、キミは『ヨロヨロになってるところを、ジワジワ責めて苦しめてやりたい。』って云ってましたよね。まさに、これが殺意なき殺人ではないでしょうか?

私は思うんですよ。この世で一番恐ろしい殺人とは・・・殺意なき殺人、もしくは見殺しじゃないかってね。これが私なりの解答です。」

火を放つ

ワタシのお家は、一面のコットンフィールドを見下ろせる、小高い丘の上にあるの。冬も温かくて、夏には西からそよいでくる風が心地いいいの。とっても幸せなところよ。

ワタシのお父様は農場一帯の地主さん。畑で働く奴隷さんたちが数十人。お家のなかでは、ワタシたちの面倒を見てくれるモーリー小母さん夫婦と、ワタシ専用の小間使いのユーコ、駅者のヨーゼル。全員を合わせると大所帯になるわ。

お母様は、毎日、上流奥様同士のお食事会に大忙し。ワタシは学校に行っているとき以外は、ほとんどモーリー小母さんとユーコと一緒にいるの。モーリー小母さんは、ときどき怒るから怖いけど、ユーコはいつでもワタシの望みを聞いてくれるのよ。望みっていってもワガママだけどね。ふふふ。

でも、一度だけね、ユーコを困らせちゃったことがあったの。それはね、何の気なしにワタシがね、

「ユーコ、なんでアナタたちには、両腕があるの?」

って聞いたときだったわ。いつでも、どんなときにも、すぐさまワタシの質問に答えてくれていたユーコが、そのときだけは言葉に困ったような、申し訳ないような顔で黙ってしまって。そのときは、深い意味で聞いた訳じゃなかったから、ワタシもそのままにしてしまったんだけど・・・。

そのときからかな？　ワタシがヨーゼルの馬車に乗って学校に行くときに、お母様が「あんな学校の子たちと、あんまり話しちゃダメよ。」って云うようになったのは。そうそう、こないだも、学校の帰りに、ワタシが学校の友達のホァンくんやホォイくんやナターシャちゃんと仲良くしてたら、お父様が「貧民街の子供たちと仲良くしちゃいけないよ」って嫌な顔をしていたわ。ねえ、モーリー小母さん、なんで仲良くしちゃいけないの？

それでも、暖炉の火が赤々と燃えている我が家は幸せそのものだった。

＊

ワタシを叱ってくれるのはモーリー小母さんと学校のスーザン先生だけ。叱られるのは、あんまり好きじゃないけど、なんだか、ちょと一人前に扱われているみたいで嬉しいの。

こないだも、食事に出たニンジンを残したら、モーリー小母さんに「栄養が偏っちゃうから残しちゃダメ。全部食べなさいっ。」って怒られちゃった。お父様も、お母様も、ユーコも、いつもなら見逃してくれるのに、モーリー小母さんに見つかったらダメね。ワタシ、散々ごねたけど、最後は鼻をつまんで飲みこんだわ。ウッエェ〜ッ。

学校でもワタシを叱ってくれるのはスーザン先生だけ。他の先生たちは、お父様やお母様が目を光らせているのか、ワタシが何をやろうと何も云わずにニコニコ笑っているだけ。

こないだも、ワタシが友達のホァンくんとホォイくんが着替えるのをイライラして「早く着替えなさいよ！」って云っちゃたの。ホァンくんとホォイくんは、ワタシに云われてもニコニコ喜んでたわ。これがワタシたちのコミュニケーションなんですもの。

でも、それを聞いてたスーザン先生が駆け寄ってきて怖い顔で云うのよ。「そんなこと云っちゃダメっ。ヒトには、それぞれ自分のペースがあるの。ちゃんと見守ってあげましょうね」って。ワタシとホァンくんとホォイくんは、ポカンとしてスーザン先生の顔を見上げててしまったわ。

あのね、ホァンくんとホォイくんは、ひとつの身体にアタマが２つついてるの。だから、いっつも、２人は、ゆっくりゆっくり動くの。ワタシ、それが可笑しくて、ついついちょっかい出しちゃうのよ。それをホァンくんもホォイくんも楽しんでるみたいで、一種、ワタシたちの遊びに繋がってくのよ。ホァンくんもホォイくんも、ちゃんと自分ひとりで服を着替えられるの。でも、ワタシは・・・。

友達のナターシャちゃんは両手がない女の子。ちょとオマセで、色んなことを知ってるわ。ワタシ、ナターシャちゃんからいろいろと教わってるの。どの先生が性格が良くて、どの先生が悪いとか。どのオトコ先生が、どのオンナ先生に想いを寄せてるかとか。恋愛トークもね。ふふふふふ。

ナターシャちゃんは自分ひとりで、器用に両脚でスープをすすれるのよ。ワタシが不思議そうにそれを見てると、ナターシャちゃんがニコッと笑うの。これもワタシたちのコミュニケーション。なのに、スーザン先生に「あんまりジッと見ちゃダメよ。ナターシャちゃんが食べづらくなるでしょ。」って云われちゃった。先生の云うことも分かるけど、そのときもナターシャちゃんはワタシと先生の顔を見比べてニコッと笑っていたわ。

ワタシは右腕がないだけ。でも服を着るのもスープを飲むのも、全部、ユーコに手伝ってもらってる。ワタシはいつになったら、ひとりで何でもできるようになるのかしら？

お父様もお母様も、家にいるときは何でもモーリー小母さんやユーコにワタシの手伝いをするように云ってるわ。ホァンくんやホォイくんやナターシャちゃんと比べると、ワタシは恵まれているんだと思う。でも、ワタシもひとりでやってみたいの。これじゃあ、いつまで経っても赤ちゃんのままじゃないっ。

そんな思いを初めて感じて家に帰った晩、ユーコに着替えを手伝ってもらいながら、ワタシは、ユーコに以前と同じ質問をぶつけていたの。しかも、そこには以前と違って、悪意と云うか心の不満が混じっていたと思うわ。

「ねえ、ユーコ、なんでアナタたちには、両腕があるの？」

「・・・」

「なんで、ワタシには右腕がないの？　なんで、ホァンくんとホォイくんの胴体はひとつなの？　なんで、ナターシャちゃんの両手はないの？」

「・・・」

「ワタシは、一生、ひとりじゃ何もできないのっ？」

案の定、ユーコは困り果てて顔をあげられなかったわ。

「ふんっ、アナタたち、どーせ、ワタシのこと不幸で醜い人間だと憐れんでるんでしょっ。だから、何にも云わずにワタシのワガママに付き合ってるんでしょ。それともお父様が怖いから？　お母様に何と云われるか怖いから？　お金の為？」

そこまでワタシが云いかけたとき、私の頬に熱い一撃が走ったの。生まれて一度も味わったことのないような、熱い手のひらだったわ。ワタシの視界には、恐れ戦くユーコとヨーゼルの顔が映っていた。そのまま、ワタシは恐る恐る、ワタシの頬に平手打ちをした人の顔を見上げたの。そしたら、それはモーリー小母さんだった。

モーリー小母さんは何も云わなかったわ。ただ、モーリー小母さんの瞳には怒りはなかったと思う。ただただ、悲しい目をしていたことを覚えているの。

そのときも、暖炉の炎は燃えていたわ。

＊

ワタシが朝起きたら、モーリー小母さんは見当たらなかった。ユーコに聞いても馭者のヨーゼルに聞いても言葉を濁すだけで答えてくれないのよ。

ワタシは仕方なくお母様にモーリー小母さんの居場所を聞いたわ。

「昨日、モーリーはアナタのことをぶったでしょ？　奴隷がご主人に手をあげるなんて、もってのほかよ。残念だけど田舎に帰ってもらったわ。」

「でもあれは、ワタシが・・・」

「いいの、いいのよ、可愛い我が娘。アナタは何も悪くないの。悪いのはあのモーリーだけよ。次の女中はすぐ見つかるわ。アナタが気にすることはないのよ。」

ワタシは、何も云い返せなくて、そのまま、お父様のところに行ったの。

「愛する娘よ、そんな怒った顔をしないでおくれ。これは奴隷社会のルールなんだよ。召使が雇い主に口答えするだけでも大問題なのに、モーリーは、大事なオマエの頬をぶったというじゃないか。そんなことをする奴隷は鞭打ちが当たり前なんだよ。だが、モーリーの場合、いままでオマエの面倒を見てくれたこともある。だから傷を負わせずにここを去ってもらったんだ。幸せなことさ。」

「・・・お父様、幸せって、どういう意味なの？」

「大人になれば分かるさ。それより、オマエの学校の先生・・・えー、何て名前だったっけ？」

「スーザン先生。」

「そうそう、なんでも、学校でオマエのことを、何度も叱っていたそうじゃないか。」

「それは・・・」

「昨日で辞めてもらうように校長先生に云っておいたら。もう、叱られる心配はないぞ。」

「えっ！　そんな理由で、そんなすぐにっ？」

それだけ云うと、お父様は、デスクに向かって仕事を始めてしまったの。」

モーリー小母さんとスーザン先生はもういない。そう思うと、ワタシの心のなかは、ポッカリ穴が開いたようになってしまったわ。

ワタシが覚えているのはそれだけ。ただ、その日も、暖炉の炎は赤々と燃え続けていたわ。


明け方、ワタシは夢を見たの。いえ、前日のモヤモヤした気持ちで落ち着いて眠れなくて、それが夢だったのか現実だったのかは、はっきりしないんだけど・・・。

ジッと窓辺に目を凝らすと、わずかに白みがかった輪郭がカーテンの隙間から漏れてくる時間帯よ。お父様は、仕事の疲れと寝る前に飲んだブランデーのせいでグッスリ鼾（いびき）をかいているわ。お母様も、いつも寝る前に飲む睡眠薬で目を覚まさない。日中の仕事で疲れ果てた住み込みの召使たちもグッスリ寝ていて起きる気配はないわ。

暖炉には、昨日の燃え残った火種が、くべた薪の中心で蠢いている。

ワタシ（？）の左手がトングをつかんで暖炉のなかの薪を持ち上げようとしている。予想以上に重いの。重さに耐えきれずに薪がトングから逃げ出し、暖炉のなかに火の粉を散らしたの。

もう一度、今度は薪の中央をトングでつかんで持ち上げたわ。さっきよりは上手くつかめたけど、幼いワタシの一本の左手はプルプル震え、それに合わすように薪が右左にバランスをとってるの。

ようやく暖炉の柵を乗り越えたトングは、今度はどこに着地するかで右往左往している。そして、遂に、暖炉の前に敷かれたラグマットの上にそっと置かれたわ。ラグマットは毛並みが長くて火の着きが速そう。ラグマットの上で、表面は黒くなっているけど、だんだんと中心部が赤くなっていく薪が横たわっている。次第に何かの焼けるような焦げるような匂いが漂ってくるの。

お父様も、お母様もそれには気付かずにグッスリ眠っていて起きる様子もないわ。もちろん、それぞれ使用人部屋で眠っているユーコもヨーゼルもね。

ラグマットの上の薪は少しずつ赤い色を濃くして、徐々にラグマットに乗り移っていったわ。

どれくらい時間が経ったのかしら？　気付くと辺り一面が炎で包まれていたわ。ワタシは逃げるすべもなく、そこに座っているだけだった。辺りからは黒い煙が押し寄せてくる。それでも、いまだに、お父様も、お母様も、それに気付かずにグッスリ眠っているの。

多分、そのとき、ワタシは、その場から逃げられないのではなくて、逃げる気持ちがなかったような気もするの。

そのとき、ワタシの心は空洞だったわ。何もひとりで出来ない自分。幸せな環境でいながら幸せを感じられなくなっていた自分。お父様やお母様の過保護な呪縛から逃れられなかった自分。そして、裕福なヒトと貧しいヒトとの間で何もできない自分。ワタシには生きていく自信がなくなっていたのかもしれない。

でも、そのとき、いきなり誰かの腕が、ワタシの肩までしかない右手をグッと引っ張ったの。そして、ワタシは意識を失ってしまったの。

＊

翌日、丘の上のお父様とお母様の家は焼けてなくなっていたわ。庭のバラも花壇のパンジーも、白く縁どられた木製の垣根も、みんな。ユーコやヨーゼルと一緒に育てたキュウリやナスビやジャガイモの畑も、みんな焼けてなくなっていたわ。

正直、焼け跡を見て、何もなくなったという傷心の気持ちと、これですべてが終わったって気持ちが半々だったような気がするの。へんね。ぽっかり心に穴が開いた以上に、何も考えられなくなっちゃったって感じかな？

でもね、そんなことを考えていたとき、気が付くと、なぜかワタシは毛布にくるまれて、誰かに背中から抱かれていたの。背中越しで、そのヒトの顔は見えなかったけど、毛布から見えた真っ黒に日に焼けて筋張った、その腕には見覚えがあったわ。そして、その両腕は煤に汚れていた。何故だか、その煤だらけの腕を見て「ああ、あのとき、ワタシを助け出してくれた腕だわ。」て思ったの。しかも懐かしい匂いのする腕だったなぁ。

思い切ってワタシは振り向いたの。それは、やっぱりモーリー小母さんだった。モーリー小母さんも、まるで振り向かれるのを知っていたかのように、ワタシの目をジッと見つめ返してくれたの。あの、突然、いなくなってしまった前の晩みたいに、悲しい目じゃなくて温かい目だったわ。

それからしばらくしたら、スーザン先生も来てくれた。スーザン先生はワタシを見るなり泣き出しちゃったわ。ふふふ。

その後も、他の学校の先生や、近所の地主さん、お母様の上層階級のお友達が来てくれたけど、みんな、お父様やお母様のお弔いの言葉を云うだけで帰っていたわ。モーリー小母さんに抱きかかえられたワタシに挨拶をしに来た人はいなかった。でもいいの、そういうヒトたちに囲まれて育ってきたから、こんなワタシになっちゃったんだもの。周りのヒトがモーリー小母さんやスーザン先生みたいなヒトたちみたいに、ワタシのことを一人前の人間として叱っていいてくれたら、こんなワタシにならなかったのになって最近思うのよ。

あーあぁ、ホァンくんも、ホォイくんも、ナターシャちゃんも元気にしてるかなぁ。また、学校に行ったら、みんな仲良くしてくれるかなぁ。いまのワタシにはモーリー小母さんと、スーザン先生と、ホァンくんと、ホォイくんと、ナターシャちゃんしかいないからなぁ。

あっ、そうかっ。それならワタシが強くなればいいんだ。ワタシが強くなって、仲良くなれる友達を少しずつ増やしていけばいいんだ。ワタシたちの気持ちを分かってくれる友達を少しずつでもいいから増やしていけばいいんだよね。そうすれば・・・きっと、ワタシみたいな子がいなくなるよね。そうだよねっ！

傍観する

「そんで何が変わったんかい？　美談はお話ヨ。弱いモンの見世物芝居よ。どない苦労しようと、命を投げ出そうと、所詮、大は小に巻かれるように、３日もすればヒトびとの記憶から消えていくもんじゃて。この世はそう出来とると思わへんかい？」

そう云って、老人はニコッと笑った。

*

ワテの名前は黒沢浩史、半年前に35年暮らした関西の街から、東京の下町にある塗装会社に出向してきたばかりよ。まだ、東京の土地は、よー知らん。取引会社や下請け工場に出向くにもスマホを片手にさまよっている状態や。今日も、会社の仲間と月島のもんじゃストリートで、得体の知れないゲロもんじゃをつまみに飲んで、そん帰りに川べりをひとりトボトボ歩いとった。そこがナニ川なのかも、よう知らん。じゃが、夏のこの季節、川水の腐ったような臭いが、故郷の川辺の臭いを思い出させ、妙に懐かしい気分になっとった。

ちょうど、そんときじゃ。向こう岸を繋ぐ橋のたもとに差し掛かったとき、そこに張られたブルーシートの垂れ幕が開いて、なかから初老のオッちゃんが鍋を片手に出てきたんや。

むかし、NHKの教育番組に出てたノッポさん（＊）がかぶってたようなラッパ帽のうしろから白髪交じりの長髪が肩下まで伸びとった。ランニングシャツに穴だらけのカーキ色のチノパンツ。軍手の指先は、みな第2関節から先がのうなっとる。薄汚れて黒ずんだ顔の頬はこけて、そこに赤目がちの瞳が光っとった。左目がロンドンかパリかの方向を向いておる。いわゆる斜視じゃ。じゃが、そのオッちゃん、愛嬌のある笑みを浮かべとった。

さっきまでの酒が残っていたワテは、上機嫌で、その初老のオッちゃんに声をかけた。

「オッちゃん、いい季節になったのぉ。ランニングシャツが似合うとるで。」

「なんや、アンちゃん、関西のおヒトかい？　ご機嫌だぁね。」

オッちゃんも関西人なのか、気軽でいい加減な返事が帰って来よった。ワテは、無性に懐かしゅうなって、オッちゃんのテントの方に千鳥足で近づいて行ったんよ。

「なんや、オッちゃん、鍋なんか持ってぇ、これから夕飯かぁ？」

「おうよっ、これから、オッちゃんの自慢のラーメンつくるでぇ。」

ちょうど、ワテは、家に帰ってから飲み直そうと、ワンカップ2本とアタリメをコンビニで買ってきたばかりじゃ。

「ちょうどいいや、オッちゃん、いける口かぁ？」

オッちゃんが、ワテの持つコンビニ袋に目をやりながら答えよる。

「酒か？　医者から止められてんねん。1日、ワンカップ1本だけってのぉ。」

オッちゃんの視線が、コンビニ袋から徐々にワシの顔に、物欲しぃそうな目でターンアップしてきよる。

「はっはっはっ。オッちゃん、関西人やなぁ、抜け目ないのぉ。」

「んじゃ、ご相伴にあずかって。」

《プシュッ！　カッチーン！》

そんなこんなで、訳の分からん2次会が始まったんや。

「やっぱ、東京は住み辛いのぉ。さっきまで、会社の仲間と、もんじゃ屋で呑んどったんじゃが、一軒終わったらハイさよならや。普通、2軒目、3軒目って当たり前じゃろが。それに、あの、もんじゃっちゅうゲロみたいな食いモンは、いまだに慣れんわぁ。粉モンっちゅったら、やっぱ、お好みでしょ。しかも豚玉。」

「そうそう。カワはパリッとしてて、ホンで、なかは半ナマで、噛むと豚肉の甘みがジュワーと広がってのぉ。」

「おっ、オッちゃん、通やねぇ。ところで、カワって云やあ、この川、何て名だか知らんけど、この水の腐りかけた川の臭い、懐っつかしいわー。」

「ここは隅田川や。ほら、もうすぐ花火があがるとこや。アンちゃんの云うとるの、道頓堀かぁ？」

「せや。汚ったない川やったなー。じゃが、いい街やったぁ。隅田川の花火がナンボのもんか知らんが、グリコの看板とかネオン街も、負けてへんでぇ。」

「そやそや。負けてへん、負けてへん。」

「オッちゃん、気に入ったぁわぁ。ところで、オッちゃん、いつごろから、ここにおるん？」

「そやなぁ、もう、30年近くになるかなぁ。オマワリや民生委員にケツ叩かれて、アッチ行ったり、コッチ行ったりしたがの。ファッファァッファ。」

「なんで、こんな夏は暑ぅて、冬は寒い暮らし続けてんねん？　なんか、事情があるんかいな？」

「フッフッフ。」

そんとき、オッちゃんは、聞いて欲しそうで、聞いて欲しくないような顔を見せて、しばらく川向こうを見とった。

「あんなぁ、オッちゃん、こう見えても、30年近く、大手の金融会社に勤めててな、転勤転勤で、全国、行ったり来たりや。」

「へっぇ～、凄っごいなぁ～。」

最初、ワレは、酒のアテ話としか思っとらんかった。

「アンちゃん、時間、大丈夫け？　明日も仕事あるんじゃろ？」

「ここで会うたんがナンチャラケじゃ。今夜は、とことん付き合うでぇ。」

「おう、嬉しいこっちゃ。じゃ、オッちゃん話すでぇ〜ッ！」

「あんなぁ、それまで仕事は順調じゃったんよ。どこの支店に行っても成績は伸びる。まあ、時代が良かったんじゃろうけどな。」

「それでも凄いやん。」

「結婚はしとったけど子供はおらんかった。単身赴任の毎年や。会社勤めをして30年目の夏、オッちゃんは53歳、あと7年で定年。ちょうど、誰もが、これからの人生を考え直す時期じゃったのかもしれんのぉ。」

「へー、そんなもんかのー。」

「ある日、単身赴任のワンルームマンションでテレビニュースを見とったんよ。湾岸戦争のニュースを流しとった。映像には夜空にロケット花火ぃみたいなミサイル弾がピューピュー飛んでたわ。物騒な世の中だと思ったよ。

　そんで、しばらくしたら画面が切り替わった。当時はバブル最盛期じゃ、どのテレビ番組も、変わり種の特集を組んで視聴率を競いあっとった。

　どっかん公園で小学生がブランコや滑り台で遊んどった。ついさっきのロケット弾の映像と比べるとのどかなもんじゃ。」

「ロケット弾と子供とどんな関係があるんじゃ？」

「まあ、聞きんしゃい。マヌケなリポーターが子供たちに質問しよる。『湾岸戦争のニュースを見たことある？　アナタはどう思う？』

男ん子は、まだまだ子供じゃ。『ヒュー、ドッカーン！　ズドドドドド！』って戦争の真似ごとをして『カッコイー！』っちゅうのが関の山じゃ。

それに比べて、女ん子は子供と云えどもマセとるのぉ。上品で真面目そうな女の子が笑顔で答えるんや。『いけないと思います。』『どうして？』『だって、戦争は良くないことだからです。』

それ聞いて、オッちゃん考えたねぇ『マヌケな質問にマヌケな答えだな』って。」

「じゃけんど、そりゃ仕方ないいて。ワレもホンマもんの戦争知らんもん。その女の子も親の安請け合い云っただけとちゃうかなぁ。」

「そうじゃな。そのとおりじゃ。じゃが、オッちゃん、戦争の『セ』の字は知っとるで。オッちゃん、ガキの頃なぁ、大阪の田舎に母ちゃんと妹と住んどったんじゃ。もちろん、父ちゃんは戦場じゃ。空を敵軍の爆撃機が近付くと空襲警報が鳴る。ワシら慌てて防空壕に駆け込むんじゃ。防空壕っちゅうても、穴掘ったとこに木のバタ角で補強しただけの穴じゃ。飛び火は避けられても、爆弾が落ちてきたら何の意味があろうて。」

「そんな話聞いたことあるわぁ。オッちゃんのお母ちゃんも女手一つで大変じゃったろーなー。」

「そや、その母ちゃんや。何度となく空襲警報が鳴り、家と防空壕を行ったり来たりの日々が続いた夜中じゃった。ワシらが眠たい目をして防空壕の中でウトウトしとるときじゃ。突然、母ちゃんが立ち上がり、アタマの毛をかきむしって叫び出したんや。『お母ちゃん、コワイ、コワイ。お父ちゃん、どこや？　助けてぇな。死にとうなかっ！』ってな。ワシは、お母ちゃん、アタマがおかしゅうなったと思った。」

「毎日毎日が、その繰り返しじゃ。アタマもおかしゅうなるわな。子供を抱えて相当な重圧じゃったろうに。」

「確かにそうじゃ。じゃが、女ん子はマセとるし肝が据わっとるな。ワシの妹は当時5歳じゃった。母ちゃんが落ち着いた頃を見計らって、母ちゃんを抱きかかえるようにして肩をポンポン叩きながら云ったんじゃ。『母ちゃん、大丈夫や、ワテがついとるけん。』ってな。」

「ほほう、しっかりした妹さんやのぉ。5歳でか。」

「フッフッフ、でな、ワシはな、フッフッフ・・・ションベン漏らしとった。いつもなら、爆撃機が来ようが火が起ころうが、怖いことなんぞなかったんじゃ。じゃが、狼狽えてパニック状態で『死にとうなかっ！』って叫んでいるお母ちゃんを見て、急に死ぬんが怖く思えてきたんじゃ。」

「オトコん子は意地っ張りじゃ。そうやて、自分の本音を知っていくんかもしれんのぉ。」

「そんな昔のこと、思い出しとったら、なんで、いまん子たちは『戦争は怖いから嫌だ。』『死にたくないから嫌だ。』って云わないんだろうって思ったんじゃ。」

「云わないいんじゃのぉて、知らんから云えないいんじゃろ。」

「知らんことが云い訳になるんかい？　何もしらんまま、ピンボケで焦点の定まらないままでいいんかい？　本能のまま素直に『死にたくない！』『パパとママと別れたくない！』って云えない国のままでいいんかい？」

「・・・」

「そう思うたら、オッちゃんも、このままじゃいかんって思うようになったんじゃ。」

「で、ドロップアウトしたてことかいな？　奥さんは？」

「別れたわ。退職金も家も、全て渡して別れてもろた。妻は泣いとった。」

「で、何を目標にドロップアウトしたん？」

「分からん。ただ、アホどもと同じにはなるまいと思っとった。じゃが、いまも、よう分からん。」


しばらく、ワテとオッちゃんの間に沈黙が流れた。そんときの、ワレの思いと、オッちゃんの思いは同じ線をたどって、また、別々のところに着地してたと思う。

「いつの時代も同じじゃ。強いモンが弱いモンを包み込んじまう。弱いモンは、そんまま巻き込まれ、ほとんどのヒトがホントの思いを忘れちまう。」

「そう云われれば、そんな気もするし、そうじゃない気もするわなぁ。」

「1966年に始まった三里塚闘争、すなわち成田闘争。成田国際空港の建設に立ち退きを要求された農家住民から端を成した闘争じゃ。最初、ワシらも何で彼奴等が反対しとるんか分からんかった。便利になれば、それでよかんべとな。じゃが、それは他所モンの考えじゃ。

代々続く土地を、勝手な都市計画のために強引に手放される思いはいかほどのもんじゃ？　最初は反対しとった隣近所が大枚をつかまされてバツが悪そうに土地を手放していくのを尻目に見るのはどんな気分じゃ？　仕舞にゃ、大きな力で攻め込まれ、大罪の名を負わされて撤去連行される気分はどんなもんじゃ？　弱いモンが強いモンにイジメられて、数は減っていき、いつの間にかヒトびとの記憶からも消えていってしまっていいんかい？」

「そりゃ難しい問題よのぉ。」

「沖縄の基地を動かすぅ、動かさへん云うて、長っがい間、国と県とでもめとるやろ？　なら、いっそのこと、東京湾近くに埋め立てして、そこに基地を持って来るっちゅうのはどないやねん？」

「そんな物騒なぁ。そない無茶苦茶なことしよったら、何が起こるか分からへんじゃろが。」

「そんな物騒で無茶苦茶な状態で、いままで暮らしてきたヒトたちに、アンちゃん、同じこと、面と向かって云えるんかい？」

「・・・・・」

「つい、こないだ、諫早湾干拓訴訟で、長い間もめていた、漁業側の求める『開門』と農業側の求める『開門禁止』で最高裁が漁業側の上告を退けたようじゃの。」

「そんな、ニュース、あったなぁ。」

「漁業側にも農業側にも一理はあるがなぁ、ワシが気に食わんのは、判決が一転二転とコロコロ変わるこっちゃ。再審の審議をするために上告制度があるんは知っとるが、一喜一憂する立場のこと考えてみぃや。」

「まあ、そりゃそうや。」

「で、最終的には力のあるもんが強引に結論を追っ付けよる。タチが悪いんは、『あとは、よきにはからえ』とか何とか云って、尻ぬぐいは自分らでせなアカンっちゅうこっちゃ。」

「ま、無責任と云やぁ、無責任やな。」

「せやろ？　ワシなぁ、『赤穂浪士』の話、好っきやねん。アンちゃんも知っとるけ。」

「ああ、大概はな。」

「江戸城松之廊下で、侮辱された浅野内匠頭が吉良上野介を斬りつけたことにより切腹。その家臣47士を筆頭に大石蔵之介が、本所吉良邸にて仇を討ったっちゅう人情話しじゃ。まさに孔子さまの仁義礼智信の世界じゃがな。日本人はこういう話が大好きじゃて。」

「ワテもむかし、年末になると赤穂浪士討ち入りドラマを見たもんじゃ。」

「じゃがのう・・・」

　ここで、オッちゃんのトーンが落ちた。そして、苦し紛れにつぶやいたんよ。

「そんで何が変わったんかい？　美談はお話ヨ。弱いモンの見世物芝居よ。どない苦労しようと、命を投げ出そうと、所詮、大は小に巻かれるように、3日もすればヒトびとの記憶から消えていくもんじゃて。この世はそう出来とると思わへんかい？」

　このオッちゃん、ただモンじゃない。こりゃ、大物をつかまされちもうた。

「そんときよぉ、何となく思ったんじゃ。『ワイ、このまま、歳とって行くんかな？』『こんままで、いいんかな？』ってな。あの不安はどこから来たんじゃろか？　限られた残りの人生への焦りだったんかいな？」

「そういう時期が、誰にも訪れるんとちゃうかぁ？」

「そうかもな。でも、そんときに、どう感じるかで違ってくる思うんや。」

「オッちゃんは、どう感じたんや？」

「フッフッフ。ワシか？　ワシは強いモノいじめしちゃろ、て思うたな。隣近所と同じレベルのアホな付き合いはしたくないけんな。ガッハッハッ。」

　壮観なんか悲壮なんか分からんような話が終わりに近づいた頃、オッちゃんは自信ありげにこう云った。

「じゃけどな、こんな身なりになってしもたが、ワシは勝ったぁ思っとる。ヒトは負けは負けって思うじゃろが、勝ったモンが弱いかもしれんし、負けたもんが強いかもしれん。ワシは負け組じゃが、ワシの人生じゃ勝ち組じゃ。」

　そう、ワテも、このオッちゃんの顔を見ていると、そんな気がしてきよった。

「オッちゃん、強いのぉ。」

「あんがとな、そんなこと云うてくれるのアンちゃんだけや。今日のワンカップは、メッチャ旨いなぁ。」

　呑みかけのカップを夜月にかざして、オッちゃんが最後の一口を喉の奥に流し込んだ。

「ワシの人生、もうそろそろ仕舞や。もう勝敗はついた。じゃが、まだ、アンちゃん。アンタぁは、勝敗がついてないまま走っちょる。もしかしたら、いま、一番強いんは、走り続けとるアンちゃんなのかもしれへんよ。」

　確かに、今宵の酒は旨かった。特に生臭い川辺で呑むワンカップがこんなに旨い酒だとは思っておらんかった。いや、酒のアテが良かったからかもしらんな。よう知らんけど。

＊　ノッポさん　『できるかな』（１９７０～１９９０ＮＨＫ教育テレビ）幼稚園・保育園向けの教育・工作番組に出演していた出演者のキャッチ名

正義の代償

〔プロローグ〕シャーマンのつぶやき

それは、いつのことなのか分からない。人類が生まれる前のことかもしれないし、ずっと先の未来に天と地がひっくり返ったときのことかもしれない。もしかしたら、異次元の世界で起きたことなのかもしれない。

*

オンナは、そのシャーマンの動きを遠くから見ていた。

と云っても、ここでのシャーマンとは、俗説的に云うトランス状態になって霊と交信する生きた呪術者のことではない。そのシャーマンは既に死んでいた。そして、既に死んだ人間と共存する媒体者となっていた。

そのシャーマンは死んだ人間を死の淵に導く現場監督のような役目を持っていた。

オンナが初めてシャーマンを見たのが、布団の中の夢だったか、日中の白昼夢の中だったかは定かでない。ふと気づいたら眼下に人間の行列が行進しており、そこにシャーマンはいた。

オンナは小高い丘の上から地底の底を見ていた。4～5列の人間が延々と続いて行進していく。おそらく2～3万人以上はいるのではなかろうか。老若男女、全員、無言で歩き続けている。

行列の最後尾は遥か彼方で見えないが、先頭は、ここから良く見える。行列の行く先は崖だ。しかも崖の下には真っ赤なマグマが煮えたぎっている。行列が一歩進むたびに、先頭の列が崖から落ちる。そして、人間たちが烈火に燃え尽きていく。カレらはマグマの熱に焼き溶かされるために、ただただ決められた歩行コースを進むことを繰り返している。しかし、カレらの表情に怯えは少しもない。なぜなら、すでに死んだ人間なのだから。

そして、その列の先頭の位置で、カレらに最期の一歩を踏み出すタイミングを指示しているのが、そのシャーマンだった。

顔の表面だけを白く塗り、両眼の縁を青紫で囲み、唇は生き血を吸ったあとのように真っ赤に塗られている。そんな独特の化粧を施されたシャーマンの顔は印象的だった。

はじめ、オンナは何の不思議もなく、呆然とその光景を見守っていた。閻魔様に裁かれた結果がコレなのか、ココが閻魔御殿の入り口なのかは分からない。

歩き続けるカレらの表情は無表情だ。死んだことを納得しているのか、それとも、生きることを諦めてしまったのかも読めない。

しかし、それに対して、シャーマンが最前列の人間に「一歩前進」の指示を出すとき、ほんの少しだけ、彼女が表情に喜怒哀楽の表情を呈することにオンナは気づいていた。

あるオトコには目も合わさず毅然と接し、あるオンナには同情の雰囲気を醸し出す。ある老夫婦が近づくと涙目になっていたこともあるし、ある子供には慈しみと励ましの視線を送っている。

まるで、そのシャーマンは死んだ人間たちの生い立ちを全て知っているかのような表情で「一歩前進」の指示を出し続ける。彼女は、本当に、それぞれの人間の生い立ちを全て分かっているのだろうか？　それならば因果な商売だ。死んでからも、なお、他人の思いを背負っていかなければならないのだから。


あるとき、オンナは行列の中に幾人かの知った顔がいるのに気が付いた。幼少の頃に事故で亡くなった近所の男の子。数日前に杯を交わした翌日に亡くなった友人。長い闘病生活に敗れて散った先輩。可愛がってくれた祖母や写真でしか見たことのない祖父たち。

交流が無くなったが顔つきに見覚えのあるモノもいる。カレらがこの列に加わっていると云うことは、すでにカレらも亡くなっているのだろう。

思えば、オンナも既に齢50を過ぎた。知らないうちに帰らぬ人が多くなってきているのも自然の理ということか。

＊

オンナが再び行列を見たのは冬の入り口頃だったと思う。ただ、以前と違ったのは、オンナの視点が丘の上からではなく、地上から見る光景に変わっていたことだ。

オンナは行列に近づくことが出来た。無表情のまま無言で歩き続ける行列は、既に死んでいるにもかかわらず存在感が圧巻だった。

呆然と行列を目で追っていると、オンナは遠いところから視線を感じた。姿は見えないが、それが、そのシャーマンの視線だとはすぐに分かった。この期に及んで、あらためて挨拶する必要もないが、このまま視線を無視するのも悪いと思い、オンナは列の先頭に向かって歩き出した。

案の定、オンナが歩み寄ると、そのシャーマンは、まるでオンナが来るのを知っていたかのようにこちらを向いた。あいかわらず独特の化粧で心の内が読めない。

しばらくすると、そのシャーマンは口を開くことなくオンナの心の中に話しかけてきた。

「オマエには、カレらの通ってきた道が見えるか？」

「なんとなく。」

「カレらをどう思う？」

「興味はない。死に往くことは、自然の摂理だろう。」

「ワタシの代わりを務める気はないか？」

「ない。人の思いを背負う自信はない。」

「そうか。」

その会話をしたあと、オンナの記憶は薄れて行った。

＊

また、あるとき、オンナは行列に20歳くらいの青年を見つけた。どこにでもいるような普通の青年だった。

青年は最後尾なので死の淵に落ちるまでにはまだ時間がある。なぜ気になったのかは分からないが、その青年は他の人間たちのように無表情ではなく、一歩進むごとに、悩んだり、喜んだり、悔やんだりを繰り返しているように見えた。オンナは、なぜ青年の表情が他の人間と違って移り変わりを示すのか不思議に思い、思わずカレの心の中を覗いてみた。

ある日の青年は、いじめられて泣いていた。

ある日の青年は、数少ない友達に励まされて微笑んでいた。

ある日の青年は、先輩にそそのかされて悪事に手を染めていた。

ある日の青年は、恩師の説教に涙して更生を誓っていた。

ある日の青年は、極悪集団に追い詰められて、意に介さず人を殺めていた。

ある日の青年は、更生施設で新しい仲間と新しい一歩を踏み出そうとしていた。

ある日の青年は、昔の悪友に引き戻されそうになって抵抗しているときに殺されていた。


青年の一生は、どこにでもありそうでいながら波乱万丈だった。思わしくない仲間に巻き込まれて道を踏み外し、更生を誓うが、そのたびに悪風が行く道を妨げる。青年は更生の一歩を踏み出すたびに、押し寄せる引き潮に揉まれ、疲れ果てていった。

元来、青年は心の優しい純真な人間だった。こうなった原因が、悪い環境のせいなのか、社会のせいなのか、それとも、自分自身の心の弱さなのかは分からないが、運命のイタズラは青年を幸せな道へと導くことはなかった。

そんな青年の生涯を覗き見ながら、オンナは、そのシャーマンに聞いてみたくなった。

「青年は何のために生まれて来たのか？　こんな人生が罷り通って良いのか？」

そのシャーマンは表情を変えずに答えてくれた。

「これが人生。生きている間に何があろうが、何もなかろうが、死ぬときは一緒だ。」

その言葉を聞いたとたん、オンナは心の底から憤りを感じて、思い切り叫んだ。

「フザケルナーッ！」

一呼吸おいて、そのシャーマンが悲し気につぶやいた。

「その思いを、いつも抱いて、ワタシはここにいるのだ。」

＊

オンナの嘆きとともに、灼熱に焼かれた砂嵐が一帯を吹き抜けた。

しかし、死の淵に向かって歩き続ける人間と、そのシャーマンは一向に怯まない。オンナだけが、砂嵐を避けるために両腕で顔を覆った。何も見えず、何も聞こえない状態で、オンナは心に囁きかけてくる、そのシャーマンの声を聞いた。

「古（いにしえ）の時代から現代に至るまで、正義の為に、どれだけの生きたい命が奪われたことか。

オマエは正義を盾に自らの罪を葬り去った英雄がどれだけいたか知っているか？

その逆に、正義の為に自ら犯した過ちを敢えて償った英雄がどれだけいたであろうか？

過去の正義と過ちを、その目で、もう一度、視るがよい。それらを見聞きし、いまのオマエが何をすべきか、いま一度考えてみよ。そのうえで、ワタシに意見を云ってみよ！　私の名は、シャーマン＝アンジーだ。」

〔第1話〕正義の落としどころ

18世紀、ヨーロッパのとある地方では、封建的な王政や宮廷貴族による無慈悲な搾取に対する民衆の不満が蔓延しており、既に、その鬱憤が、一旦、起爆剤に着火すると、民衆の怒りと憤りが爆発する状況にまで追い込まれていた。

そして、民衆は、その起爆剤を求めていた。

*

18世紀後半、自由と平和と友愛を求めた民衆の革命が起こる。

当時の王政下での身分階級は、第一身分（聖職者14万人）、第二身分（貴族40万人）、第三身分（平民2600万人）と区分けされており、第一身分と第二身分には年金支給と免税特権など優遇されていた。しかし、第三身分の農民に対しては、領主と国王に対して租税の二重取りが課せられていた。

ことの発端は、領土の１／５を持つ国王と旧体制（大領主の宮廷貴族や高級聖職者）による、封建的王政制度に対する民衆の不満が土台となってはいたが、実のところ、それよりも絶対王政だった権力が宮廷貴族に騙され貶められたことによるものが大きかった。その結果、宮廷貴族による国庫の略奪相応行為が横行し、国家財政は破綻し、財政赤字は45億リーブルにまで至った。

その尻ぬぐいを押し付けられたのが、上層の商工業や金融業からなるブルジョアジーを中心とする民衆だった。そこから、ブルジョアジーの王政との戦いが始まった。

まず、「武器を取れ、市民よ！」というスローガンで民衆が立ち上がり、革命軍による巨大監獄の陥落を旗印に民衆による革命が封切られる。

そして、18世紀末、革命軍の勝利により国内の混乱は終結。封建的特権（身分制・領主制）は廃止され、資本主義の発展、資本主義憲法の確立（人民主権・権力分立・経済的自由権など）によって近代的所有権が確立することとなった。

しかし、そこに至るには、民衆が熱望していた改革の起爆剤となった英雄がいた。それは誰しもが知っており、その英雄の英断ゆえに、今日の平和な時代が守られていると、誰もが信じ続けている人物だった。

◇

オンナは農夫婦の5人の兄弟姉妹のなかに生まれた。両親は20ヘクタールほどの土地を所有しており、父親は農業を営むとともに租税徴収係と村の自警団団長も兼ねていた。

ある日、オンナが川辺を歩いていると、3人の神があらわれた。オンナが初めて「神の声」を聴いたのは、この頃であった。このとき、3人の神は「敵軍と戦っている我が国の王太子を王位に就かしめよ。」とのたもうたと云う。

その声を3年間、心に抱き続けたオンナは、思い切って王宮を訪れる許可を願い出た。しかし、たかがオンナの願いひとつで、王宮への訪問許可を出す訳にはいかない門兵は一笑に付す。それでも、ことの重大さを信じていたオンナは何度も許可を願い出た。

ある日、再び、3人の神がオンナの前に現れ「首都へつながる近郊の町で我が軍が敗北する」とのたもうた。

翌日、オンナは大急ぎで、その予言を門兵に伝えたが、門兵は相変わらず取り合わない。しかし、その3日後、予言は的中し、我が軍の要塞は破られた。

この噂は、すぐさま王宮中に知れ渡り、すぐさま、オンナは王宮内に通されることとなる。

数か月後、御前会議にて決裁が降り、それまで戦場で敵軍と戦っていた王太子が呼び戻され、即日、王位に就いた。

その数日後、信を得たオンナは、敵軍に奪い取られた首都へつながる近郊の要塞への同行を許され、攻め入る味方軍の先陣で旗を振った。その勇気ある振る舞いは、味方兵士の士気を高め、わずか9日間で首都へつながる近郊の要塞の奪取を成功させた。

その後も、敵軍に占領されていた各所の要塞を、予言を基とした戦略やオンナの鼓舞によって攻略し、我が軍は次々と取り戻していった。そして、オンナは英雄という名を与えられた。

＊

しかし、革命の火が落ち着く頃、オンナの存在を煙たく感じるようになった神学者たちは、オンナの予言と戦略に対して、異端者というレッテルを押してしまう。

そしてオンナに対して良く思っていない聖職者ばかりのもと異端審問裁判が開かれた。

その結果、教会の審理は「神の恩寵は人間が認識できるものではない」と示される。オンナが尋問に肯定すれば自身で異端宣言をしたことになり、否定すれば自身の罪を告白したことになる。それは、抜け道のない不利な判決へのレールだった。

「判決を下す。彼(か)のオンナは、非人間的な魔力を持つ魔女の僕(しもべ)であり、我々、人間界に悪弊をもたらすであろう。よって、彼のオンナを火刑に処し、魔女払いを行う。」

しかし、その審判を聞かされたとき、オンナの瞳に畏れはなかった。逆に安堵と感謝と決意の光が宿っていた。

その後の7日間で、オンナは側近に、いままでオンナが正義を勝ち取るために犯してきた罪状の数々を列挙させた。

そこではオンナは、王政政権の敵兵士の命を奪い、同時に、その地に暮らす人々の民家をも破壊したことにさせられた。最終的に敵味方問わず、数多の人間の命は奪われ、多くの子供たちが路頭に迷ったことになっている。そして、オンナの罪状は合わせて108つにも及ぶこととなる。

オンナは、側近の挙げる、その罪状ひとつひとつに悲し気な瞳で頷いていたと云う。

そして、側近によるオンナの罪状リストが完成したとき、オンナは仲間に云った。

「民衆を広場に集めよ。皆に対して勝利宣言を行う！」

*

「我々は勝利した。

しかし、民よ、この戦いで敵の命も味方の命も奪われた。正義の為と云えども、いっときの平和は乱された。

我々は勝利した。

しかし、民よ、たとえ正義を貫く為であっても罪は罪である。罪を犯した者は罰せられねばならぬ。正義であることが罪と罰を逃れる理由にはならない。

我々は勝利した。

しかし、民よ、吾を見よ、吾の姿をとくと見よ。吾は罪を犯して正義を勝ち取った。しかし、その正義ゆえに吾は罰せられねばならぬ。罰せられねば勝利の意味はない。罰せられねば正義は悪へと変わる。

我々は勝利した。

しかし、民よ、吾が涙を忘るるな。吾が罪、我らが罪の代償は、吾が身をもって結末をつける。

我々は勝利した。

しかし、民よ、吾が姿を、その目に焼き付けよ。そして未来永劫、思い出せ。正義を貫くことは我らの権利である。しかし権利がある以上、義務がある。義務なくして権利はない。

我々は勝利した。

そして、我が民よ、権利を主張し続けよ、「民衆の歌」を声高に歌いながら町中を闊歩するガヴローシュ（＊）のごとく！」

最期まで、オンナの瞳には安堵と感謝と決意の光があり、後悔の念は一切なかった。

＊

数日後、オンナは異端者として火刑に処された。

頭に罪人を示す被り物を乗せ、白のロングスカート姿で、火刑台に結わえつけられたオンナは、遠い空の奥を見据えていた。足元の薪に火がくべられる。炎はオンナの姿を赤く照らしてゆく。吹き付ける風が煙とともに火の粉をオンナの頬にかすめて舞い上がる。

オンナが何か口の中でつぶやいた。

「犯罪者にとって死刑は恥ずべきものだが、無実の罪で火刑台に送られるなら恥ずべきものではない。」

オンナの口元に微かな笑みがこぼれたように見えた。

そして、取り巻く群衆からは「共和国万歳！」の歓声が上がった。

獰猛さをまとった炎がオンナの全身を空高く巻き上げたとき、どこからか、憤りと悲しみをまとったシャーマン＝アンジーの悲鳴が天高く聞こえた。

「嗚呼、何と云うことだっ！」

＊　ガヴローシュ　『レ・ミゼラブル』（ユゴー著）に登場する少年

〔第2話〕意地張りのケジメ

19世紀、アメリカ大陸では経済、社会、政治的な面から、南部地域と北部地域による意見の相違が起こり始めていた。なかでも特に意見の相違が大きかった問題が奴隷制度である。

早くから工業化による新たな流動的労働力を必要としていた北部地域に対して、綿花を主とした農業中心のプランテーション経済を主流とした南部地域は奴隷の労働力が欠かせないものとなっていた。

そんな、状況的意見のもと、北部合衆国軍と南部連合国軍は、さらに大きな亀裂を生み、一触即発の状況まで追い込まれていた。

そして、19世紀半ば、奴隷制度の正否を盾に、嘘と本音と建前の擾乱が起こった。

奴隷制度に反対する23の州からなる北部合衆国軍の総人口は2200万人。そのうち400万人が徴兵され、工業の保護貿易をスローガンとして蜂起する。

それに対し、奴隷制度の存続を唱える11の州の集まりで形成された南部連合国軍の人口は900万人（うち、400万人は奴隷）。100万人の徴兵と志願兵で、農業の自由貿易をスローガンとして応戦する。

史上初の近代的兵器を用いた戦いは、互いに各陣営を破壊し、各村を焼け野原とした。

そして遂に、日に日に、勢力を増す北部合衆国軍は、北軍大統領が他国の南部連合諸国への援助介入を阻止する大義名分を持つ「奴隷解放宣言」を発布したことにより、南軍への物資流入は閉ざされた。

そして、開戦4年半後、北部合衆国軍が勝利をつかむことになる。この擾乱に思いをかけた殉職者は、北軍36万人、南軍29万人にのぼったと云う。

擾乱の終結とともに、国内における奴隷制度は廃止されることとなり、黒人の投票権は確保された。そして、白人が所有していた綿花農園中心のプランテーション経済は、安い奴隷の労働力を失っていった。

しかし、白人の黒人に対するしこりは、依然として残り続け、19世紀後半に南部白人が州内における主導権を取り戻すと、南部各州で相次いで有色人種に対する隔離政策が立法化される。そして、それは人種差別（隔離）という形に名前を変えて半世紀以上続いていく。

北部合衆国側の勝利以降、奴隷制度はなくなり、黒人が自由を奪われて安い賃金で働くこともなくなり、人身売買で黒人の家族が引き裂かれることもなくなったはずだった。

しかし、有色人種に対する隔離政策の立法化が確定してからは、それまで黒人にビクビクしていた白人たちが、商店で、飲み屋で、トイレでと幅を利かせるようになってくる。それは、わずか数年間の白人たちが、白人圧制状態の鬱憤を晴らすかのように、傍若無人な振る舞いとなって、町中でよく見られるようになる。

◇

そして、あるとき、旧南部連合国に属していたある州で、こんな出来事が起こっていた。


「ガッシャーン！」

グラスの割れる音が店内に響く。

「何すんですかっ。」

「ん？　ボ〜ヤ、どうした？」

「アナタが、酔っ払って、ワタシのグラスを引っかけたんでしょうがっ。」

「ん？　ナニ云ってんだ？　このボ〜ヤは？」

「アンタ、ぶつかっといて、何だ、その態度はっ。」

そのとき、太鼓腹の白人が拳銃を抜き出した。

「ボ〜ヤ、偉そうな口利くんじゃねーぞ！」

白人の口調は、それまでのノンベンダラリな調子ではなく、恨みの籠った腹からの怒鳴り声だった。

「いーか、よく聞け。ボ〜ヤのオヤジや爺さんは、オレっちの畑の綿を摘んで、よーやく、おマンマにありつけてたんだぜ。」

「そんな昔の話は、」

「昔たーなんだぇ？　いつのことだと思うんだぃ？　たった10年前だぜぇ？　ボ〜ヤはまだ毛ぇも生えてなかったかい？　イッヒッヒッ。」

「いまはワタシたちには権利がありますよっ。」

「そりゃ、お前ぇらの思い過ごしだね。いったい、何の権利だぃ？　悪りぃが、いまも昔もねぇんだよ。昔はいまも続いてるのよっ。ここは、オマエらの来られる場所じゃねぇんだ。出入り禁止よっ、なー、マスター！」

黒のチョッキで腰から白いエプロンを垂らしたマスターが、聞こえなかったように目を合わさずにグラスを磨いている。

店内には白人と黒人が半数。白人たちはニヤニヤ笑っている。黒人たちは騒動に巻き込まれたくない態で黙ってグラスに落とした目を上げようともしない。

「チッ！」

黒人は、白人にも黒人にも聞こえるように、ワザと舌打ちをして店を出て行った。

＊

ある朝、黒人が自分の農場に出てみると、畑一面が荒らされている。カブラやニンジンは引き抜かれ、ネギは半分にへし折られている。畑全体を見渡すが獣の足跡はなく、代わりにトラックのタイヤの跡が縦横無尽に残されている。

「誰かの嫌がらせだ。いったい誰が？」

黒人は見当もつかず、呆然と立ち尽くすだけだった。

数日後、近隣の黒人たちの助けで畑は元に戻されたが、作物は全滅だった。畑の畔では数人の白人たちがニヤニヤにしながらこっちを見ている。馬の背に乗った白人の子供が大人たちとハイタッチをしていた。

ある晩、月明りが荒野を照らし出した頃、畜舎の方から家畜のわめく声が夜空に響き渡った。眠りに就いていた黒人は慌てて散弾銃を手に畜舎に駆けつけた。家畜が狼か野犬に襲われたのかも知れない。

黒人が離れたところからランプの灯を照らすと、畜舎の柵と扉は壊され、半数のブタが逃げてしまっていた。壊された扉は蝶番がたたき壊され、柵の網が切られている。

「これは狼や野犬の仕業ではない。人間の仕業だ。いったい誰が？」

翌日、また、近隣の黒人たちの協力で逃げたブタの大部分は捕まえたが、数匹はそのまま戻ってきていない。柵の傍らでは、また、数人の白人が笑いながら何かを話している。あのときの子供も一緒だった。


そして、数日後の明け方、決定的な事件が起こった。

納屋が火事になった。火の気のないはずの納屋から出た火は、乾かしてあった牧草に燃え移り、あっという間に納屋全体を覆い尽くした。

しかし、悲劇は、それだけでは納まらなかった。駆けつけた黒人家族が懸命に消火しているとき、2人兄弟の末っ子が誤って火に巻き込まれ、行方が分からなくなってしまったのだ。弟を助けようと火中に飛び込もうとする息子を抱きかかえながら、黒人は2人の黒い人影が、少し離れた木陰に停めてあるクルマに駆けて行くのを見た。

黒人の頭の中には、ある白人の顔が浮かんでいた。しかし証拠がない。

翌日、鎮火した納屋の中から小さな子供の遺体が見つかった。両親は黙って天に祈り、涙を流した。そして、弟を失った兄は、泣きじゃくりながら意味の分からない恨みの声を天に向かって叫んでいた。それを聞いた近隣の黒人は涙を止めることが出来ない。遠いところで見ていた白人も、今回はさすがに笑う気にもなれず胸の前で十字を切っている。馬の背に乗った白人の子供の顔が青ざめ震えているように見えた。

◇

その白人の子供は生まれたときから病弱だった。近隣の家の子供たちは彼と遊ぶときは、気を遣うのでノビノビと出来ない。彼にもそれが伝わるようで、せっかくできた友達との交遊も少なくなっていく。

彼の相手をしてくれるのは、もっぱら父親の仕事仲間くらいしかいなくなってしまった。その大人たちも父親との上下関係から仕方なく相手をしてくれていると云うのがよく伝わってくる。

自由に散歩にも行けない彼は、いつも馬の背に揺られて近場を散策するようになった。愛馬はいつも彼に優しく接し、最近はひとりで乗り回すことも出来るようになってきた。

彼には両親に云えない秘密があった。ある黒人の子供と、たまに会って遊ぶことだ。

あるとき、近くを冒険していた黒人の子供が裏庭に迷い込んできた。彼は父親が黒人をひどく嫌っていることを知っていた。もし、この黒人の子供が父親に見つかったら、鞭で叩くに違いない。彼は急いで黒人の子供を裏庭の小屋に連れて行った。

「キミ、名前は何て云うの？」

「マイケル。」

「これからも、会いに来てくれる？」

「うん、いいよ。」

それ以来、マイケルは、たまに遊びに来るようになった。何をする訳ではない。

彼はマイケルの暮らしや見たモノを聞いて、自分が体験したことのように思い描くのだ。自分では味わえなかった、風の音、大地の匂い、ブタの鳴き声、小鳥の歌。

それと同時に、相反する大人の世界にも彼は顔を出していた。トラックで荒らされた畑やブタの脱走した畜舎を見て、大人の白人たちとハイタッチをして喜びを演じる。

しかし、あの、明け方の納屋の火事は・・・。


ある日、マイケルが遊びに来たので、彼はいつものように裏庭の小屋に案内した。

彼はマイケルを納屋に入れ、扉に閂を差し込んで振り返った。

「こないだの火事、大変だったね。」

しかし、彼が云い終わる前に、マイケルの拳が彼の頬を打った。

「痛いっ、何するの？」

「チッキショー、チッキショー、チッキショーッ！」

マイケルのパンチが数発、空を切り、数発、彼の顔面や肩に当たる。

「痛いよ、痛いよ。やめてっ、落ち着いてっ。」

彼の悲痛の叫びが聞こえたのか、扉の外から声がした。

「ボッチャン、ボッチャン、どうしました？　開けてくださいっ。」

彼の家の召使だ。彼は納屋に入ってきたとき、扉に閂をかけたことを思い出した。だが、もう、どうでも良いと思った。

〈いまは、マイケルのパンチを進んで受けよう。それが一番だ。〉

そのとき、強引に扉がぶち破られた。

「ボッチャン、どうしました！　あっ！　なんだ、この黒人ヤローはっ！」

入ってきた2人の白人の大人は、すぐに状況を把握し、彼に覆いかかるマイケルを引きはがし、数発、顔面と腹にパンチを入れた。大人の力に敵うはずはない。マイケルはすぐに大人しくなった。

そのまま、彼は自室のベッドに運ばれた。マイケルは父親の部屋に連れて行かれたようだ。記憶の遠いところで、父親の使う鞭の音が聞こえた。

◇

翌日の朝、黒人の家の前に、血だらけで息も絶え絶えの子供が横たわっていた。

それからの数カ月は、白人たちと黒人たちの争いの日々が続いた。

飲み屋で白人と黒人が落ち合うと、

「頭の悪い黒人の子供が、無礼にも、白人さまの子供を襲ったぞ！」

「ナニ云ってやがんでっ。何もひとりじゃできないクソガキ殴って何が悪いっ！」

雑貨屋で出くわすと、

「畑もねー、畜舎もねー、納屋は焼けたー。生きる意味がねー！」

「ナニをっ、テメーらがやったんだろがっ！」

「何を根拠に？　証拠は？　ん？」

云い争いは行動に発展し、それぞれの家の玄関や納屋に火が点けられ、ガラス窓には石が投げ込まれる。怪我人も増え、仕舞には決闘で命を失くすモノまで現れた。

「よし、決闘だっ、誰も止めるんじゃねーぞ！」

「おう、望むところよ！」

酒場や夜の町歩きは禁物。ジャックナイフや斧を持った連中が彷徨い、遠くでは銃声が聞こえる。

そんなとき、町はずれの国道でヒッチハイクしたオンナがジープを降りた。長い髪を砂嵐になびかせ、マントを羽織った汚れたデニム姿のオンナが、ブーツの底を引きずりながら、町に向かって歩いてくる。日に焼けた黄褐色の肌色が意志の強さを物語っている。

通り過ぎる白人と黒人は、皆、振り返る。白人のオトコがイヤらしく口笛を吹いた。

それを無視して、オンナは酒場に入って、バーボンをたのむ。

「この町、ナンカ臭うね。」

「イイ男の匂いかね?」

「・・・腐った人間の魂の臭いがさ。」

＊

オンナは、その町に3週間ほど居ついたと思う。毎日、物騒な酒場に顔を出し、辺り構わず、白人からも黒人からも、この町の情報を仕入れているようだ。話を聞いてみると、この町の白人も黒人も、根っから悪いヤツではなさそうだ。逆に、お互いの不仲を嘆いているモノもいる。

「なんだ、そんなことかっ。どれどれ、ワタシに任してみなっ。」


まず、オンナは、あの黒人の家を訪ねた。

「いやぁ、いらっしゃい。」

白人でないことが分かると主人は、オンナを家の中に通し、気安く接してくれた。

「今日は、どのような用件で?」

「先日、ボッチャンが大怪我をしたようで。」

「そうなんです。全くひどい話ですよ。あんな小さな子を殴り蹴った挙句に鞭打ちですよ。もう少しで殺されるところでしたよ・・・息子2人ともね。」

「ボッチャンは？」

「ようやく、回復しました。おーいっ。」

父親の呼び声を受け、母親のスカートを握りしめながら男の子が入ってきた。

「もう、あんな家に行っちゃダメだぞ。」

「・・・・・」

「ボクゥ、云いたいことがあるなら全て話してくれる？」

「・・・・・」

「話したいことも何も、この子は被害者ですよ。さぞ、怖い思いをしただろうに。」

黒人の子供が怯えるような目で、オンナを見た。

「どうぞ。」

オンナが子供の目の中に訴える何かを感じて、子供に言葉を促した。

「ボク、白人の友達、好きだった。」

「バカ云うな、アイツは敵の子みたいなもんだ。オマエが勇気を奮って殴ってやったのは褒めてやるがな、ハッハッハッ。」

「続けて。」

「好きだったけど、白人の大人は嫌いだっ。」

「なぜ?」

「・・・ボクの弟を殺した。」

父親は、この言葉に何も云えなくなった。

「続けて。」

「白人の友達はいいヤツだけど、大人になったら悪いヤツになる。父さんがいつも云ってる。ボクもそう思って、彼を殴りに行った。何度も殴った。」

「それで?」

「でも、彼はいつもの彼だった。最初は抵抗したけど、あとは、ボクに殴られるままだった。」

「で、キミはどう思ったの?」

「・・・彼はいいヤツだ。いまも、これから大人になってもいいヤツだよっ。ねえ、父さん、彼はいい白人になるよっ、絶対だ!」

父親は、息子の真剣な訴えに返事が出来ないでいた。そして、ジッと息子を見たあと妻に視線を移し、軽くうなずいた。父親の目には涙が溜まっていたのかも知れない。そのとき、父親の表情には、息子の考えを否定する様子は見えなかった。

次にオンナは、場末の酒場に行った。そこには白人のみが集まる。そして、あの白人の子供の父親がいた。

オンナは、カウンターでバーボンのボトルとグラスを2つもらうと、白人の父親が座る丸テーブルに歩み寄り、真正面に座った。

「オンナ、オレに何か用か？」

「ちょっと、荒らされた畑と、壊された畜舎と、火事になった納屋のことを聞きたくて。」

オンナが、2つのグラスにバーボンを注ぎ、正面に座る男にひとつのグラスを滑らせ、もうひとつのグラスを一気にあおった。

「ふん、面白いオンナだ。ありゃ、全部事故、もしくは、ヤツラの不始末じゃねえのか？」

「火事で子供が死んだことも？」

このひとことで、周囲の白人たちにどよめきが起こる。

「・・・ありゃ、災難だった。子供が苦しむのは見たくないなぁ。つい最近も、黒人のガキが、うちの大事な息子を怪我させやがってっ。思いっきり仕返ししてやったよ、なあ。」

「へっ、へい。」

手下どもが周りの目を気にしながら答える。

そのとき、入口の扉が開き、白人の子供がヨタヨタと入ってきた。

「おお、息子、どうした、こんな時間に？　眠れんのか？　ホットミルクでも飲むか？」

オンナが子供に声を掛ける。

「ボクゥ、大変だったわね。」

「・・・・」

「良かったら、いろいろと聞かせてくれる？」

「・・・・」

「聞かせるも何も、こいつぁ、何も知らんがな。」

オンナが子供の目の中に訴える何かを感じて、子供に言葉を促した。

「どうぞ。」

「ボク、知ってるんだ。」

「知ってるって、オマエ、大人みたいなこと云うもんじゃないぞ。」

「・・ボク、見たんだ。」

「見たって、何を？」

「畑も畜舎も納屋も。」

店の中がざわつき始める。

「バカッ、オマエ、こないだのことで頭がこんがらがってるんだよ。帰って寝なさい。」

「続けて。」

「ボク、なかなか、眠れないとき、馬に乗って町の中を走るんだ。」

「それで？」

「畑の中で、ウチのオジチャンがトラック乗り回してた。」

「バ、バカッ、誤解されるようなこと云うな！」

「畜舎のときにもオジチャンが走り回ってた。」

「おいっ、変なこと云うと、オジチャンが困るだろっ。いつも面倒見てもらってるの誰だ？」

父親を無視して、オンナが次を促す。

「それから？」

「それから、納屋が火事になって・・・お友達の弟が・・・死んだ。」

「そこにもオジチャンが？」

「・・・う、ん。」

店の中は騒然としていた。白人の客しかいないが、冷たい視線が一点に集中する。

突然、ひとりの白人が座っていた椅子を倒して立ち上がった。

「オレは悪くねぇよ。全部、ご主人に云われた通りにしただけだっ。オレは悪くない！」

「バカッ、黙れ！　くだらないこと云うな！」

このひと声で、父親とオンナが座る丸テーブルは白人で取り囲まれた。

*

翌日、白人の父親の家の前には、家畜の糞尿が投棄されていた。夜中に投げ込まれた石で2階の窓ガラスは全て壊れた。慌てた父親は、第1の子分に連絡した。

「おいっ、オレだっ、黒人たちがオレの家に嫌がらせをしてやがるっ。オレたちは別荘に避難するから、ヤツラに仕返ししとけっ、いいな！」

白人の父親は、大急ぎで身支度を済ませると妻と子供と召使をクルマに乗せて急いで避難したしかし、小高い丘のワインディングロードの中腹まで来ると、別荘付近から煙が上がっているのが見える。

「そんな、バカなっ。」

白人の父親が別荘の前まで来ると、そこは既に焼け跡。何も残っていない。

「この別荘は、ごく、身近な白人仲間しか知らないはずだっ。ナゼ？　誰が火を点けた？」

白人の父親は、再び、子分に連絡をした。

「別荘も焼かれたっ。いったい、誰が、やったんだっ？」

それに対して冷ややかな返事が返ってきた。

「おそらく、我々、白人の誰かでしょう。」

「白人の誰かだと？　誰だ、裏切ったのは？」

「裏切ったのはアナタ自身ですよ。我々はアナタを恥じて、今後、アナタを地獄の底まで引きずり落とすでしょう。」

「そんなバカな・・・」

＊

その後、町の白人と黒人の間で会合が開かれた。いままで意地を張り続けてきた、お互いの思いが吐き出されるたびに、少しずつお互いの笑顔が自然にこぼれるようになっていく。

そして、数回の会合を通して、『意地張りのケジメ』という州条例が定められることとなる。その後、この条例は、時間はかかったが全土に広がっていった。

◇

21世紀初頭、ある街の白人警官が、パトロール中に職務質問した黒人被疑者を殴り殺すと云う事件が起こった。警察側は職務執行妨害と正当防衛を主張したが、同種族の民衆が行き過ぎた職権乱用として反旗を振りかざし暴動にまで繋がっていったが、反旗の暴動を起こした中にも、警官側の白人人種が加わっていたことは、せめてもの慰めだった。正義には白も黒も赤も黄もない時代になりつつあるのかも知れない。

しかし、その度に、ときの風の音に交じって、シャーマン＝アンジーの慟哭が聞こえ続けている。

「嗚呼、何と云うことだっ！」

〔第3話〕明日の命を救う

20世紀半ば、全世界を巻き込んだ大きな戦争は終結し、以降、100年近く平和と呼ばれる時代が続いてきた。

国内外にまたがる争いから解き放たれた人々の間では平和が謳歌され、地域によって多少の格差はあるものの、不自由のない裕福な日々が当たり前のように過ぎていくようになっていく。

数十年前の悲惨な戦争の時間を覚えている人々は少なくなり、相反するように、何事も起きず、誰も傷つかない日々の続くことを疑わない人々へと入れ替わっていった。

しかし、人間は過ちを繰り返す生き物である。そんな平和と呼ばれる時代であっても、局地的ではあるが世界各地で争いは続けられている。

そして、21世紀に入り、ある北方の平和な地方に、20世紀に逆戻りするような、東西を分断する大きな争いが起こった。

＊

9世紀初頭、ユーラシアの近隣地域を統括して、その国家は誕生した。10世紀には立憲君主制国家が確立し、初代女性国王陛下が即位して以来、代々、女帝国王が君臨することとなる。さらに18世紀になると近隣の立憲君主制国家と連合王国を築きあげ、ユーラシア地域で莫大な勢力を形成することとなった。

しかし、20世紀初頭の世界大戦に敗北したその国家は、東側大国の支配を受けることになる。

その後、半世紀を経て安定的な国家情勢、経済成長を取り戻したその国家は、東側大国の支配から独立。旧来の立憲君主制国家の復権をつかんだ。

以降、成長を続けたその国家は、より一層の成長を求め、自由経済を推し進める西側の連合国家に接近するようになる。

しかし、その国家に対して、共和制を敷く隣接の東側大国が、その国家の西側への傾きを好ましく思わず、ここ10数年来、東側大国から軍事、経済面など様々な圧力をかけられ続けてきた。

それに業を煮やした国家は西側連合諸国に救済を求めるが、西側連合国も表立って、その国家の後ろ盾になると、かつてのような東西大戦に発展しかねないと、なかなか具体的な策を打ち出せず憂慮していた。

そんなときに、東側大国は隣接する地域の人民が、その国家から迫害を受けているとの一方的な風評から、地域救済と云う名目のもと、その国家への侵略を始めた。その風評は一切の根拠がなく、完全なるフェイクであった。

それまで、平和を愛する、その国家は軍事部隊を持たなかった。それに反して、東側大国の軍事力はすさまじく、侵略開始後わずか1週間で東側に隣接する地域は占領された。すなわち東側大国が、その国家によってジェノサイドがあったとフェイクを流布した地域は占拠された。

その後も東側大国の侵略は、当初の理由付けだけでは飽き足らずに、今度は、その国家が核兵器や化学兵器開発を行っていると云う新たなフェイクを盾に、その国家の首都に矛先を向けて進軍を始め、その国家すべてを乗っとる策略に出た。

そして遂に、無差別に民間施設に爆弾を落とされても、街を焼かれても、愛する家族や友人を失っても我慢に我慢を重ねてきた、その国家の国民は立ち上がった。民間の義勇兵として。

◇

《 郵便受けから覗いた世界 》

右隣で2人の娘が、ヒビの入った窓ガラスの隙間から通りに向かってＭＰ5短機関銃（＊）を構えている。それを見ながら、オンナは、幼い頃の2人の姿を思い出していた。

日曜日の午前中、庭に出したキャンプ用のテーブルには白いクロスが敷かれていて、パンとピーナッツバターの瓶、焼き立ての目玉焼きとポテトサラダが乗っていた。焚火の上ではミルクティーが湯気を出している。

テーブルクロスの下から、2人の幼い娘が顔を出し、お皿の上に置いてある夫のクッキーを小さい手で盗んで逃げて行く。そのあとを追うように仔犬のパピーがついて行く。

オンナは、そんな光景を夫と2人で、ずっと見続けていくものだと思っていた。


左隣にいた女性義勇兵とともに敵兵を迎え撃った。M2機関銃（＊）を構え、40〜50発くらい連射して、2人の敵兵の頭部を打ち抜いた。

この女性義勇兵と始めて会ったのは半年前だ。まだ、そのときは平和な時間が流れていた。ヴァケーションでホームステイに来たフランス人の彼女は、キレイなブロンドのロングヘアー、陽に焼けた肌、頬にはそばかすがあり、ロイドメガネをかけたペチャパイの女の子だった。美人ではないが笑うとできるエクボが魅力的で、2人の娘たちともすぐ仲良くなった。

そんな彼女はヴァケーションの期間が終わる頃にフランスに帰って行った。

そして、つい1週間前、再び、彼女は目の前に現れた。ヘルメットを被り、タンクトップにミリタリージャケットを羽織って、肩からはM2機関銃をぶらさげていた。

ビルが崩れ、瓦礫の積まれた街中で、オンナは可愛い同志と涙を流して抱き合った。

空に爆撃機が近づいてきて、数秒後、外で爆発する音が聞こえた。爆撃機の通り過ぎるのを待って外をのぞく。路上には爆撃で死んだ老婆が横たわっていた。

かつて、老婆は白いマフラーを三角にして頭に巻き、曲がった背中に左手を当て、右手で杖を握りながら、籠一杯のクッキーを持ってきてくれた。2人の娘たちは、この老婆の焼くクッキーに大悦びだった。

オンナも、この老婆が、温かいミルクティーをゆっくり味わい、ひとことも喋らずに、黙って娘たちを微笑みながら見ている時間が好きだった。

倒れた老婆の足元に、見慣れた杖と籠が転がっていた。仔犬が籠の近くでクンクン匂いを嗅ぎながら、尻尾を振って散らばったクッキーを食べている。

腰抜け兵士が小便を垂らしながら泣き叫んでいた。中には、恐怖のあまり、敵兵もいないのに叫び声をあげて、空や壁や地面に向かって銃を撃ち続けるモノもいる。

同志のほとんどは幼馴染みだ。オンナたちの国家には軍事部隊がない。いままで、そんなことは当たり前だと思っていた。平和な国に軍事はいらない。

しかし、今日は昨日と違う。男はもちろん、女も子供も銃を持つ。それは、当たり前のことに変わった。たった1日で、たった1週間で、こんなにも変われるものなのだろうか？

あの日からオンナは変わった。夫も娘も友達も隣人も死なせたくはない。しかし、あの日から、オンナは自分たちの国家を守らなければならないと思うようになった。
頼りない腰抜け兵士を守ってやりたい。子供たちに、かつての幸せな日々を見せてあげたい。そう思いながらオンナはＭ２機関銃を構えている。

＊

みんなが、「あとを頼むと」云い残して逝ってしまった。
みんな、どこに行ってしまったのだろう？
何故、ワタシだけが、こんな風に取り残されねばならないのか？
何故、ワタシばかりが、責任を負わされなきゃならないのか？

襲ってくる敵兵を何人撃ち殺しただろう？
娘たちの顔が思い出せない。夫は死んでしまったのか？
フランス人の女性兵士はどこへ行ってしまったのか？
知っているはずの老婆が、誰だか思い出せない。

祖国も敵国も、もう、どうでも良くなった。
もう、涙も出ない。怒りも憤りも薄れた。感情が消え失せたときワタシも終わる。

神の犯した唯一の過ちは、ワタシにかつての平和な時代を見させたことなのか？
それを見たが故に、ワタシは戦っているのか？

この戦いが終わったら、幸せに暮らせるのだろうか？
そのとき、誰か、ワタシのことを覚えているだろうか？
何が勝利なのだ？
ワタシは何のために戦っているのだろう？

ワタシが失ったものは返してもらえるのだろうか？
先に逝ったヒトたちは「先祖や、先に死んだ親族に会いに行く」と云う。
「会いに行く」と云うことは、「帰って来る」ってことだよね。
きっとだよ。

《　明日につながる勝利　》

オンナは、女王陛下の宮殿に逃げ込んだ。要は壁際まで追い詰められたということだ。
所詮、我々は寄せ集めの義勇軍だ。十分な武器も持たずに戦って何人もの敵兵を倒してきた。しかし、倒した敵兵の何倍もの同志もこの世を去った。夫も、娘も、友人も、隣人もだ。

せめてもの慰めは、オンナたちがは街中で傷つきながらも生き残った数百人の人々を、ここ、女王陛下の宮殿まで連れて来たことだ。

噂では、東側の大国は、最終手段として核兵器を撃ち込む準備が出来ていると云う。女王陛下は未だに降伏の旗を上げていない。焦れた東側の大国が核のボタンを押すことは十分考えられる。

ここ、女王陛下の宮殿地下には数百人収容可能な核シェルターがある。1カ月分の食料や水も貯蔵してあると云う。

この国家の首都には300万人の国民がいる。女王陛下宮殿地下の核シェルターが数百人の収容可能といってもたかがしれてはいるが、それぞれが各家庭に造設している個々の核シェルターに避難できれば、少なくとも2／3の国民の命は助かる。少なくとも、それだけの人数が生き延びるということには違いはない。


と、ここで、女王陛下から挨拶があると云うアナウンスが場内に響いた。避難民が揃って壇上に視線を向ける。

しばらくすると、2人の付き添えを率いて女王陛下が壇上に現れた。

高貴なドレスではあるが、幾分、色落ちしているように見える。パーマのかかった髪も先の方が揃っておらず、全体的に疲れたような装いだ。そのご様子から、女王陛下も随分ご苦労なさっていることが伝わってくる。

　女王陛下は壇上に登ると、全員の顔を見下ろし、落ち着いた口調で話し始めた。

「皆様、これまでの敵軍に立ち向かう命を懸けた攻防、ご苦労様でした。身内の方や知人友人を亡くされた方も多々いらっしゃると聞いております。ご無念申し上げます。

　すでに噂を耳にされた方もあると思いますが、敵軍は最終的に核兵器の使用を匂わせており、我々もそれを否定できない状況に追い込まれております。

　しかしながら、ここで白旗を上げては、我が国の未来はもちろん、世界中の秩序が狂い、自由の意味が失われてしまいます。何よりも、この数週間で失われた尊い我が義勇兵たちに顔向けができません。」

　場内には歓声と落胆の声が入り乱れる。

「我が国家が皆様に課したミッションは、失敗に終わりました。」

　その言葉を聞いて、オンナはオヤッと思った。

〈ミッションが失敗に終わった？　死を賭して立ち向かっている義勇兵が失敗？〉

「しかし、我々は明日につながる勝利をつかみ取らなければなりません。」

〈明日につながる勝利ってナニ？　人命よりも倫理や道徳が優先なの？〉

　知らず知らずのうちに、オンナは叫んでいた。

「陛下、ミッションが失敗に終わったとは、どう云うことでしょうか？」

「そなたは、たしか・・・。」

「いち義勇兵でございます。死を賭して戦っている義勇兵を代表して、先程の陛下のお言葉のご本意をお聞かせいただきたい。」

「そなたは、たしか、戦闘の街で果敢に戦った女兵士であるな。よく心得ておるぞ。この度は、幾百人の国民を、ここに誘ってくれて礼を申す。」

「陛下の仰る、ミッションが失敗に終わったと云うお言葉の本意や如何に？」

「余の言葉が気に障ったのなら謝る。」

「いえ、陛下の本意をお聞かせいただきたく。」

陛下の視線がオンナに集中する。

「では、話そう。そなたたち義勇兵らは自らの命を賭して戦ってくれた。とても有難く思う。そして、今回、そなたは幾百人の国民をここまで連れて来てくれて、彼らの命を救った。それにもお礼を云おう。それはそれで素晴らしいことだ。

だが、それだけでは明日の命を救うことは出来ない。少なくとも、明日も今日と同じような日の目が見られる確約が必要だ。」

「たしかに、そうではございますが、敵軍の勢力や動向を鑑みるに、そこまでは何とも致しがたく・・・」

「そなたの職務と余の職務は違う。そなたの職務は、身の周りにいる国民の命を守ること。余に与えられた職務は、全国民の明日の命を救うことである。その為には、明日につながる勝利をつかみ取らなければならないのだ。」

「しかし、陛下、現状では、そのような勝利をつかみ取ることは難しいかと思われますが。」

「それをするのが国王の責務なのだ。先程、余が申した、そなたらの同胞がミッションに失敗したと云う言葉は行き過ぎた。ひらに謝る。しかし、余は失敗する訳には行かぬのだ。」

そう云い残すと、女王陛下はひとり壇上を降り、核シェルターの出口へと向かって行った。

オンナには陛下の言葉が理解できなかった。

〈ワタシの職務と陛下の職務が違う?〉

〈明日につながる勝利をつかみ取る?〉

所詮、陛下とワタシたち国民には相通じるようで通じないこともあるのだろうか。

＊

外部を移すモニターからは、爆撃機が消え、陸上にいた敵兵の姿も見られなくなっていた。

オンナは、予感した。

「どこかが違う!　何かがおかしい!」

別のモニターには宮殿の内部が映っていた。壁にはゴシック調の絵画が映し出されている。その前に会議用のテーブルがあり、卓上には水差しが置かれている。まるで、これから記者会見が行われるかのようだ。

しばらくすると、女王陛下がモニターに映し出された。陛下がカメラの角度を調整してニコッと笑った。おそらく、その場には陛下ひとりしかいないのだろう。

陛下がカメラ目線で椅子に座り正面を見据えた。カメラの前に座る陛下は、ルージュを引き直し、髪にブラシを当てており、いつにも増してチャーミングだった。陛下がチラッチラッと腕時計に目を落とす。

そして意を決したように、陛下はカメラに視線を集中した。その瞬間、それまでの優雅な時間は消え失せた。女王陛下のチャーミングな姿は毅然と戦う兵士の姿勢に変わった。

「全人類の皆さん、これが私の最期のお願いです。」

ひとこと話して陛下はカメラに向かってニコッと笑った。そして、腕時計を確認してから言葉を続けた。そのときの女王陛下の目の色は戦う獣の色をしていた。

『NO WAR !』

その声がモニター向こうの全人類に届いた瞬間、その国家の全ての音が止んだ。

鳥のさえずりも、蝉の声も、クルマの走る音も、空を飛ぶ戦闘機の音も聞こえない。太陽がジリジリ射しこんでくるだけだった。
・・・・・・

ほんの数秒後、静寂の中で何かが迫ってくる予感がした。

真っ赤な地底のマグマのように、あらわな畏れを感じる。

暗い海底のうねりのように、憶測不能なパワーを感じる。

次の瞬間、引き潮があらゆる力を集結し、津波となって陸を襲うように、何かが押し寄せてきた！

そして、爆風は女王陛下の宮殿を吹き飛ばし、画像は途絶えた。

＊

衝撃的な女王陛下が発した『NO WAR！』と云う訴えは全世界に伝わった。

女王陛下がこの世を去るショッキングな瞬間を全世界の人々が心に焼き付けた。

そして遂に世界はひとつになった。世界中の人々が涙をこらえて立ちあがった。世界の思いは、ひとつに固まった。泣いている場合ではない。

余りにも過激で残虐な方法で、女王陛下は〈明日につながる勝利〉をつかみ取ったのだ。

しかし、それでも、未だにシャーマン＝アンジーの慟哭は啼き止んでいない。

「嗚呼、何と云うことだっ！」

＊　ＭＰ５短機関銃　ドイツ　Ｈ＆Ｍ社製　短機関銃

＊　Ｍ２機関銃　アメリカ　ブローニング社製　機関銃

〔第4話〕 物云わぬ視線

18世紀に、イギリスの海洋探検家キャプテン・クックが新大陸を発見した。そこは、外界からは隔絶された南洋の大陸だった。

その大陸の原住民は、多様なコミュニティを構成しており、コミュニティごとに文化や習慣や言語など独自なものを持っている。そこでは西洋にはない、自然崇拝や精霊信仰岩山や呪術医など、一子相伝の術が、それぞれのコミュニティの頭首に代々受け継がれ、人々の心のよりどころとなっていた。

原住民は、ブーメランや毒物で狩猟をし、植物の実を採取し、木の根に棲むイモムシを食べて暮らしている。人柄は、皆、おおらかだ。原住民間の争いごとを嫌い、不幸に見舞われた民には、手を差し伸べた。その新大陸のコミュニティは数百年来、大陸外との親交がなかったために、ヒトを疑うことも、ヒトから苛（さいな）まれることもなく暮らしを続けていた。

＊

キャプテン・クックが大陸を発見するずっと前、そんな大陸に、ひとりの西洋人が漂流の末、海岸に打ち上げられた。

そのオンナの伸び呆けた赤毛は長く、長い間ブラシをかけていないようで、ところどころもつれていた。身長は6フィート近くもあり、両肩の筋肉は盛り上がっていてオトコ顔負けの体格だった。

数日間、海岸に横たわっているところを、原住民に発見された異国のオンナは、村の診療所で手当てを受けて一命を取り戻した。言葉は通じないが、見よう見まねでコンタクトを取ろうとする異国のオンナの感謝の姿勢は原住民にすぐに伝わり、彼女の気さくで律儀な性格は原住民の警戒心を打ち溶かした。

異国のオンナは体力が回復すると、助けてもらったお礼に、田畑を耕し、流れ着いた流木を片付け、水を引き、原住民の為に何でもやった。

もともと、ヒトを疑うことを知らない原住民だったが、カレらは、根を詰めて働く異国のオンナを次第に仲間として見るようになっていった。道端で会えば挨拶をして会話を交わす。困ったことがあれば、お互いに助け合う。子供たちは、この異国のオンナと遊びたがり、若いオンナたちは、子供たちが心を許している、この異国のオンナに同じ種族の血を感じるようになっていった。

この異国のオンナは、ある国の、そこそこ裕福で厳格な家に育った。両親は、中規模な農園を持ち、奴隷を農場で働かせており、広い家屋敷には、常時、10数名のメイドがいた。オンナには、兄と妹がおり、兄はすでに農場で奴隷に指図をしながら農場の運営に力を注いでいた。年の離れた妹は、まだ、5歳になったばかりで、ヤンチャの生意気盛り。家族はもちろんメイドや奴隷たちですら、その可愛さに甘やかし放題だった。

そのとき、オンナは既に13歳となっており、自立した兄と、甘やかされ放題の妹に挟まれながらも、夢に焦がれる青春時代の真っただなかだった。しかし、オンナの抱く夢は、同年代の裕福なお嬢様がもつ、バラに囲まれた庭園で白馬の王子様に愛の告白をされるといった、ありふれたモノではなかった。オンナの抱く夢とは、まさに、世の同世代のオトコの子が抱く、大冒険の夢であった。

〈キャプテン・クックのように大海原の大航海に臨み、冒険を通して名誉を手に入れる。〉

オンナは、日夜、そんな夢を見て眠るのだった。

あるとき、オンナが部屋の窓から岬を眺めていると、港に古めかしい船が泊まっているのが、ふと、目に入った。どちらかと云えば老朽化していて薄汚い船で、ボーダー柄のシャツをだらしなく着た乗組員も、褒められた感じはしなかった。しかし、オンナの目を引いたのは、メインマストの先端に棚引く船旗のマークだった。そこには黒い髑髏に赤い骨が交差したマークが記されていた。

「あっ、あのマークは海賊船！」

オンナは、考える間もなく、部屋着のフロアドレスを脱ぎ捨て、男物に見えるラフなシャツとパンツに履き替え、髪は結って束ね奴隷からくすねていた麦わら帽子の下に隠し込んだ。そして、庭仕事用の黒いブーツをつっかけると、家の者や納所の奴隷に見つからないように家を飛び出し、一目散に港へ駆け出した。

こうして、オンナは、オトコの乗組員に化けて船に乗り込んだのだ。そして、オンナの乗り込んだ船は、2週間後に、浅瀬の岩場に乗り上げ難破したのだった。

*

それは、異国のオンナが海岸に打ち上げられてから数か月後のことであった。この異国のオンナが長老に云った。

「ワタシは、この大陸の近くのある島を目指してやって来た。そこのことを、ワタシが住んでいたところでは南国の楽園と呼び、嫌な西洋の人間社会から隔離された孤島だと云う。ワタシは、そこに行きたい。どうすれば、そこに行けるのか?」

それに長老が答える。

「オマエは、ここで良くやってくれた。我々としては、オマエに、ずっとココに居てもらいたいが、オマエの気持ちを無下に断ることは出来ない。明日、舟を用意しよう。オマエの云っている島は、おそらく、ココから10マイルくらい離れた、ミルキー・アイランドだろう。」

「ありがとうございます。」

「しかし、気をつけよ。確かに、ソコの住民は人が良く楽園の島と云えよう。しかし、外部から訪れた異国人は、そこで道を見失う。」

「道を見失う？　それは、どういうことで？」

「上手くは云えん。まあ、オマエが自分の目で見て確かめることじゃ。」

「なるほど。ミルキー・アイランドか、ウキウキするような名前の島ですね。」

そして、翌日、その異国のオンナは世話になった大陸をあとにし、南国の楽園ミルキー・アイランドに向かった。

◇

「レニーに野ネズミを握らせるな。」

ここ、ミルキー・アイランド島では、それが教会の教えだった。レニーとは、作家ジョン・スタインベックの『二十日鼠と人間』に登場する人物だ。性根の優しい男だが、可愛い二十日鼠をポケットのなかでかうようになる。しかし、そのたびに可愛がり過ぎて握り潰してしまう。ある日、その癖が、人間の女性との間で起こってしまう。純粋過ぎるが故に、悲劇を起こしてしまうという作品だ。

この楽園の島で、過去に同じことがあったのかは分からないが、敬虔なクリスチャンである島民は、いまも牧師の教えを固く信じ続けている。

＊

ある日、異国のオンナが大陸から舟でやって来た。

住民は好奇な目で異国のオンナを出迎える。

「やあ、こんにちわ。今日から、こちらでお世話になろうと思って来ました。」

「ナニしに来た？」

「いやぁ、特に目的はないのですが、出来れば、ここで働かせてもらって、生まれ変わりたいと思ってます。」

「生まれ変わる？　すでに生まれているのにか？　ふふっ、可笑しなヒトだ。まあ、ここに居る間は、ゆっくりしなせぇ。」

異国のオンナは、すんなりと島の長老に受け入れられた。

人口は、僅か70～80人程度の小さな島。小高い丘には森があり、辺り一面、青い海。浅瀬にはマングローブの林が続く。こんな離島にもかかわらず、湧水も豊富なようだ。

人々も温かい。老人も男も女も子供も、いつ会ってもニコニコしている。まるで、ヒトを懼れることを知らない仙人のような人たちだ。

異国のオンナは、出来れば、ココに、ずっと住み続けたいと、その日のうちに思った。

翌日から、異国のオンナは、大陸で働いていたのと同じように、棚田を耕し、流れ着いた漂木を片付け、水を運び、住民の為に何でもやった。昼や休憩どきには、住民たちが食事や水を運んでくれる。

「アンタぁ、オンナなのにオトコ顔負けの仕事をなさるな。じゃが、ゆっくり働きやぁ。疲れてしまうわぁ。それが、ここの流儀じゃあ。」

ここは、時間もゆったり流れる。何ひとつ急ぐ仕事もない。住民たちは、働きたいときに働き、休みたいときに休むという時間の使い方をしている。西洋とは大違いだ。

1週間もしないうちに、異国のオンナのことは、島じゅうのヒトに知れ渡っていった。『働き者で、優しい人格者』として。

ある晩、異国のオンナが、その日の仕事を終えて帰ろうとしたとき、仲の良くなった住民が声をかけてきた。

「アンタぁ、今日も、よく働いたねぇ。どうかい？　これから一杯？」

「いいですねぇ、じゃ、ちょっとだけお付き合いを。」

島で唯一の居酒屋に足を運んだ。居酒屋といっても、四隅の柱に藁の屋根を乗っけただけの、風が吹き抜ける東屋のようなところだ。しかし、海の見える位置にある、そのあずまや風の居酒屋は、この島に、とてもマッチしているように思えた。

「ま、一杯、かんぱぁーい。」

気付くと、近所の若い衆が7～8人そろって一緒にコップを掲げている。異国のオンナは、カレらの歓迎ぶりが無性に嬉しくなった。

「ホント、この島のヒトは、いいヒトばっかりですね。」

「うんにゃぁ、アンタが、毎日、頑張って働いてるのを見て、みんな、喜んでるっさ。」

「いやぁ、ホント、ココは楽園ですね。」

「ありがっと。」

しばらくは､仲間との楽しい時間を過ごしていた。しかし､異国のオンナが3杯目の甘いアルコールを口にしたとき、記憶のなかに、昔の地元の酒場の場面が浮かんできた。

オンナはまだ幼かった。仲良くなった奴隷のオトコと一緒に夕食後、オトコのよく行く酒場に夕涼みに出掛けた。最初は、始めて見る酒場の光景が楽しかった。しかし、一緒に行った奴隷のオトコがショットグラスで琥珀色の飲み物を1杯、2杯と呑んでいくうちに、オトコの口調が徐々に大きくなっていくのを､オンナは何故か不安を感じながら見ていた。そして3杯目。オトコは酔っ払って、テーブルのコップを床に落とした。店員が注意しながら近づいてくる。オトコは店員の胸ぐらをつかみ、思いっきり殴った。店内は騒然としている。友達が、焦りながら半笑いでオトコの肘をとり店の外へ導きだした。

別の場面では、奴隷のオトコが酒場で女に云いよっている。ブロンドに真っ赤なルージュが艶めかしい女だった。オトコはそのまま女を連れ出そうとする。すると、脇からリーゼントにスタジャンを着た若い男が掴みかかって来た。どうやら、この女のレコのようだ。そのまま、奴隷のオトコは、その男ともつれてストリートに出た。決闘だ。奴隷のオトコはジーパンのポケットからジャックナイフを取り出した。

それ以来、オンナは、その奴隷の姿を見ていない。しかし、オンナは、その奴隷のオトコを嫌いではなかった。普段は一生懸命働くし、仕事が終わってからはオンナとよく遊んでくれた。そんなとき、オンナは思ったものだ。

〈どんなにまじめな人間でも、心のどこかに、わだかまりを持つものなのだ〉と。

「どーした、アンタぁ。もう、酔っぱらったかぁ?」

住民の声で、異国のオンナは我に返った。

「いや、すみません。アルコール弱いもんで。ちょっと、今日は帰らせてもらいます。」

「いぃーよ、いぃーよ。明日も頑張って働こな。」

異国のオンナは、慌てて急ぐように帰って行った。

それからも異国のオンナは、相変わらず汗水たらして働き続けた。しかし、汗をかいた分だけ、仕事終わりには、のどが渇く。自分自身、酒が強くはないと知っているが、アルコールの低いビールくらいなら、汗をかいた脳や身体に害を与えることはないだろう。そう、自分に言い聞かせながら、異国のオンナは島唯一の居酒屋に通うようになっていた。その頃には、彼女が少女の頃に思った言葉は忘れ去られていた。

〈どんなにまじめな人間でも、心のどこかに、わだかまりを持つものなのだ〉

異国のオンナは仕事帰りに、毎日、仲間と居酒屋に寄った。すると、互いに気を許した分だけ、徐々に、徐々に、異国のオンナの本性が現れてくる。大声で怒鳴る。グラスを叩きつける。男に色目を向ける。

異国のオンナが島に来てから半年が過ぎた頃には、酒を飲むと異国のオンナの人格が変わると島の衆は気付き出していた。生い立ちに対する愚痴を云う、喧嘩を売る。決闘を叩きつける。体格が大きく力が強い分、島のオトコたちでも押さえが聞かないこともあり、人々は異国のオンナの感情の起伏を畏れた。

しかし、島の衆は人が良かった。異国のオンナの昼間の堅実な働きっぷりを見ていると、すべてが酒のせいだと異国のオンナの行為を許し続けた。そして、オンナの暴挙に怯えながらも、ニコニコした笑顔はなくさなかった。

そして、その島の衆の優しさと異国のオンナに対する畏れが、彼女に間違った神を創り上げさせてしまう。誰にも制御されなくなった異国のオンナは、徐々に、昼間は働きもせず、日が暮れると居酒屋で騒ぎ、単に皆から怯えられる暴君となってしまった。

　島の長老がつぶやく。

「『レニーに野ネズミを握らせるな。』と、毎日、祈り続けてきたが、とうとうワシらは野ネズミを握らせちまったようだ。」

　島の衆が云う。

「でも、あのヒトの性根は腐っちゃいねぇ。神さまは、心のきれいなヒトをお救い下さる。」

「そうじゃった、そうじゃった。オマエのいうとおりじゃ。それじゃあ、ワシらはいままで通り、彼女を許し続けて行こうじゃないか。」

◇

　その頃からだった、アンジーが異国のオンナの心の中に現れはじめたのは。

　しかし、最初、アンジーは何もせず、何も云わなかった。ただ、悲しい目で異国のオンナを見続けるだけだった。

　異国のオンナが居酒屋で暴れたときも、オンナがガラス瓶で向かいに座るオトコの頭を殴ったときも、オンナが無理やりオトコを誘い出したときも。そして、遂に、オンナが人を殺めたときも、アンジーは異国のオンナの心の中で何も云わず、暗い悲しい目でオンナを見続けているだけだった。

しかし、そのアンジーの無言の視線は異国のオンナを苦しめ追い詰めた。いつ、どこで、何をするにも異国のオンナはアンジーの視線を感じていた。そして、その忌々しい視線から逃れるために、異国のオンナはさらに暴力的になった。

島の衆の受ける無分別な被害や虐待はエスカレートした。しかし、それでも、以前、健全に堅実に村の衆と接していた異国のオンナを知っているモノは、オンナに対して優しく接し続けた。すべて酒のせいだと云いながら。

しばらくすると、まず、アンジーは村の衆に投げかけてみた。

《アナタ方は正しい。アナタ方の優しさは本物だ。しかし、その本物の優しさを外界のニンゲンは理解できず、自分の都合のいいように解釈をする。アナタ方の優しさは、子供に向ける優しさだ。大人に向ける優しさとは少し違う。何事も受け入れることだけが優しさとは限らない。あるときは否定してあげるのも優しさのひとつではあるものだ。

あの異国のオンナを否定してあげなさい。あのオンナを罰してあげなさい。それが、あの異国のオンナを許すことにもつながるはずである。》

島の衆の継続的な優しさとアンジーの物云わぬ視線が、異国のオンナの心の中に葛藤を生み始めていた。

〈ワタシは何をやってるんだろう？　ワタシは、何をしにココに来たんだっけ？　昔の記憶は捨ててきたんじゃなかったのかな？〉

その日以来、試しに異国のオンナは徐々に酒を止めてみた。しかし、イライラする日々が続き、それは次第に不安に変わっていく。

〈すでに、誰もワタシを必要としなくなってしまったのね。みんなワタシを邪魔者だと思っている。ワタシは孤独だわ。もう、誰も手を差し伸べてはくれない。ワタシ、孤独になっちゃったよ、ママ・・・寂しいよ。〉

それを聞いて、ようやくアンジーが異国のオンナに対して口を開いた。

《オマエの目的は何なんだ？　過去の記憶を忘れるだと？　善人に生まれ変わるだと？　フザケルな！　ここでなら過去を清算できるとでも思っていたのか？　過去から逃げるのはよせ！　そんなオマエが善人になれると云うのか？　善人のフリをするのはよせ！》

「あああっ、そうだわ、確かにワタシは過去から逃げてきたのよ。夢を追ってきたつもりだったけど、毎日の単調で退屈な日々から逃れたい一心で、この楽園に来てしまっただけだったのね。ここに来れば、過去が清算されると思っていただけなのかもしれないわ。」

《そんなオマエを受け入れてくれたのは誰だ？　そんなオマエはカレらに何をした？》

「あああっ、カレらは、ワタシに良くしてくれました。なのに、ワタシはカレらの恩をアダで返してしまった。すべてがワタシの我儘です。ワタシの甘えです。カレらの善意を踏みにじってしまったんだわ。ああ、ママ！」

数日後、異国のオンナは、この南国の楽園をあとにした。

島じゅうの、ほぼ全てのヒトたちが桟橋で見送りに並んでいた。みな、ニコニコ笑っている。異国のオンナは、それを、まともに見返すことが出来なかった。

島の長老が最後の挨拶をした。

「異国のオンナよ、オマエは我々の家族だ。我々の至らなかった点は謝る。将来、また、楽園に包まれたいと思ったときは、いつでも来なさい。」

「・・・あ、ありがとうございました。」

「ありがとうの言葉はいらない。なぜなら、我々は家族なのだから。」

長老をはじめ、見送りの島の衆は、相変わらずニコニコしている。

異国のオンナは、後ろ髪を引かれる思いで舟に乗り込んだ。

アンジーのため息と含み笑いが、風に乗って聞こえてきた。

「フッフッフッ、親切を押し通すことが、本当の親切なのかもしれないな。」

〔第5話〕呪縛との決別

15世紀半ばから17世紀半ばに至るまで、ヨーロッパの各大国によって、アフリカ、アジア、アメリカへの大規模な開拓を目的とした航海が行われた。

新大陸の発見や新たな航路の開拓を行った海洋探検家は一躍、ときの人となる。

この新たな進出は東西間の交易へとつながり、以降、金・ダイヤ・象牙・胡椒・トウモロコシ・綿など、様々な産物が世界中に行き来するようになる。

そして、これを機に人身売買、労働力としての奴隷の取り引きにも拍車がかかっていく。

村から人々がさらわれ、人々が商品として金で売り買いされる、そんな、非人道的なやりとりが平然と執り行われていた時代だった。

*

各港には大型の船が停泊している。ラ・ロシェル号、ブルックス号、クレオール号、ロード・リゴナー号。どれも貨物船とは云われているが、実際は奴隷船であることを知らない人はいない。多いときには年間２０００万人もの黒人が奴隷として積み込まれて海を渡ったと云う。

　毎日のように両手を縛られた黒人たちが船に乗せられていく。ほとんどの黒人が顔に痣があり、背中にはミミズ腫れがある。彼らは怯えたような、助けを求めるような視線で周囲を見回しながら桟橋を歩いて行く。

　釣竿を垂らしている白人の老人も、バーでビールを呑んでいる白人の若者も、連れられて行く黒人を見向きもしない。たまに、女の黒人たちが連れて行かれるときに限って、若い白人たちが冷やかしの口笛を吹く。彼らは連れて行かれる黒人を商品としか思っていない。

　奴隷船は、出来るだけ多くの奴隷を乗せる為、船内を4層にし、各層に2段ベッドを設置していた。

　すし詰め状態の奴隷は、裸で鎖につながれた。海洋に出ると逃げ出すことは出来ないが、船上で反乱を起こさせないためにも鎖で黒人の自由を奪う。

　奴隷は寝返りも打てないような隙間の床板に、そのまま寝かされ、1～2カ月間の船旅を過ごす。ろくな食料も与えられず栄養失調になる者がほとんどで、1日中、床板に固定された奴隷は身動きもできず、肘や肩の皮膚はすり減り、目的地に到着する前に死んでしまう者も少なくなかった。捕らえられた奴隷のうち２００万人近くが洋上で死んだと云う。

衛生面でも、排泄物は板の寝床に垂れ流しで、数週間に1度、海水でブラシがけをする程度。しかし、その僅かな清掃時間こそが、奴隷たちにとって、唯一、甲板に上げられ、太陽を浴び、新鮮な空気を吸える貴重な時間だった。

船主にとって奴隷はあくまでもお金に代わる商品でしかない。奴隷が需要にマッチしない場合など、保険金を得るため、遭難に見立てて数百人の奴隷を海に投げ捨てたこともあったと云う。

黒人たちが白人を怯えるようになったのは、いつの頃からだろうか。

あるとき、黒人たちは、自分たちが野ネズミやシカやイノシシを狩るのと同じように、白人が自分たちを狩りに来ることを知った。

黒人たちの間で、大人は子供たちに、白人の狩りに捕まってはいけないと教える。捕まると、船に乗せられ、遠い西の大陸に連れて行かれ、一生、故郷の大地を踏むことは出来ないと教える。「白人に出会ったら、抵抗せず、そのまま逃げろ」と教える。白人に正義をかざしてはいけないと教える。

子供たちは理不尽を感じながらも大人の教えに従う。大地を駆け回っているときにも、家族で夕食を食べているときにも、わずかな物音に怯えながら日々を送っていた。

しかし、それでも魔の罠は、ときおり訪れる。

＊

その年の夏は特に暑かった。もともと、西アフリカ付近の夏は雨が少ない。大地は干上がり、稲妻のような亀裂が地面のそこかしこに走っている。

ある朝、少女は、いつも通り食事の用意の手伝いをし、家族全員で朝食をとったあと、井戸に水くみに出かけた。

バケツを左手に持ち、逆の手で木の枝を振り回しながら炎天下の荒野を歩く。飼い犬のケイトも少女を追う。ケイトの身体は少女と同じくらいガリガリだが、元気よく尻尾を振りながら、少女の傍らを前に後ろになりながらついていく。少し頼りないが、立派に少女を護衛しているかのように、つかず離れず歩調を合わせてくれる。

「ケイトっ、遠くに行っちゃだめよ。お利口さんにね。」

「クン、クン、クン。」

言葉が通じたのか、ケイトが返事をする。

「今年の夏は、大変だってお父ちゃんが云ってたわ。雨が降らないから、カブラが育たないんだって。でもね、ケイト、こう云うと、お母ちゃんに怒られるんだけど、ワタシ、カブラ、好きじゃないの。味がしないいんですもの。」

少女が一生懸命にケイトに話しかける。ケイトは少女の唯一の友達だ。

「隣のお爺ちゃん、早く元気になればいいのにね。今年の夏は暑いんで、腰の方も早く良くなるって云ってたわ。」

一陣の風が木立をかすめて、ホウキグサが目の前を転げて横切って行った。

「ケイト、学校ってどんなところなのか知ってる？ ううん、違うのよ、学校に行きたいって云ってるんじゃなくて、お友達が出来るのかなぁって思って・・・」

そのときだった。少女は向かいから馬が、こっちに向かって歩いてくることに気が付いた。少女は立ち止まって、じっと馬を見つめる。ケイトが不思議そうに、少女と歩み寄ってくる馬を見比べている。

馬は徐々に近づいてきた。馬上にはヒトが乗っている。少女が緊張して見つめていたのは馬上のヒトだった。誰だろう？ 知ったヒトか？ 黒人か？ 白人か？

一番注意しなければいけないのは、最後の疑問だった。「黒人か？ 白人か？」

馬が数メートル先に近づいた。馬上のヒトは・・・白人だった。

少女は、大人たちの言葉を思い出した。

「白人に出会ったら、抵抗せず、そのまま逃げろ！」

頭では分かっていた。しかし、少女の身体は緊張と恐怖で動かない。

ケイトが吠えた。それに答えるように馬上の白人が話しかけてきた。

「やあ、お嬢ちゃん。このクソ暑いのに水くみかい？ 大変だねぇ。」

少女は答えられずに馬上の白人をジッと睨みつけるのが精一杯だ。

「どーした？　元気ないね。小父さんが井戸まで乗っけて行ってあげようか？」

「・・・・・」

馬上の白人は、少女の目を見返した。冷たい瞳だった。

「ハッ、ハッ、ハッ。そんな怖い顔すんなよ。じゃ、元気でなっ。」

そんな言葉を残して、そのまま、馬上の白人は、ゆっくりと通り過ぎて行った。

少女は、まだ、動けない。暑い日差しを受けながら、少女は背筋がゾクッとするのを感じていた。

気づくと、ケイトが鳴きもせず。少女を心配そうに見つめていた。


その晩のことだった。

少女は、昼間の出来事を両親に云うべきかどうか悩んでいた。お父ちゃんを心配させたくない。お母ちゃんを怖がらせたくない。少女にとって、昼間の出来事よりも、両親の怯える姿を見ることが何よりも不安に思えた。

〈云わないことにしよう。アレは、なんでもなかったんだ。〉

少女がそう自分に云い聞かせて、自分自身を安心させようと決めたとき、遠くから蹄の音と馬のいななきが聞こえてきた。それが、だんだん近づいてくる。しかも、1頭や2頭ではない。4～5頭の馬群だ。

ズドーンッ！

銃声が聞こえ、自分たちを鼓舞するような男の雄叫びが響いた。

お父ちゃんとお母ちゃんの顔を見る。２人とも怯えたような表情に見えた。

〈アレは、きっと、昼間の白人だわっ。〉

少女の心臓がバクバク脈打っている。

「床下に隠れろっ。」

お父ちゃんが叫んだ。お母ちゃんが少女の手を引き、床下に隠してくれた。そして、お母ちゃんも床下に降りようとしたとき、家の扉が叩き割られた。それと同時に、床下へのハッチは閉ざされた。

「大人しくしろっ、手荒な真似はしたくねぇっ。」

昼間聞いた、馬上の白人だ。

「オマエらを楽しい旅に連れってってやるぞ。海を見たことないだろ？　すっげーぜっ。」

「やめろっ、堪忍してくれっ。」

「キャッ、お願い、許してっ。」

少女の頭の上で、お父ちゃんとお母ちゃんが叫んだ。まるで、床下にいる少女を気付かれまいと、必死で大声を出しているみたいだ。

「よーし、じゃあ、黙って縛られるんだ。抵抗するなよっ。」

床板を鞭で叩くような音がした。慌てて少女は口を押えて悲鳴を上げるのを我慢する。

「なんだ、オマエらだけか、子供はいないのか？」

「いえ、いません。ワタシたち夫婦2人だけです。」

「チェッ、なんだ、収穫が少なかったな。」

そう云うと、彼はあたりを見回した。平屋の家の中は仕切りもなく、ダイニングとリビングと寝室がワンフロアになっていて人の隠れる場所はない。

彼が咥えていた葉巻の灰を落とした。床板の隙間から、その灰が舞い込んでくる。一瞬、床板の隙間越しに、彼と目が合ったような気がした。

〈バレたっ⁉〉

少女は恐怖のあまり、思いっきり瞼を閉じた。

「しょうがねぇ、今日はこれまでだ。帰るぜっ。」

彼の掛け声とともに、仲間の足音が家から出て行き、ひとつ、馬のいななきが聞こえると、あたりは静かになった。

まだ、身動きのできない少女に向かって、床上からケイトがクンクン鳴いていることに気付くまでに、どれくらい時間が経ったのだろう？

〈みんなワタシが悪いんだ。昼間の出来事を話していれば、お父ちゃんもお母ちゃんも警戒したはずだ。ワタシが云わなかったばっかりに、お父ちゃんもお母ちゃんも連れ去られてしまったんだ。〉

少女は大人たちの言葉を思い出して、涙が止まらなかった。

「船に乗せられ、遠い西の大陸に連れて行かれ、一生、故郷の大地を踏むことは出来ない。」

＊

それから6年後、少女は11歳になっていた。そして、いま、彼女は奴隷船に乗っている。

両親が連れ去られたあと、何とか隣村に住む親せきのもとで暮らしていたが、その村の住民すべてが白人に襲われた。抵抗した男は鞭やこん棒で叩かれ、泣き叫ぶ女や子供は無理やり籠に乗せられた。

その2日後、少女は港にいた。初めて見る大きな海と、生臭い潮風に圧倒されながら、停泊している奴隷船に連れられて行く。桟橋には捕らえられた黒人たちが長蛇の列をくんでいる。その誰もが打ちひしがれ、奪われた未来を見つめる瞳には既に希望の光はない。

奴隷船に乗り込むと、男と女と子供に分けられた。人数の少ない女と子供は船底に近い空間へ、人数の多い男は比較的上層部に鎖をつけて横たわらされた。

女たちの空間は、比較的余裕があったが、それでも一人当たり畳1畳あるかないかのスペースだった。加えて、床や壁に染み付いた女特有の臭いが、この奴隷船の歴史の長さと女奴隷の悲惨さを教えている。

出航後、3日も経つと悲しみは不安となり、そして諦めへと変わっていく。その頃から、気の合う者どうしでグループが形成され、それと同時に、女独特の僻み、妬みが口喧嘩へと変わっていく。お互い鎖でつながれていて、身動きができないので殴り合いの喧嘩にこそならないが、険悪なムードがお互いを、更に不安な気持ちに陥れる。

しかし、2週間もすると険悪なムードは薄れてきて、お互いの身の上などが話し合われ、親子や姉妹のような間柄になっていく。そこでは、ひとつの仲間意識が形成される。

少女の場合も、隣に寝転ぶ老婆と母娘のような間柄になっていた。少女が、幼いころの、あの体験や、両親が連れ去られたときのことを話すと、老婆は一緒になって泣いてくれた。

あるとき、老婆はこう云った。

「以前に村の大人から『白人に出会ったら、そのまま逃げろ』って教わらなかったかい？」

「ええ、いつもいつも、そう云われていたわ。」

「じゃあ、これからは、どうすればいいと思う？　海の上じゃあ逃げられないわよ。」

「そうね・・・。」

「いいかい。こう覚えておきなさい。『白人に出会ったら、白人の云われるままに従え』って。生きながらえたいなら、抵抗するのはお止めなさい。自分の信念に反することでも、白人の命令には従うの。いい？　分かった？」

少女は黙って頷いた。いまの少女には希望も信念もない。生きながらえたいとも思わないが、とにかく深く考えることが嫌だった。深く考えれば考えるほど、結果として両親を陥れてしまった自分の罪に耐えられなくなる。

このとき、少女は、まだ、自分の中に熱い信念の炎が燻（くすぶ）っていることに気付いていなかった。

15世紀末、ジェノヴァの商人コロンブスが西インド航路の開拓途中で、アメリカ大陸（中南米）を発見した。
アメリカ大陸には先住民のインディアン一族が住んでおり、大陸の発見当初はヨーロッパ人と原住民の仲は悪くなかった。しかし、徐々にヨーロッパ人の振る舞いや略奪に原住民の不信が芽生え、それが怒りに変わると、各地で反乱が勃発し始める。それに対してコロンブス陣営は徹底的にインディアン一族に対して無差別虐殺で対抗した。
しかし、ヨーロッパ人は、一種のスポーツハンティング感覚で、原住民への殺人、強姦、放火、略奪、拷問を繰り返していく。それに加えてヨーロッパ人がもたらした疫病が先住民を苦しめ、結果的に、インディアンたちはヨーロッパ人の弾圧に屈した。
既に、奴隷貿易とは、ヨーロッパで仕入れた安いビー玉や銃器や木綿製品などを、アフリカで奴隷と引き換え、そのままアメリカに渡って奴隷を売買する。そして、そこで得た金銭で、アメリカ原産の砂糖や綿花やタバコやコーヒーといった商品を仕入れてヨーロッパに持ち帰るという流れが出来ていた。

しかし、アメリカでプランテーション農業を繰り広げるにあたって、アフリカ系黒人は奴隷として従順で労働力となり得たが、アメリカ系先住民はアフリカ系黒人と異なり、定住意識や協業意識が薄く、奴隷としての労働環境に適応しにくかった。

結果、捕らえられたアメリカ系の黒人男性はほとんどが殺されることとなる。総勢5万人以上の男性先住民が殺されたと云う。

一方、アメリカ系黒人女性はアフリカ系黒人女性同様、労働力確保のため、そして子供を産ませるためだけに生かされた。

しかし、白人社会には『ONE-DROP RULE』と云うものがあり、黒人の血が1滴でも混ざっていると白人とはみなさないという暗黙の了解があった。生粋の黒人はもちろん、クレオールと呼ばれるヨーロッパ人との混血児でさえ、一生、奴隷の道を歩み続けるしかなかったのだ。


少女は、アメリカに渡ってきてから、数々のアフリカ系黒人女性やアメリカ系黒人女性を見てきたが、白人から受ける応対はみな同じだった。働かされ、殴られ、犯され、身籠らされ、子供を取り上げられ、また、働かされる。その繰り返しだ。

少女がアメリカに来てから10年ほどが経ち、彼女は、いま21歳になった。既に誰が父親とも分からない子供を4人産んでいる。しかし、出産後、子供たちとは1度も会っていないし、いま、子供たちがどこにいるのかも知らない。

しかし、子供たちが何をしているかは知っている。男の子は畑の手伝いをして仕事を覚える。女の子は、メイドとして働いて、年頃になったら子供を産まされる。

それは変わらない。いままでも、そして、これから永遠に続く未来の果てまで。

*

だだっ広いコットンフィールドから、さほど離れていない場所にコミュニティがあった。

そこは村とは云えない。なぜなら、住民すべてが赤の他人だから。傍目には、爺、婆、父親、母親、子供、兄弟に見えるが、みな、顔を合わせてから、まだ、日の浅い連中だ。お互い、生まれ故郷も知らないし、生い立ちも知らない。ただ、害もなく毎日を過ごしているだけの関係だ。そんな家が、このコミュニティには4軒ほどある。そして、コミュニティは地主の数だけ存在する。困ったことがあれば助け合うが、必要以上に深入りしないのが、お互いのルールだった。

彼女は、コミュニティに唯一ある出入り口に一番近い、西側の家に住んでいた。

昼間は、このコミュニティを仕切っている地主の旦那様が紹介してくれたお屋敷にメイドとして通っている。そこは白い木の柵で取り囲まれたバラ園の中に建っているお屋敷で、『白いバラ荘』と呼ばれており、旦那様と奥様とお坊ちゃま、そして、黒人の召使と彼女のほかにもうひとり黒人のメイドが住み込みでいた。

ある夏の夕方、時刻は午後7時頃。夏の日の入りは遅く、まだ、あたりは随分明るい。

彼女は、ご主人から、帰る前に古くなった蹄鉄を土間に持ってきておくよう、云われていたので納屋に向かった。

外はまだ明るいが、光の届かない納屋の中はそろそろ薄暗くなってきている。扉を開けると正面に刈り取った干し草が積んであった。その奥の壁に古くなった蹄鉄が掛けてあるはずだ。

彼女は奥の壁に歩み寄った。壁の上部に明り取りの小窓が開いている。まだ明るい外の光が逆行となり、納屋の中をモノクロに薄暗くさせている。奥の壁に近づくにつれ、手前の干し草の後ろ側が見えてくる。

そのとき、彼女の身体はビクッと跳ね上がった。

「だっ、誰かいるの？」

「・・・」

「ね、ねえ、誰かいるの？」

少しの間があって、オトコの声がした。

「アハハ、バレちゃったか。」

「お、お坊ちゃま。」

オトコは、たしか今年で16歳になる。旦那様と奥様の厳格な教育のせいか、普段はほとんど喋らないので、いまひとつ性格が分からない。

「こんなところで、どうなさったのですか？」

彼女は遠慮気味に、かつ、あまり相手を刺激しないよう、ゆっくりと話しかけた。

「いや、ちょっとね。」

彼女は、オトコの口ぶりや、彼女を見る視線に身構えた。

〈アノ目だ。〉

彼女は、オトコよりも年上で、既に数知れず男を知っている。いままでにも、コトを起こそうとするときの、オトコの眼付、息遣い、落ち着きのない指先を見てきた。

「お坊ちゃま、早く、お屋敷に戻った方がよろしいのでは？」

「・・・」

彼女は子供をあやすように、ゆっくり、注意深く話しかけるが答えがない。代わりに、荒い息遣いと、脈打つ鼓動、そして、若い男の汗の臭いが漂ってくる。

彼女は両目をつぶった。頭の隅で、かつて奴隷船の中で老婆が云った言葉が聞こえてくる。

「白人に出会ったら、白人の云われるままに従うの。生きながらえたいなら、抵抗するのはお止めなさい。自分の信念に反することでも、白人の命令には従うの。いい？」

〈いい訳ないじゃない。でも、どうすることも出来ないのよっ。〉

彼女が諦めのため息をついたとき、オトコが抱きついてきた。

「父さんや、母さんに云うなよっ。云ったら、ぶっ殺すぞ！」

それだけ云うと、オトコは納屋から出て行った。

〈云う訳ない、云える訳ないじゃないっ。物心ついたときからそう、いまもそう、これからもそう。〉

彼女は、オトコが納屋を出て行ったとき、昔、アフリカの実家に白人が乗り込んできて、床下に隠れている彼女に気付かずに、お父ちゃんとお母ちゃんを連れ去っていったときのことを思い出していた。

〈生きながらえて、何の意味があるんだろう？〉

彼女は身づくろいをして、髪を手で押さえ、壁にかかっている蹄鉄をぶら下げて、納屋の外に出た。

「だ、大丈夫か？」

声をかけてきたのは、コミュニティの向かい側の東の家に住んでいる、黒人の少年だった。たしか、15〜16歳と云ってたような気がする。

「うん、平気。」

彼女は、オトコに抱かれているとき、板戸の隙間から少年が覗いていることを知っていた。

「前にも？」

「うん、色んなオトコに。別に珍しいことでもないでしょ？」

「逃げなよ。」

予想外の提案に、彼女は言葉が詰まった。

「なに、バカなこと云ってるのよ。出来っこないでしょっ。」

「出来なくても、逃げなよ。オレ、応援するから。」

「バーカ。」

彼女は、年下のあんな少年に云われた「応援してるから」という言葉にドキドキしていた。それは初めての感覚だった。

*

急なことだった。翌朝、『白いバラ荘』に行くと、いきなり旦那様に呼び出されたのだ。〈前日、云われた通りに蹄鉄は持ってきておいたわ。何かヘマをやったのかしら?〉

彼女が急いで客間に向かうと、そこには旦那様と奥様が背を正してソファに腰かけ、お坊ちゃまが、その脇でうなだれて立っていた。

「昨日の夕方、オマエに蹄鉄を取ってくるように云っておいたな?」

「はい、旦那様。お云い付け通り、蹄鉄は土間に置いておきました。」

「それで?」

いきなり、奥様が聞いてきた。いままでに、奥様が途中で口をはさむと云うことはなかった。

「それで、と仰りますと?」

「そのあと、どうした、と聞いておるのじゃ！」

彼女は答えに困り、お坊ちゃまを見るが、さっきからカレは一度も目を合わそうとしない。

「んっ、うおっほんっ。」

旦那様が咳払いをして言葉をつづける。

「息子の話によると、昨日、息子はオマエと納屋で、あるまじきことをしていたと。」

「・・・」

「どーなの？」

奥様の声のトーンが高くなる。

「いえ、それは・・・」

旦那様が、みなまで云わさず、言葉をつづける。

「息子の話では、オマエの方から誘ったということじゃが。」

「いいえ、それは違います。あれは・・・」

再び、お坊ちゃまに目をやるが、カレは依然として目を向けない。

「ええいっ、云い逃れはするな！」

「いえ、決して云い逃れでは・・・」

「見苦しいぞっ、それを見ていた証人もおるんじゃ！」

扉の影に目を移すと、そこには、コミュニティの向かい側の東の家に住んでいる、黒人の少年がいた。

〈裏切られたっ。〉

彼女はすべてを察知し、すぐに諦めてしまった。何を云っても無駄なことは分かっている。

その日のうちに、彼女は何十回と鞭うちを受け、ボロボロになった身体で3日3晩、飲まず食わずのまま牢獄に放り込まれた。

裏切られるのには慣れていたはずだった。しかし、前日の、あの少年の「逃げなよ。」という言葉に少しでも光を見た後では、いままでの裏切りの何十倍も辛い思いが彼女を締め付けてくる。

「逃げてやる。逃げて、逃げて、生き抜いてやる！」

彼女は初めて憤りの涙を流した。それは、もはや悲しみの涙ではなかった。

このときこそ、いままで気付かずに、彼女の心の奥底で燻っていていた熱い信念の炎が、憤怒の思いへと変化したときだった。

◇

かつて、アマゾネスという女性陣だけで生存し続けた古代民族がいた。彼女たちは、トルコ黒海南沿岸に居をもち、人類初の騎馬民族とも云われ、裸馬を巧みに操り、馬上で弓を射って狩猟する女戦士団であった。

アマゾネスの誕生は、同部族の男性が敵の罠にかかり全滅したが故、生き残るために武装し女性コミュニティをつくったことが始まりと云う。

アマゾネスのしきたりでは、処女のうちは戦士として馬に乗り、弓、槍、斧、盾を使って戦い、敵を3人撃ち取ることが出来れば結婚できた。しかし、その後、男性と居を共にすることはなく、男性との間に子を産んだ場合、男児は殺すか奴隷とし、女児のみを後継者とした。

現在、その一族の末裔が、南米アマゾン川流域に残っていると云う。

＊

ニューオリンズは石油、石油化学製品、穀物、綿花、硫黄、木材など、周辺の豊かな天然資源に支えられた農畜水産業と観光業を中心にした、中小企業で成り立つ都市である。

当時、ケイトはメキシコ湾を行き来する貨物船が運び込む輸入品を卸ろす倉庫会社の経理を担当してた。

港に出入りするオトコたちは、金と酒と博打とオンナにしか目をくれない。そんな目の前の欲望の念に囚われたオトコたちの中で、ケイトは働いている。

ある日の午後、ケイトはボスの部屋に呼ばれた。

「やあ、ケイト。今日もキレイだね。」

「ボス、ご用は？」

「まあ、そう急かすなよ。たまには、ゆっくり話し合おうじゃないか。」

「ご用件は？」

ボスの視線がイライラしだすのが分かる。この成り上がりのオトコは、自分の意思が通らないと、すぐイライラしだす癖がある。おまけに、深夜の暴飲暴食によるものか、いつも吐き出す息が臭い。

「ボス、ご用件は？」

ケイトは、もう一度、繰り返して聞いた。

すると、ボスはイラついた視線を無理に抑え、ニヤッとしながら近づいてきた。

「ケイト、オマエもそろそろ結婚してもいい年頃じゃないか？　オトコはいるのか？」

「プライベートなことには、お答えできません。」

「よかったら、いいオトコを紹介してやろうか？」

そう云いながら、ボスの手が、ケイトの太ももをさすり上げてくる。息がドブ臭い。

「やめてください！」

ケイトはボスの頬に平手打ちをした。

「なにをっ、このヤロー！」

ケイトの平手打ちの何倍もの重さの拳がケイトの頬骨に伝わってくる。

「調子に乗るなっ、このメス豚がっ。」

そう云うと、ボスは、大きな音をたてて扉を閉めて、部屋を出て行った。

〈調子に乗ってるのは、どっちよっ。〉

そう思ったが、オトコ社会のこの世界、勝負は目に見えている。もう、終わりだ。

翌日、出社すると、従業員がみんな白い目でケイトを見ているのが分かった。

午前10時過ぎ、ケイトはボスの秘書に呼び出された。

「アナタが、こんなオンナだとは思わなかったわ。」

「どういうこと？」

「・・・昨日、ボスの部屋で、アナタがボスを誘惑しているのを見たって云ってるわ。」

「誰が？」

「さあね？」

それだけ云うと、彼女は、一度もこっちを見向きもせずに、３００ドルの小切手を机の上に滑らせた。

「ご苦労様でした。」

ケイトは、手切れ金の小切手を握りしめて、その会社を後にした。

＊

手元には３００ドルの小切手と財布の中の小銭。

「まあ、これだけあれば、１カ月は何とかなるか。あとは失業保険で何とか。」

ケイトは前向きに考えた。こんなことはよくあることだ。オトコ中心の社会でオンナが生きていくのが難しいことくらい、子供のころから知っていた。ただ、母親はいつも云ってた。

「オンナとしてのプライドを捨てたら終わりだよ。」

借りているアパートメントは日差しの届かないワンルームだが、生きていくには不自由はない。それに、隣の部屋に住む一家がとても親切にしてくれる。両親は共働きで、３歳になる女の子がいる。仕事が休みのとき、ケイトは母親代わりに女の子の世話をしていた。この家族はワタシのファミリーだ。身寄りのないケイトは、いつもそう思って、その家族と時間を共にしていた。

そんなある日、ケイトは図書館に行った帰りに公園でランチをとり、夕方に自宅へと向かっていた。

すると、歩道の木陰で毛布にくるまって寝転がっていた老婆が、ムクッと立ち上がって、ヨロヨロとケイトの方に歩み寄ってきた。頭からホロを被り、カチューシャでとめた隙間から紫色の髪の毛が見える。瞳は茶色で、化粧でもしているのかアイシャドウの引かれた瞼が印象的だった。頬肉は弛んで落ち、どことなく占い師のような雰囲気の老婆だ。

ケイトはその老婆に気付いてはいたが、知った顔でもないので、そのまま通り過ぎようとしていた。

「お嬢さん、少し、恵んでくれんかのう。」

ケイトはハッと身構えたが、作り笑顔をつくり直して答える。

「おばあさん、ごめんなさい。ワタシもお金には困ってるのよ。」

「じゃあ、これを買ってくれ。」

そう云って老婆は3枚の宝クジを差し出した。ケイトは宝クジに興味もなかったが、少しだけでも、この老婆に恵んであげたいと思った。

「おいくら？」

「いくらでも。」

ケイトは宝クジの値段すら知らなかったが、財布の中には25セント硬貨が3枚あった。

「じゃあ、これ。少ないかもしれないけど。」

「いいよ、いいよ、お嬢さん、ありがとうね。幸運を願いなさいな。」

そう云うと、老婆は、もとの木陰に戻って毛布にくるまった。


1週間後、ケイトは食料品を買いにスーパーに行った。卵とソーセージを買って支払ったあとの財布には、もう紙幣はない。失業保険の振り込み日まで、あと5日。ケイトはため息交じりに財布をしまおうとしたが、ふと、3枚の宝クジチケットがあったことに気が付いた。

人生初の宝クジ。ありえないビギナーズラックと苦笑いしながら、スーパーの隅にある宝クジ専用のコンピューター画面で当選を確認した。

コンピューター画面に示されたナンバーを確認すると・・・3枚のうち、1枚が当たっている。それも、当選金額は10万ドル！

ケイトはあわてふためいた。初めての宝クジ、しかも老婆から譲ってもらったようなものだ。まさにビギナーズラック！　あのおばあさんにも報告しなくちゃ！

しかし、ここで、ふと、ケイトは不安になった。この当たりチケットはどうすればいいの？

悩みに悩んだ挙句、ケイトは、隣の部屋に住むファミリーに相談することにした。

「ねえ、小父さん、小母さん、驚かないで。ワタシ、当たったのっ。宝クジに当たったのよ！」

「宝クジだって？　本当かい？」

「そうよっ、10万ドルよ！」

「じゅっ、10万ドルだって⁉」

「そうよっ、これで何でも買えるわっ。ベイビーの玩具だって！」

「そりゃ、すごいっ、おめでとう！」

隣人夫婦は一緒に喜んでくれた。

「でも、この当たりチケットは、どうすればいいのか分からないのよ。小父さん、小母さん、分かる？」

夫婦は顔を見合わせた。

「そうさなあ、聞いた話では、指定の申請書に細かいことを書いて郵送するみたいだぞ。」

「そうなんだ、ワタシ、そういうの、よく分かんなくて。」

「・・・じゃ、じゃあ、オレが代わりにやってやろうか？」

「えっ、お願いできるの？　ありがとう、助かるわ。」

そう云ってケイトは当たりチケットを夫婦に渡した。そのとき、隣人夫婦がお互いの目を見つめ合っていたことに、ケイトは気付いていなかった。


3週間が過ぎた。ようやく、失業保険が振り込まれたので、何とかケイトの生活は回り始めた。それに、もうしばらくで、宝クジの10万ドルが手に入る。ケイトは夢見心地で、さらに1週間、隣人夫婦からの連絡を待った。

ケイトが隣人夫婦に当たりチケットの換金をお願いしてから1カ月が経ったが、いまだに連絡がない。いままで両親が働きに出ているときに子供の世話を頼まれていたが、最近は託児所に預けているとのことで、女の子とも会っていない。

ある日、アパートメントの前の道路にトラックが止まり、引っ越し業者のような格好のオトコが3人、隣の部屋に出入りしていた。ケイトは不思議に思い、隣の部屋をのぞくと、そこには大家さんがいた。

「こんにちは、大家さん、どうしたんですか？」

「やあ、ケイト。ここの住人が、いきなり引っ越すって云うんだよ。家賃が3か月分滞っているからダメだって云ったら、ここの家具を全部こっちで処分していいから、家賃の代わりにしてくれって云うんでね。」

それを聞いたケイトは膝から下の力が抜け、その場でしゃがみこんでしまった。

「まただ、また、裏切られた。」

ケイトは、そのまま呆然とトラックを見続けていた。

＊

以前の倉庫会社をクビになったときは開き直れた。精一杯の負け惜しみをつぶやくことが出来た。しかし、今度は厳しい。あれだけ良くしてくれたヒトに裏切られた。あの女の子は知っていたのだろうか。なら、悲しさはひとしおだ。

ケイトは夜通し街中を歩き回った。当たりクジを持って逃げた夫婦を探している訳ではない。ただ、ニューオリンズの夜の繁華街のネオンと音楽と酒の匂いに酔いしれたかったから。

ニューオリンズの夜の街の人たちはみんな親切だ。疲れたような笑顔を見せるレストランの店員も、シルクハットをかぶり道端で陽気な音楽を奏でているフィドラーも、そのリズムに合わせて派手な衣装でステップを踏んでいる女性も。皆、いままで接したことのないような親切な笑顔でケイトを迎えてくれた。いっとき、ケイトはニューオリンズの夜の空気に癒された。

その夜、酒場で出会ったオトコとケイトは夜を共にし、そのままズルズルと同棲するようになった。そのオトコに惚れた訳ではない。ヒトと接していたかっただけ。肌を触れ合っていたかっただけ。誰でもよかった。そして、そのオトコも3週間後には姿を消した。

オトコが消えたあと、ケイトは社会保障カードがなくなっていることに気付いた。財布の中にお金はほとんどない。失業手当が入らないと暮らしていけない。

億劫だが、仕方なくケイトは、州政府社会保障局の出張所に再発行の手続きに出かけた。

「すみません、社会保障カードを紛失したので再発行したいのですが。」

「社会保障番号は?」

「○○○○○○○○○です。」

「少々、お待ちください。」

しばらく待っていると、先ほどの担当女性が、すまなそうな顔で戻ってきた。

「申し訳ありませんが、3日目に失業保険は振り込まれています。」

「えっ?　いいえ、振り込まれていませんっ。さっき、確認したばかりです!」

「申し上げにくいんですが・・・乗っ取られましたね。」

「乗っ取られた?　どういうこと?」

「別のところに、社会保障番号○○○○○○○○○のアナタがいるということです。」

「はっ？　何を云ってるの⁉」

「別の誰かが、アナタに成り代わっていると云うことです。最近のギャングの手口です。」

「と、云うことは？」

「州の管理データ上、いま、ここにいるアナタは存在しません。」

「ワタシが存在しない？」

「早速、州警察に届け出てください。時間はかかりますが、そのギャングが捕まれば・・・」

ケイトの耳には、もう、何も聞こえていなかった。

〈何でワタシばっかり、こんな目に遭うんだろう。〉

オトコばかりの会社でセクハラまがいの冤罪でクビになったことから始まり、せっかく当たった宝クジは信頼していた友人に持ち逃げされた。ニューオリンズの喧騒に騙されて社会保険カードを盗まれ、仕舞にはワタシ自身が存在しない人間になってしまった。

すべてを失ったケイトは笑っていた。自嘲の笑いだ。彷徨ってたどり着いたのは映画館だった。財布には10ドル紙幣が1枚あった。これが全財産だ。もう、失業保険はもらえない。この10ドルがなくなったら明日から何も食べられない。そう思いながら彼女は映画のチケットを買った。

上映中の映画はSFの女性ヒーローもので、主人公のオンナが次々と悪役のオトコを倒していく。主人公の自信満々な笑顔に憧れる反面、恨めしくも思う。心のどこかで主人公のパワフルな勇気をもらうつもりだったが、途中でスクリーンの中の主人公がケイトと同じ環境ではないことに気付いて深い失望に身を落とす。

結局、何も得られないどころか、さらに行く末が分からない絶望に打ちひしがれながら、ケイトは映画館を出た。

そこで老婆に会った。頭からホロを被り、紫色の髪の毛、茶色の瞳、アイシャドウの引かれた瞼、緩んで垂れた頬肉。歩道で会った、占い師のような雰囲気の老婆だ。

「オマエは、ワシと同じ目をしておる。人生に絶望しているが、死ぬ勇気もない目だ。」

「ナニ云ってるの？　おばあさん。」

「ひとつ頼みがある。ブラジルのアマゾンへ行け。そして、アンジーに会え、シャーマンだ。」

「ブラジル？　アマゾン？　アンジー？　シャーマン？　何のこと？」

「アンジーに伝えよ、ワシは14日後に死ぬと。」

「ナニ、ナニ？　何なの？」

「タダとは云わん。行けばオマエにも何かが見えてくるはずじゃ。」

◇

ケイトはアマゾンに向かっていた。何故だか分からない。どういう気持ちで老婆の云うことを聞いたのか彼女自身分からない。ただ、不思議なことに、道中、社会保障番号もお金もないにもかかわらず、空港での出国手続きもブラジルでの入国審査も何事もなくパスし、クルマやチャーター船の手筈もスムーズに進んで、ニューオリンズを出てから6日後にはアマゾンの密林の中にいた。そして、そこからは、ジャングルを彷徨う女部族に捕まり、目隠しをされて集落へと連れていかれた。

ついた場所で、ケイトは目隠しを外された。そこは先住民のテントの中のようなところだった。藁で葺かれた三角錐の屋根の下には中央に囲炉裏のような囲いがあり煙が燻っている。向かって右側に祭壇のようなものが設置してあり、燈明がたかれている。入口の向かい側、上座にあたる場所には奥の間につながる扉が開いているが奥は暗くて見えない。全体的に厳かな場所のようだ。

囲炉裏の前にケイトが着座すると、両脇で見張る女部族が、お辞儀をして前方を見ないようにしながら後方に引きさがった。ケイトはひとり、正面を見据えたまま座らされている。すると、奥の間からひとりの老婆が歩み寄ってきた。頭からホロを被り、紫色の髪の毛、茶色の瞳、アイシャドウの引かれた瞼、緩んで垂れた頬肉。あの老婆、そっくりだ。

「名前は？」

「ケイトです。アンジーさまでございますか？」

そう答えると、老婆は遠い空を見つめるように上方に目をやった。

「そうじゃ、ワシの名前はアンジーじゃ。ケイト、ケイト・・確か、昔に、そんな名前の犬を飼っていた覚えがある。あれから、どれくらい、ときは過ぎたのだろう。して、そなたは何用で、この地を訪れたのか？」

「はい、遠い、ワタシの住んでいた街で、アンジー様に似た老婆に頼まれまして。」

「ワタシに似た老婆とな。して、何事ぞ？」

「はい、その老婆の申しますに、あと14日で、その方が亡くなるとのことでした。それから、数日が経ちますので、残り7日ほどだと思われます。」

「・・・と、云うことは、ワシの命もあと7日ということじゃな。」

「はい？　と、仰いますと？」

「そなたが見たのはワシじゃ。遠いところを彷徨っている別のワシと会ったのじゃ。」

「遠いところを彷徨う、別のアンジー様ですか。」

ケイトは半分、理解しがたく思いながら話を続けた。

「それと、もうひとつ。そのとき、ここに来れば、ワタシにも何かが見えるはずと云われました。」

アンジーはジッとケイトの目を覗き込んだ。

「いや、いまのそなたではムリじゃ。まして残り7日で何が出来よう。残念じゃが、帰れ。」

「いや、帰りませんっ。ワタシには帰る場所はありませんっ。」

その熱意のこもったケイトの言葉に、再び、アンジーはケイトの目を覗き込んだ。

「よかろう、ここにいることだけは許そう。あとは、そなた次第じゃ。」

翌日からケイトはアンジーの後ろを四六時中追いかけた。

その日のうちにケイトは違和感を抱く。テントの中であれほどアンジーを崇めていた女部族がテントの外では、まるっきり無視をするのだ。そのことをアンジーに聞いてみた。

「部族の皆が昨日のように、アナタを崇めないのは何故ですか？」

「テントの外では、カレらにはワシが見えていないのじゃよ。」

「見えていない？」

そう云えば、ケイトも、アンジーと歩いているとき、近くにいるはずの彼女を見失うことがあったことを思い出した。

「でも、何故？」

「ワシはシャーマンじゃ。シャーマンとは医術、占星術、そして法曹処刑の術を習得した神の代理の領域におる。したがって聖域以外の場所では一般の民には見えない存在なのじゃ。」

ある日、テントにひとりの女部族が半狂乱で入ってきた。それを出迎えたアンジーが話を聞いている。

ケイトは部族の言葉は分からないが、何故か彼女の身振り手振りで事の内容が把握できた。要は、隣家の女部族が彼女の家の鶏を盗んで食べてしまったと云うことのようだ。

一見、他愛ないことのように聞こえるが、ここでは食べることが、即ち、生きることへと直結する。したがって、食物を盗むと云うことは、そのヒト殺すということを意味するのだ。

ひと通りの話を聞いたアンジーは、その女部族を落ち着かせるよう肩を抱いた。

数分後、今度は鶏を盗んだ女部族がテントに呼ばれた。彼女も興奮している。

「別の女が、オマエに鶏を盗まれたと訴えてきたが本当か？」

「鶏の1羽くらいで、ギャーギャー云うんじゃないわよっ。」

「今日の夕方までに悔い改め、その女に詫びを入れよ。さもなくば、オマエも同じ目を見る。」

「なにさっ！」

その女部族がブツブツ云いながら帰って行ったあと、アンジーが祭壇の前で燈明を焚き、両手を合わせて経を唱え始めた。

「ノウマクサマンダ　バザダラン」（＊）

翌日、今度は鶏を盗んだ女部族が泣きわめきながらテントに入ってきた。

「うちの畑が全滅だぁ！」

どうやら、その女部族の畑に植えてある山の芋が、一夜にして、すべて枯れ果ててしまったようだ。

「罪を犯して悔い改めないモノには、同等の罰が返ってくる。」

アンジーは、その言葉を残して奥の間に消えて行った。

ある夜、村の外部からオトコが侵入して、女の子を盗んでいった。

女部族であるアマゾネスは、一族の後継者として女児のみを残し育てる。いわば、女の子は部族の将来を担う村の宝である。その子を盗むことは死罪に値する。

テントの中では女部族の代表が集まって話し合いをしている。女の子を盗んだのは山里の男部族だとは分かっている。彼らも子孫繁栄のために女性は必要なのである。しかし、ここで戦いの矢を男部族に直接向けては、どちらかの部族が消滅するか、もしくは両部族ともなくなるかの択一に他ならない。一同の視線は、アンジーに向けられた。

アンジーはしばらく腕を組んで目をつむっていたが、おもむろに立ち上がると、祭壇の前で経を唱え始めた。

「センダマカロシヤダ　ソワタヤ」(＊)

夜半、ケイトは夢を見た。

そこでは、布団の中で横たわる男の子と、それを取り囲むように男部族の親族が男の子を見守っている。男の子の目は見開き、目玉が飛び出しそうになってる。素肌は白く肌の下から青い血管が弱弱しく脈打っている。死期が近いのが分かる。すると、男の子の胸が一瞬、大きく跳ね上がった。そして、男の子は息をしなくなった。

そのとたん、取り囲んでいた男部族の一族が、父親らしきオトコの胸ぐらをつかんで大きくゆすぶりだした。オトコの声が聞こえたような気がした。

「オマエのせいだっ、オマエが女部族から女の子を盗んだりするから、この子は、その見返りに呪い殺されたんだっ。」

男の子の父親は子供を失った消沈と、自分のせいで男の子が死んでしまったという罪悪感に苛まれて気が狂ったように泣き散らしている。

「罪を犯して悔い改めないモノには、同等の罰が返ってくる。」

アンジーの冷たい言葉が聞こえた。


ある日、女部族の村が、男部族に攻め入られ、数件の家は焼かれ、畑は掘り返され、家畜は略奪された。おそらく、男の子を失った父親の仕返しだろう。

これに対して、女部族も反旗を振りかざした。

「このまま黙ってはおれぬ、全員、死する思いで、男部族のモノを一人残らず死に至らしめるのじゃ！」

「おぉーーーーーっ！」

しかし、そのときアンジーが声をあげた。

「黙らっしゃいっ！　よく聞けっ、ここで兵をあげることは、男部族と同類に落ちることじゃ。目先の怒りに惑わされたものは、地獄へ落ちるっ。」

「しかし、シャーマン、このままでは我らの気が収まらぬっ。」

「神はすべてお見通しぞっ。誰が良くて、誰が悪いかをっ。何が良くて、何が悪いかをっ。裁きは神が行うっ。神が後悔の淵に彼奴らを突き落としてくれようぞ！」

村の女部族たちは、シブシブ帰って行った。そして、アンジーは薄暗い奥の間に引き下がって行った。奥からアンジーの唱える経が延々と繰り返されて聞こえた。

「ウンタラタカンマン、ウンタラタカンマン、ウンタラタカンマン・・・」（＊）

すると、真夜中、雨の降らない、新月の夜空に、爆撃が落ちたような大きな爆音が響いた。

《ガラガラガラ、ドッシャーーーンッ!!》

数分後、東の空が真っ赤に染まった。男部族の村の方角だ。

数人の女部族と一緒にケイトは駆け出していた。

男部族の村は火の海だった。泣き叫ぶオトコたちに聞くと、雷が落ちたと云う。

「アイツのせいだっ、アイツが女部族を責めたりするから罰が当たったたんだ！」

「そうだ、そうだっ、ヤツはどこだ！　探し出して連れて来い！」

「どこだ、どこだっ、ヤツを探せ！」

すぐにオトコは男部族に捕らえられ、人々に取り囲まれた。

「オレは間違っていないっ。女部族が抵抗するからやっただけのことだっ。すべてはこの村のためにやったことだっ。」

「いや、オマエは間違っている。オマエの行為が村を落とし込んだ。村のオトコたちもオマエの口車に乗せられたんだっ。」

「そうだ、そうだっ、悪の根源はこのオトコだ！」

「いや、違う、聞いてくれっ・・・」

「問答無用、我々はオマエの云うことは何も聞かない！」

「殺せっ、殺せっ、悪の根源を焼き殺せ！」

「ウオォォォォォーッ！」

それはまさに、クーデターだった。悪を絶やし正義を勝ち取る正しいクーデターだった。

＊

数日後、ケイトはアンジーに尋ねてみた。

「アンジー、初めて会ったとき、アナタがワタシにニューオリンズに帰れって云ったじゃない？その意味は何となく分かったんだけど、ワタシが、帰らないって云い切ったとき、アナタ、ワタシの目を覗き込んだでしょ。あのとき、アナタはワタシの何を見ていたの？」

「ヒトの瞳は、その意思によって色を変える。赤色は不安、黄色は焦り、緑色は怒り、青色は憤り、紫色は決意。あのとき、オマエの瞳は青紫色をしていた。だから、オマエが居残ることに反対は出来なかった。」

そう云ってアンジーは遠い地平線を見つめた。

明日で、7日目というとき、アンジーは云った。

「明日から、オマエがシャーマンとなる。オマエの名前はアンジーだ。」

翌日、アンジーの姿は消えていた。どこを探しても見つからない。まるで飼い猫が死ぬ前に姿を隠すかのようにアンジーは消えてしまった。

女部族の民はいつもと変わらぬ朝を迎え、いつもと変わらぬ時間を過ごしている。アンジーが消えたことを少しも疑問に思っていないかのようだった。

ケイトは彼女たちに尋ねた。

「アンジーはどこに行ったの?」

女部族の民が、皆、不思議そうな目で見返してくる。ケイトは、もう一度、同じ質問を繰り返した。

「アンジーはどこに行ったの?」

女部族の民は声をそろえて云った。

「何を云う?　オマエがアンジーだ。」

ケイトの耳元に、遠い記憶の底で聞いたことがあるようなオンナの声が聞こえた。

「逃げてやる。逃げて、逃げて、生き抜いてやる!」

そんな負け惜しみのような言葉が、何故かケイトには力強く自分を応援してくれているように聞こえた。映画館で観たＳＦの女性ヒーローが次々と悪役のオトコを倒していく姿よりも元気がみなぎる声だった。

＊

ケイトはアマゾネスとして生きていくことに決めた。今日から彼女はシャーマンとしてアンジーになる。

これからは、世界中のオンナたちが、オトコたちに振り回されないように見守っていこう。そして、ときにはオトコたちを嘲笑ってやろう。

今日もオンナの慟哭が地の底から聞こえてくる。

「嗚呼、何と云うことだっ！」

彼女たちを救うのは、ワタシしかいない！

＊「ノウマクサマンダ　バザダラン」　十三仏御真言の一節より

＊「センダマカロシヤダ　ソワタヤ」　十三仏御真言の一節より

＊「ウンタラタカンマン」　十三仏御真言の一節より

湯澤毅然コレクション第一巻「アンチテーゼ」刊行に際して

湯澤毅然(たくねん)こと湯澤毅は2021年3月末、突然末期癌と診断されました。抗がん剤治療を開始すると同時に、病気と闘いながら、念願だった執筆活動をスタートしました。激しい副作用で食事がとれない日々の中、憑かれたようにキーボードに向かい、小説、おもしろ奇譚集、メルヘン、エッセー、落語、昔話など、趣向を変えた全7巻を一気に書き上げましたが、創刊となる本作品「アンチテーゼ」の刊行を見ることなく、2023年8月17日、55歳で永眠いたしました。

その名の通り、毅然として余命を受け入れ、信念を曲げず、病と戦う一方、楽しみながらも凝縮した時間を全うし、「ストーリーが天から降りてきた」と満足そうに微笑んで旅立って逝きました。

毅然の時空を超えた摩訶不思議な玉手箱全7巻、順次刊行してまいります。

皆さま気楽にお楽しみいただけましたら幸いです。

末尾ながら生前のご厚誼、心より御礼申し上げます。

＊本編「正義の代償」は別にシナリオ編も残しておりますが、今回はストーリー編のみを掲載いたしました。

2023年9月20日

湯澤家一同

著者略歴
湯澤毅然（ゆざわ・たくねん／本名：毅）
1968年5月15日生まれ。
法政大学文学部英文科卒業。
株式会社サイニチホールディングス勤務。
2023年8月17日歿。

湯澤毅然コレクション第1巻
アンチテーゼ

2023年10月4日初版第1刷発行

著者――――湯澤毅然（たくねん）

発行者―――柴田眞利

装丁――――臼井新太郎

発行所―――株式会社西田書店
東京都千代田区西神田2－5－6 中西ビル3F
Tel 03-3261-4509　Fax 03-3262-4643（〒101－0065）
https://nishida-shoten.co.jp

組版　株式会社エス・アイ・ピー
印刷・製本　株式会社平文社

ISBN978-4-88866-683-1　C0093